U0904106

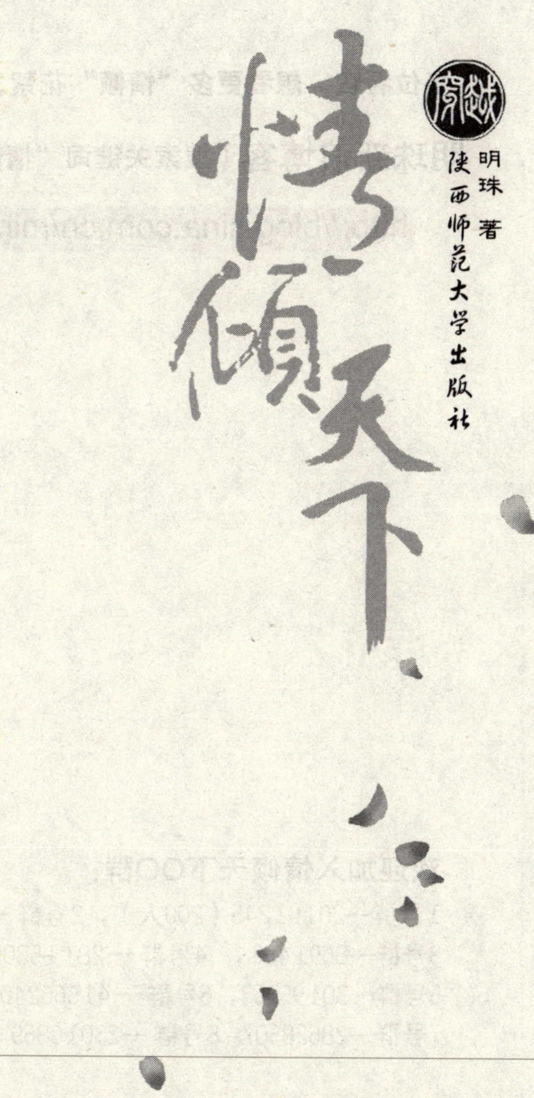

# 情倾天下

明珠 著

陕西师范大学出版社

各位看官，想看更多“情倾”花絮，请登录

明珠新浪博客（搜索关键词“情倾天下”）

http://blog.sina.com.cn/mingzhu

**欢迎加入情倾天下QQ群：**

1号群—20101245（200人），2号群—10662915
3号群—8691481， 4号群—28115309
5号群—30195753，6号群—41566240
7号群—28628507，8号群—23016869（未满）

# 目录

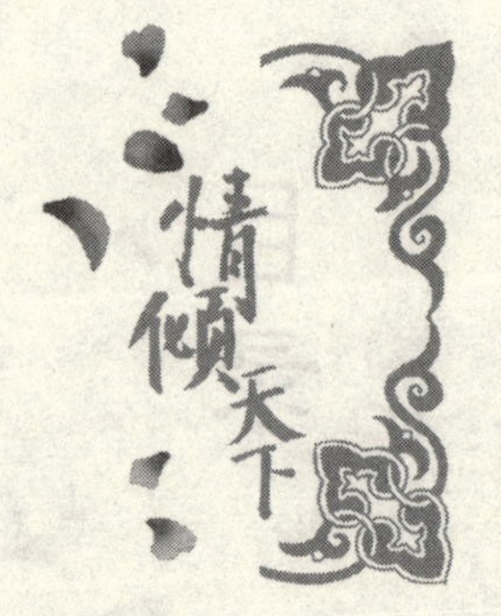
情倾天下

康熙四十七年九月十六，卯时，原定于畅春园广梁门内澹宁居前殿召见群臣的仪式被临时取消，各资深侍卫分头秘召包括昨日下午才赶到畅春园接驾的八阿哥在内的各皇子。

等收到报告，人都齐集正大光明殿前的花园内，康熙才坐着一架敞开的轿子，出了宫殿。

虽然我已一个通宵未眠，但由于揣测不出康熙意欲何为，精神反而比任何时候都来得紧张。伴驾到了花园，我怀着巨大的惊恐看到这里有好些个脸熟但是叫不上名字的官员。近旁还有两个太监跪在地上，一律光着头，双手被绑在身后，离他们不远的地方，大阿哥、二阿哥、四阿哥、八阿哥、十阿哥、十三阿哥、十四阿哥等皇子们站成一排，亦是不戴帽子，手被缚于胸前，不知道这算是家法，还是国法？

康熙到达后，立马暴怒如虎，一顿全由满语组成的责骂先降临在二阿哥身上，继而是大阿哥，挨个骂下去。

当此场景，跟随康熙而来的人无不尴尬万分，叫人眼睛看哪里、耳朵听哪里好呢？

越寂静，越衬出康熙咆哮之暴烈，而阿哥们一个一个都哑着声：

大阿哥只管直视前方；

四阿哥和八阿哥一个面容平静万年无波，一个表情丰富如同做戏；

十阿哥闭牢大嘴巴，改用鼻孔喘气

——好在康熙骂他的时间也不算长；

十三阿哥的脸看上去最无辜良民；

十四阿哥则专心一下下剥着缚在手上的绳子。

其中二阿哥原是最能跟康熙对吼的一员猛将，但他连日来早已被康熙骂到皮粗肉厚，所以此刻不仅不恼，脖颈虽受制，尚能眼珠子左右乱转地瞧着康熙如何收场，惹得老爷子调过头来对他开始第二轮训斥。

我眼角余光瞟到场角杨御医暗暗对我比了好几次手势，情知再这样下去康熙的身体肯定会吃不消，另一方面二阿哥那边厢也开始跟康熙硬起来，谁不知他如今失心疯一般，当真发作起来，是能拿头撞塌一面墙的狠汉，万一康熙受到他一记头锤，那还不酿出大事故来？趁事态还能控制，正是我这个花瓶侍卫派用场的时候，因小心趋步往前挪一挪，换下离我最近的素伦之位置，又跟李德全交换了个眼色，觑准康熙停顿之际便要劝驾。不料，老爷子忽然转过身来，怒气冲冲地虚指点了三点，一口气蹦出一长串满语，一时全场鸦雀无声，就连所有阿哥也都傻眼瞧着被康熙点到的三人：鄂伦岱、德楞泰和我。

我虽没听懂康熙说些什么，但看情形也知他原意是要指派其身后的三大侍卫做何事，不巧我刚与素伦换了位置，就误把我也点了进去。再看鄂伦岱和德楞泰两人待康熙话音一落就扑通跪倒、磕头不止，用脚趾头想也晓得这回不妙了，无奈我此时再跪也晚了，何况这宫里的人要评比磕头神功，我一定是菜鸟级别的，怎么敢跟人家 PK？气势上就先输了。

念头急转间，康熙已盯了我半晌，咬牙蹦出一句话来，却是汉语：“你不学这两个不听话的奴才，很好！你来！”

我来？

来什么？

康熙很快以行动给了我答案：他命人将一根用牛皮编织成两根拇指粗、在末端又分成九条细鞭、且各自打了个小结突起如小刺的长鞭递到我手里。

我一下明白过来，他是要我向阿哥们执刑？

这下 NB 了，捆绑有了，鞭子也有了，正好 SM——

但是要打哪个？

天可怜见，康熙的儿子，谁敢动手？

我是穿越来的，但我不是加里森敢死队！

不懂满语真正害死人了！

看康熙的样子，他原本也不见得真要我动手，我到底还是个女的嘛，可是谁叫我倒霉，自己撞上门来，我现在倒万分想把杨御医给抽一顿，但眼前这一关又怎么过？

还算李德全大太监是个有种的，只见他小心翼翼地在康熙身边探了探首，“皇上……”

我瞧李德全的神情仿佛是帮腔的意思，可惜他才吐出两字便被康熙给堵了回去：“全部打！一个也不能饶！”

噩耗临头，我听到了自己心碎的声音：全部打？这不是活活把我往日后被阿哥们 NP 的死路上推吗？!

这种 SM 场景，如果是在拍电影将会很美妙。趁我“咔”住，导演停机的当儿，一干无聊的看官就有事可做。他们可以蹿到某阿哥身边，把人家身上的绳解一解，然后休息椅、太阳伞、小茶几迅速到位，擦汗的、补妆的、挥扇的、递冰水的、趁机吃豆腐的呼呼围上一堆。“阿哥哥，一会去休息车上把乳贴再检查下～”、“昨晚就告诉你，今天千万内穿平角游泳裤～”、“导演一直喷鼻血和流口水，待会儿估计不妙，自己警惕些，小心走光，小心露点哦～”，然后打一圈斗地主顺便决定用什么花式甩鞭子，用哪种花腔来呼痛……如此这般、如此那般，独爽爽不如众爽爽，那就天下大同了，只可惜，这是生活、TMD 生活！

——数数眼前统共一个皇上七个阿哥，他们的家务事，为什么偏偏叫我当冲头？

也许是我的怨念感动了上苍，八阿哥忽然踏前一步，清晰地道：“父皇息怒，儿臣愿以己身代兄弟们受罚。”

我扭头瞧瞧康熙，他的目光在八阿哥和其他阿哥面上扫了一圈，不置可否。

不说不可以，那就是可以了？

哼哼，八阿哥你个外热内冷笑面神箭狼，你射我一箭，我还你一鞭，也算公道！

我是谁？我是持鞭的人，黑白道上走丹心，仗义断是非！

我是谁？我是抽人的人，两肋插刀行侠义，奉旨来抽人！

长这么大，我愣没见过有人提过这么合理的要求，当下外忧内喜踏前

一步，正要说句话开开场子，已注视我半天的十阿哥忽地一声大吼：“不成！”

众目睽睽下，十阿哥匪夷所思地将右手脱出了绳圈，整个绳套随之失去效应，晃晃荡荡地挂在他的左手腕上。他接着两手一分，脱了自己外袍，一甩手，砸在一边地上，又把绳圈重又套在两只手上，冲我叫嚣道：“要打我八哥，就先打我！你要打就得打出血！打不出血我跟你急！”

他的架势摆明了就是说：“你打我吧尽管打吧你打我我一定还手！”

切，本花瓶是吓大的？你声音大我就怕你？不打到你肾亏你就不知道花儿为什么这样红！

可没想到我刚调了方向，却发现十四阿哥不声不响地也学着十阿哥脱了外服，只着娇黄色中衣，眼睛定定地看着我，一副保八阿哥到底的模样。

接着十三阿哥见我犯了踌躇，也极快地依样脱了衣，急道：“我身体好，先打我！”

而那头四阿哥看到十三阿哥脱，他也不得不脱。

四阿哥一脱，大阿哥也脱了，除了二阿哥是被铁链锁着不得脱手外，连八阿哥都脱了，这场面十分好看，大有兄弟有难同当义薄云天之感，我则是反衬他们光辉形象的奸险小人。



我恨死李德全了，怎么安排人缚的阿哥们？全都没有缚好！

这算什么？

集体在我面前展示内衣？

二阿哥虽然没脱，可他发出的那声奸笑比人家脱了千千万万次还厉害！

受刑当然不能穿这么多衣服，但问题是他们都知道我是个女的！不怕害我长针眼么？

最可气的是四阿哥的脑袋被门夹过了，竟然也跟着发疯！

这下可好，又回到最初的死局，还是一个也不能打，但康熙御口已开，我不出手，就是欺君抗旨！

俗话说得好：“他大舅，他二舅，都是他舅，”反正今日我是得罪了人，索性一不做二不休，既然各位连衣服都脱了，不抽对不起我这穿越三百年的辛苦。

既想得开，也就豁得出，我大大咧咧地执鞭在手，解开钮扣，脱了长袍，抛在一边。

反正古人穿衣有好几层，我喜气洋洋地卷起两只衣袖，露出内里一件金彩绣石青妆缎沿边的排穗褂子，不顾对面几个眼珠子都快弹出来的阿哥，只向康熙道：“禀皇上，玉莹使不惯九尾鞭，可还有别的吗？”

康熙饶有趣味地看到现在，再没有不配合的理，手只一摆，李德全马上屁颠屁颠地带着人捧上一堆鞭子来，其形分单、双、软、硬，其质分铜、铁、纯木、皮革等等，应有尽有。

这次随驾秋狝，又曾参与围猎，甚至在做康熙的侍卫之前，十八般武器中我就对鞭格外有兴趣，私下里跟策凌很是学过一些挡、摔、点、截、扫、盘、板、戳、拦、撩、拨、绞压等招式，没想到第一次就在这里派上用场，世界真奇妙啊真奇妙。

清代鞭形制已有软硬之分，但软硬之广用，是在清军入关之后，满人及北方人最喜练这种鞭，硬鞭对力量要求高，我当然是挑软鞭使，不过鞭子还有长柄、短柄、远距离、近距离、拍打、鞭打哪种最合适之说，我最后精选了一根特制的轻型马鞭。

软鞭是软硬兼施的兵器，要求身械协调性强，既要身法上转折圆活、刚柔合度，又要步伐轻捷奋迅，与手法紧密配合，而这几条都是我的强项，试演一下，还算得心应手。以我有限的经验判断，此马鞭每一鞭的落点都会比上一鞭低，其虽达不到皮开肉绽的效果，但每一鞭都会带来尖锐的刺痛，能在受刑人皮肤上留下一道道明显的鞭痕，它比不上九尾鞭花哨，可效力丝毫不输，一定可以降服要求多多又很挑剔的十阿哥。

康熙身边的人基本都是会家子，一看便知有没有，那些阿哥们不论重文重武，有哪个不是自小就受名家武师教导？见我一上手就挑了这根鞭子，无不微微变色。

抽鞭子当然是要抽背部的，在康熙首肯下，我举步要往阿哥们背后绕过去，然而在经过二阿哥身前时，他忽然叫住我，“看样子，你对‘鞭’很拿手？”

我想一想，道：“也不算……”

二阿哥打断我，坏笑道：“跟我比‘鞭’如何？”

“啊？”我没反应过来，“什么鞭？”

二阿哥再坏笑，垂眼瞅瞅自己腰下，“当然是比皮鞭。”说完，他自己第一个大笑起来，居然还跟个小孩子似的原地碰脚雀跃了两下。

一时众阿哥都绷不住笑了，在场的侍卫、太监只敢偷笑，但声音合在一起，也不算小。

我从他们意味深长的笑声中才体会出猪神上身的二阿哥最后一句话的真义。

旁边的四阿哥无言挑起的嘴角，让我慢慢地冲动起来，我扁扁嘴，委屈地一扭头要去向康熙告状，却见他不知何时已背过身去，仰脸朝天，李德全在侧给他递着小手绢，看他背影那个抖动的频率和幅度……显然是笑到泪崩……我什么都不用说了，开抽吧！

我脚下一错，从二阿哥和大阿哥空出的间隙穿过去，足尖擦地，旋身抖腕，“唰”地一鞭首先冲二阿哥背上挥去！而我出手虽快，却有个人与我同时发动，不是别人，正是站在二阿哥左手边的四阿哥！

四阿哥一个退步挡在二阿哥背后，我始料未及，再收回劲道已经太晚，眼睁睁地看着一鞭结实地抽在他背上，这一鞭划破空气，划破他的衣衫，但没有划破他的微褐色的肌肤，只留下一道清晰血红的鞭痕。

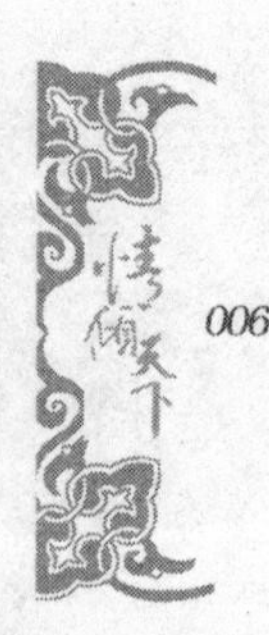



他仍背对着我，我看不到他的脸，这是我第一次认真看到他的背部，裸露得不多，可这道鞭痕让我有点眩晕。

他的背部怎么可以性感到这种地步?!

脑袋生痤疮、已经无药可救的二阿哥突然在这节骨眼上回头大叫一声：“四阿哥，你受伤了！”

——从二阿哥那表情看来，我毫不怀疑他的手要是能动，会立马上演一出“穷摇”戏，把四阿哥大摇特摇，并且大声咆哮：“为什么？为什么？你要这样做……我不要你为我受伤，你一定不能为我受伤。为什么？这都是为什么？为什么?！这都是为什么?！为什么？这都是为什么……”然后把四阿哥的颈骨摇断（至少也摇到椎间盘脱出）。

我真的怀疑：康熙就是爱这个太子爱了三十多年？

抽，是一个动词，抽了，是一种状态，就算现在停手，也改变不了我抽了四阿哥的事实。这样的话，还不如一次抽个够本。

四阿哥刚刚替二阿哥挡了一鞭，我没法发狠再抽二阿哥，趁他俩正发作，我直接回鞭朝八阿哥挥去，满心以为十阿哥若是来救，便正遂我意。

不料“阿哥心海底针”这话一点都不假，十阿哥正忙着看二阿哥那边的热闹，并没顾上八阿哥，八阿哥倒好，若有先知般豁然一转身面对我。

无论如何，八阿哥贵为皇子，兵器无眼，万一伤到他的脸，哪怕只是小小的擦伤，康熙再宠我，我也得吃不了兜着走。他这招出奇制胜，硬是逼得我无法，只能生生扭腰撤回长鞭，刷起一地飞灰。

可怜我是昨晚跟四阿哥PK室内运动到差点下不了床的人，这一下腰眼别住劲，疼得眼都湿了，一抬头正巧看到十三阿哥要冲过去瞧四阿哥的伤势，混乱中却被十阿哥一手肘击到胸口。

十阿哥仗着身躯挡去众人的目光，在我这个角度偏能看得真切，十三阿哥吃了暗亏，如何容得，眼一瞪，就要还手。

这时候他俩要是扭打起来，肯定会被康熙关禁闭，少不得还是我恶人做到底，一抖鞭，迅捷抽向十阿哥，但这些阿哥真是“无组织无纪律”，集体乱动错位，害我手忙脚乱，这一鞭出到一半便后悔了——万一抽到十三阿哥的后脑勺怎么办？

更衰的是我漏了最会来事的十四阿哥，别的阿哥再动，到底手上的绳圈还象征性地套好，他果真强人，在康熙的眼皮子下，就骤然解放双手夺住我甩出的鞭稍。

在十四阿哥和我两力争抢之下，马鞭被拉至一条线似的笔直，我脚下一滑，他突的欺身上来，对我拍出一掌。

我下意识地闪身一躲，但手里仍攥着鞭柄，十四阿哥另一手又没松开鞭尾，拉扯中，我逃不出他掌心，眼看避无可避，心就慌了，不假思索地将鞭柄作武器朝他面门一甩。他一顿掌，拍开整条马鞭，而就在这电光石火间，他的眼睛忽然冷了下来，凌厉的气势不知从何处被激发出来，使我的背脊只觉一阵一阵的发麻。

锵然两声连响，我几乎是和十四阿哥同时拔出了腰间的单刀。

十四阿哥敢情去过倭寇国留学，居然双手执刀，臂在承腕，挑以藏撇，豕突蟹奔，举落疾速，更兼左右跳跃，奇诈诡秘，莫测其变。

我凭着眼快手捷的长处，堪堪闪过几击，但几个回合下来，难免力有不逮。而十四阿哥仿佛有意戏弄，明明能抓住机会将我的刀磕飞，却临阵放水，几次三番刀刃贴身擦过，有惊无险，可他也不容我乘隙脱身。

做了康熙的侍卫后，康熙原派吴什指点我刀法，不过并非正式要求，连日里又忙，是以我只粗略学过一些基本步伐和运气口诀而已，这点本事此刻对战十四阿哥哪里够用。然而十四阿哥不依不饶的拼劲挑起了我的好胜心：他跟我对打，我就算输了也没什么好丢脸的，我是伤不到他，但他想制服我也不容易！我就是那传说中的极品小小强，打不死，蹦三蹦！这个旧社会，看看谁怕谁！

周围的一切响动我都不知道了，只专心致志地跟十四阿哥对招。如此度形趋势不知凡几，我渐觉自己紊乱的气息受他刀式牵引走上正轨，从而一应闪展腾挪，劈、撩、扎、挂、斩、刺、扫，刀随身换，进退坐作，比先前更多的协调，再不感力拙难支，反而生出狂热，信心大涨，似非分出个高下不可。

当我和十四阿哥挨到最近的刹瞬，双刀并驾，一股大力忽从虎口处汹涌而来，我呼吸亦为之一夺，整个人借力横飞出去。

半空中，我心智尚存清明，眼风瞭到那把被十四阿哥击飞的单刀在阳光照射下一棱一棱地耀着白光落下。就在这个瞬间，我忽然感到一种熟悉的温暖，正巧足下刚刚沾地，于是脚尖一蹬，飘身折腰接起坠刀，翩然落下。

我抬起脸来，十四阿哥亦定定地望着我，他的嘴角漾起一抹似有似无的笑意，令我熟稔感更甚，然心思百转，却不得要领，唯有呆呆地看着他那一个收刀入鞘的动作。

自始至终，他的眼神不曾离开过我，而我似乎刚刚才发现属于他的那份桀骜不驯原来都埋在骨子里，偶尔跑到肢体五官上一炫，便是惊艳无伦，翻江倒海。

某句话、某个人、某件事，在我脑中呼之欲出，然而就在我这么愣神的一瞬，十三阿哥忽然“呜啊”一声，舍下十阿哥，自后扑跳到十四阿哥背上，将他按倒：“你为何殴打皇阿玛指派的玉格格！你把小莹子打傻了！”

我是傻了，的确傻了，从十三阿哥发出“呜啊”的那声起，我就傻了：这家伙被十八阿哥附体了？发的什么声音这是？

十四阿哥的华丽造型拗到一半，被十三阿哥突然一个熊扑，结果直接正脸着地，发出一声“砰”响，估计受伤不轻。但十三阿哥看来还是很心疼十四阿哥的，他极快地从十四阿哥身上跳起来，神情明明带了一丝丝的紧张，却硬撑着不肯开口安抚，真是死相得要命。

基本上所有人都被这一幕震住了，我在心里默默地数到五的时候，十四阿哥忽如僵尸一般直直地翻过身来，他的俊脸上东一块西一片地沾满尘土草屑，花脸猫似的，不过一双眼睛还是黑白分明，清楚地写满诸如“干”、“衰”、“靠”此类的情绪。

世界大战即将爆发，我悄悄地把刀挂回腰带，小碎步地往旁开溜，但还没退入安全地带，十四阿哥就脚一勾，害我跌坐在他面前。我迅速地撑起身来，十四阿哥却一把按住我的手，一个字一个字地吐出来：“谁、说、我、把、你、打、傻、了？”

我瞠视着十四阿哥，虽然他的面部表情已经调整到最佳状态，但两道呈线形慢慢淌下的鼻血却完全破坏了应有的美感与力度，我忍笑忍到内伤，还没来得及别过头去，只听二阿哥又是一声大叫：“十四阿哥，你受伤了！”然后脚步声夹杂着铁链声一阵乱响，二阿哥居然激动无比地舍下他的四阿哥朝我们奔了过来。

而此时十四阿哥还没得到答案，仍拖着我的手不放，大有同归于尽之意。

面对此情此景，一点不夸张地说，我连死的心都有了。

还好十阿哥投桃报李，小宇宙大爆发，用河马般的力量自后箍住二阿哥的腰，同大阿哥协力阻止他上来蹂躏十四阿哥。二阿哥瞅准机会，“狮子吼”神功得以粉墨登场。

康熙指挥几名侍卫加入战圈，折腾了好一阵，众人才抬头的抬头、抬脚的抬脚，由大阿哥领着把二阿哥给弄到了后方去。

十阿哥累得脸都涨红了，呼呼地只喘粗气，康熙绕过他，走到我和十四阿哥身前，怒瞪着十三阿哥，十三阿哥不服，指着我嚷道：“皇阿玛你看，小莹子是给打傻了！”

我刚刚从十四阿哥的魔爪下拔出手来，忙着往康熙身边躲，十四阿哥跟着起身转过来，用袖管草草抹了鼻血，一张脸又像老鼠、又像猫，跟打翻调色盘似的，什么颜色都有。

康熙本来要骂，见状亦是又气又笑，我抓紧机会憋出两滴泪光，可怜巴巴地瞅着他。康熙伸指往我额上虚戳了一戳，斥道：“朕叫你办事，怎么办的？去，接着打！”

这下我真的要哭了，还抽？我容易嘛我？这不真刀实枪地都干上了，不是我不想抽，是你的儿子们太神勇，集体欺负我！

好在是我，换了别的侍卫扬鞭子，还不给这帮阿哥群扑群压群殴出人命来？

思来想去，我只得垂头丧气地向康熙禀道："回皇上，阿哥英武，玉莹无能，这事太过重大，宽限玉莹分几天操办可好？"

康熙哼道："刚才朕见你同十四阿哥过刀，也算得上驰骋若骛，英气逼人呐，怎么这会子摔了一跤就泄气了？宽限几天？朕看朕要是不在跟前儿，这事你办到过年也办不完！"

我听得连连点头，一想不对，又连连摇头，头昏脑涨之下，自个儿不倒翁似的前后晃了一晃。

康熙瞅瞅我，又看了一眼十四阿哥，待要说些什么，正巧钦天监扈从的人来报：吉时将至，恭请圣上起驾返京。

时辰要紧，耽误不得，李德全便伺候着康熙起轿回殿更衣，身为一等侍卫，我自然是要跟从的，临走前想着还没见着四阿哥，不知他吃了一鞭感觉如何，混乱中匆匆回首一瞟，但见四阿哥被八阿哥的身影挡住，没见着，也就算了。

反正该来的逃不过，康熙不是说回京后要派我跟着大阿哥和四阿哥去看守二阿哥么？好戏才刚刚开始呢。

康熙帝圣驾回抵京城的前三天，满朝上下忙乱作一片。

九月十六日，康熙令设毡帷居胤礽于上驷院旁，命大阿哥与四阿哥负责看守，至于二阿哥的家人及宫人则都被禁闭在府邸，不准出宫半步。

接着康熙召诸王贝勒、满汉文武大臣于午门内，宣布废斥皇太子，云：“初意俟进京后台祭奉先殿，始行废斥，乃势不可持。故于行在拘执之。”

又云：“当胤礽幼时，朕亲教以读书，继令大学士张英教之，又令熊赐履教以性理诸书，又令老成翰林官随从，朝夕纳诲，彼不可谓不知义理矣。且其骑射、言词、文学无不及人之处，今忽为鬼魅所凭，蔽其本性，忽起忽坐，言动失常，时见鬼魅，不安寝处，屡迁其居，啖饭七八碗尚不知饱，饮酒二三十觥亦不见醉。非特此也，细加讯问，更有种种骇异之事。以此观之，非狂疾何以致是。不日当即告祭天地、太庙、社稷，废斥皇太子，著行由禁。”

九月十七日，康熙谕诸皇子及满洲文武大臣：“今胤礽事已完结，诸阿哥中倘有借此邀结人心、树党相倾者，朕断不姑容也。”

因引清太祖努尔哈赤置其长于褚英于法，清太宗皇太极幽禁阿敏，礼亲王代善劾举其子、孙，坏法乱国均正典刑之例。且曰：“宗室内互相倾陷者尤多，此皆要结党援所致也，尔等可不戒乎?”

九月十八日，遣官以废皇太子事告祭天地、宗庙、社稷。

康熙帝亲作告天祭文，言在位以来“一切政务不徇偏私，不谋群小，事无久稽，悉由独断，亦惟鞠躬尽瘁，死而后已。”

“不知臣有何辜，生子如胤礽者，秉性不孝不义，为人所不为，暴戾荒淫，至于斯极。”

“今胤礽口不道忠信之言，身不履德义之行，咎戾多端，难以承祀，用是昭告昊天上帝，特行废斥。”

“臣虽有众子，远不及臣。如大清历数绵长，延臣寿命，臣当益加勤勉，谨保始终。如我国家无福，即殃及臣躬，以全臣令名。”

本日，将二阿哥移居幽禁于咸安宫。

祭天之前，康熙命大阿哥及众皇子将告天祭文给二阿哥阅看。

二阿哥乃言：我的皇太子是皇父给的，皇父要废就废，免了告天吧。又言：皇父若说我别样的不是，事事都有，只是弑逆之事我实无此心。

康熙帝得知后，命启开二阿哥颈上之锁，并告知二阿哥：为你得了疯病，所以锁你。

初时康熙将二阿哥拘在上驷院旁，正好我此前在太医院任职时，二阿哥给我安排的住宿就在紫禁城内东墙下、上驷院之北的“他坦”，即太医院御医的日常轮流值班待诊处，因此开头两日我虽以康熙身边一等侍卫的身份被派去四阿哥手下协助看守二阿哥，但住宿仍在旧地“他坦”，往来很是方便。

可没过几天，二阿哥就被移到寿康宫后、长庚门内的咸安宫，我撑着来回跑了两日，实在没办法，卷卷铺盖像其他看守侍卫一样也住进了咸安宫。

咸安宫是明代天启年间有名的大太监魏忠贤的姘头兼天启皇帝的乳母客氏曾居之所，而客氏在明代的宫中又是以淫乱驰名，康熙选这个地方禁闭二阿哥也算是物尽其用了。据说二十几年前咸安宫经过一次重建，改为现在的南向开门三楹，曰咸安门，正殿五间，东西配殿各五间，二阿哥就住在咸安宫的西配殿，大阿哥和四阿哥轮班，办事在正间春禧殿，休息则在后殿，而看守侍卫全为清一色的一等侍卫，统一住在东夹道内的三通馆。

因西华门一进门一路往北就是咸安宫，四贝勒府却坐落在北京东城区安定门内，四阿哥嫌来回奔波麻烦，大阿哥又歇不住脚，常跟他要求换班，是以三天里面倒有两天是四阿哥在咸安宫过的夜。

启开二阿哥颈上之锁后，康熙也说了，二阿哥表现好的话，上访可以，但不能以自杀相威胁。

听了这话，二阿哥还算乖巧，白天正经睡觉，夜里正经吃饭，除非吃的是康熙命人送来的撤下御膳，不然可以连吃七、八碗饭而不饱。

我在待诊处时所住的原是后院最好的两间上房之一，现在到了咸安宫，因我是康熙方面过来的人，与阿哥们手下的侍卫自要有所区别，四阿哥又摆明了“罩”我，不仅将三通馆一楼南面连着的三号房分给我一人居住，还整天叫我到他那里站岗侍应。饮食上自是好的，此外每日下午申时一刻午睡起了还免费给我上书法课，他写字，我磨墨。

说起来，我也算是四贝勒府出来的旧人，最近又在康熙跟前当红，大阿哥见了我都是客客气气的，但四阿哥这样待我终究难免惹人闲话，不过只要没人存心当着我的面说，我一概装作不知。

许是看守二阿哥太过无聊，四阿哥看我看得格外紧，连我出去净手还要打个报告，通常的对话模式是这样的——

“四阿哥，我出去晒太阳了？”

“嗯。马上回来。”

“……好。”

不分晴天雨天阴天打雷天，反正我一说“晒太阳”他就明白了，不说不行，就算他在打坐也得做个形式站他榻前汇报一下，他不回答也罢，我是一定要说的，不然有人跟他报告说我不知上哪疯去了，不就亏大了。这样一来，至少我当天的夜宵会被罚掉，可怜我身子正在发育，少什么也不能少了吃吧？

四阿哥这人真是“阴坏阴坏”的，就这样早请示晚汇报他还嫌我“晒太阳”的次数太多了。恨得我牙痒痒的，巴不得一记佛山无影脚把他踹到那美克星，但也只好想想罢了，原因很简单，我不想给他收拾我的借口。

天知道九月十六日我是怎样骑马跟着康熙回京的，前天晚上刚刚同四阿哥疯过，第二天因为八阿哥以眼杀人而闪了腰，紧接着又跟十四阿哥小斗一场，如此折腾，换了金刚不坏之腰，也是要罢工的。

回京安顿下来，我好不容易小心养了几天，才缓过劲来，偏偏四阿哥

跟大阿哥串通好了似的，凡是轮到我值通宵夜班，四阿哥就回府，反之，他必留宿咸安宫。

四阿哥虽有安排三通馆的住处给我，且我的左右“邻居”都是从四贝勒府拨过来的侍卫，但我到底是女儿身，他还不放心，又像从前我在他书房里当值一样，以整夜读书为借口，将我留在春禧殿。

等夜深他在后殿睡下时，往往已快三更，又命我在后殿外阁上夜——上夜的只我一人，可以理解为他是给我机会偷懒睡觉，但我经过一次差点被他摸上小床来的教训后，就再也不敢多睡，要么留着夜宵慢慢吃，要么拿着红黑两色算筹搭积木玩儿。偶尔我有幸碰到二阿哥在西侧殿上演夜半歌声，什么“我是娘的全部，娘是我的全部，娘痛苦我就～～～不幸福”这种歌声凄凄惨惨地传来，听得人牙发酸。

好在大阿哥生母慧妃和四阿哥生母德妃都健在，要是换作十阿哥和十三阿哥来看守，搞不好又多两个得疯病的，康熙连这种小细节也考虑周详、滴水不漏，真是佩服。

九月二十四日，康熙以废皇太子事诏告全国。

诏中言胤礽向督抚大吏及所在司官索取财贿，其属下人恣意诛求、肆行攘夺，私用内外库帑为数甚多，穷奢纵欲，逞恶不悛。近来更暴虐荒淫，凌辱诸王大臣。为索额图之死时蓄忿于心，近复逼近幔城，裂缝窥伺，中怀叵测。

“宗社事重，何以承祧，朕图维再三，万不获已。”

“特废斥拘禁，所以仰安宗佑，俯慰臣民也。”

其他，诏内还有“恩款”三十三条。

这消息由四阿哥在酉时亲自带来咸安宫，本日原是大阿哥当班，而四阿哥一来，他正求之不得：二阿哥已经好几回嚷嚷着要洗澡，为着他洗澡用水均需特别烧制，非他毓庆宫的原宫人不可。为此大阿哥向康熙打了报告才批下来，二阿哥现在正洗得欢呢，大阿哥就等四阿哥来了好提早跟他换班。

四阿哥心知如今朝局动荡，大阿哥不甘寂寞，得空便往以八阿哥为首的其他兄弟那里跑，却也从来不点破，宁可自己多辛苦些，由着他去，这次亦不例外，不过按规矩，大阿哥走前还得先把今日康熙的诏意告诉二阿哥。

四阿哥带着我陪同大阿哥走出来，他们两人正说着话，忽然西侧殿那边就起了一阵骚动，几个太监拦都没拦住，二阿哥一脚踢开门从洗澡房跑出来，全身只围了块三角形的大布，辫子散开，后脑上腾腾冒着热气，气势汹汹地堵在我们面前叉腰戳指大叫："有人偷看我洗澡！你们管不管?"

这时不仅一众侍卫手足无措，就连大阿哥和四阿哥这般见过世面的也不由面面相觑，不晓得说什么好。

二阿哥这样还不够，忽地扭头四下望了望，瞪眼喝道："谁？是谁偷看男人洗澡？给我站出来!"

我低头憋笑憋得嘴快抽筋，偏巧又是一阵怪风过来，高高吹起二阿哥腰间没有绑稳的三角布，而我就站在他的正面，听见人丛中响起一片倒吸冷气的哗然声，下意识抬头，紧接着我便被四阿哥一把捂住眼睛拖回房去——他搞错了，他把我拖到了他的房间，不是我的。

四阿哥拖我进他房间时，已半松开捂着我眼睛的手，不过我一路也算蛮配合。事实上，当二阿哥抽风的时候，整个咸安宫最安全的地方就是四阿哥的房间了。但是四阿哥一进房，便开始关门脱衣服，这着实把我吓了一跳，裸奔也带传染的?

"背上痒，拿药过来帮我敷!"四阿哥一声吩咐，我才领到行情，赶忙绕过屏风，蹬靴爬上床，从床头抽格里取出装在温玉匣里那瓶鞭伤圣药元灵胶，一转头，四阿哥业已走进来，上身衣服都脱光了，背对着我坐在床边。

他的背部线条因为一道暗红色鞭痕的突兀加入而有种压抑的情欲意味，这几天我不是第一次帮他敷药了，但每次看到这个还是会暗爽，基本上都要磨蹭到他不耐烦开口骂我，才肯利利索索地把上药的活干完。

许是刚刚受了二阿哥情绪的感染，我一面用手指沾药给四阿哥抹开，一面不自觉地低声哼起小调来："在那遥远的地方，有位好姑娘～人们走过她的帐房，都要回头留恋地张望～她那粉红的小脸，好像红太阳～她那美丽动人的眼睛，好像晚上明媚的月亮～我愿抛弃了财产，跟她去放羊～每天看着那粉红的小脸和那美丽金边的衣裳～我愿做一只小羊，跟在她身旁～我愿她拿着细细的皮鞭不断轻轻地打在我身上～"

期间四阿哥的背肌抽搐了数次，我只当未见，小调哼完，顺利收工，转身原样放回元灵胶。

才推上抽格，四阿哥忽自后搂住我，在我耳边低低道："好姑娘，转过粉红色的小脸来给我看看。"

我挣了一挣，没能挣开，只觉他更贴近上来，反手去挡，一触手才想起他上身没穿衣服，等于白摸了一把，忙缩回来，汗道："只给小羊看，不给你看!"

他闷笑一阵，欺身把我推倒，我哼哼道："放手……我叫人了，我真的要叫人了……"

"就算给你叫到人，也都是我的手下，"四阿哥就是一头披着羊皮的狼，循循善诱是他的拿手好戏，"要不要我帮你叫？说不定来得快一点。"

我帽子早掉了，他又开始继续进击，我推他推不动，才知他是认真来的，不禁有点慌神，瞪眼望着他发呆，他见我这般，反而停了停手，问道："怎么，又想说明儿还要骑马？"

我吞吞吐吐地道："那倒不是，不过，我明儿总还要走路……"

四阿哥一挑眉，"走路有什么关系？"



我以袖遮面，呜呜道："你没关系，我有关系!"

他停一停，然后拉开我的手，低头吻上我的唇。

过了一会儿，他拉着我的手缓缓向他靠近，我侧脸靠床衾蹭了蹭，他便不强我，探手入我小衣内，贴身上来。

他的掌心极烫，房里又生着白炉子，冷是不冷的，但我就是一阵一阵地发抖。

他指掌所及，控住我前襟柔软，环绕悠悠，令我渐热渐燥。

衣衫褪了大半，他手心划过我小腿的曲线，轻柔但又不容拒绝地握住我的脚踝。

我微微地喘息，眼角看他俯身过来，也分不清是快是慢，他狠狠地"欺负"我。

"唔……"这次我一上来就没忍住，发出一声轻叹。

他当然不肯放过，我不知他为何突然如此发狠，又怕人听见动静，不敢放声，只得咬唇强忍。

但忍不了多久，我就开始推他手臂，他一把攥住我手腕压下，悉数探索。

我怨怒交加，关键时刻却忆起之前的经验，因最大限度地配合他，由他索取，至苦一关熬过，便没什么大不了。

终于等他放开我，我尝试了数次，才勉强稳住呼吸，草草收拢散乱的衣襟，还赤着双足就要下地，他却回手拉住我，我想也不想，不分头脸地一掌掴上去。

我也没想到会正中目标，四阿哥的脸侧了一侧，我正在看有没有留下指甲痕迹，但他很快又一次把我置于他的身下。

他的样子看上去是想要揍我一顿，可是他不仅没有动手，反而俯身亲吻我。

我突然一阵燥热，费了很大气力想控制住自己，然而很难办到。长久的唇舌纠缠，令我很快就失去了挣扎的气力。

四阿哥略抬起身，以手指抚摸我的额、眉、眼、鼻，描出他看到的轮廓。

我鼻息轻微咻咻，盯着他的眼睛。

他笑："你现在的样子真像一只小野兽——小老虎？"

"错！是蛇，且最最毒的那种！"

我露齿发出嘶嘶声，他觉得很趣致，伸手捏捏我的脸颊，"再来一个听听。"

我低头咬他手指，他瞪了我一眼，我没敢真咬下去，可他手指一动，却自动送进我嘴里，让我含着。

"格记戆特了。"

我要不要学螃蟹吐点白沫出来？

"别忘了，在打碎十八阿哥的老虎玉牌前，你还欠了我的一块玉牌。"

这句话四阿哥说得轻描淡写，听在我耳中，却是惊心动魄。

四阿哥不提他那面孝懿皇后所赐的清勤慎忍诗文雕玉牌也罢，一提，我便周身一僵。

为了那面玉牌，我可是吃尽苦头，但更令我震诧的是我总算明白他为何偏偏说我像小老虎了：当初十八阿哥亲口告诉我他曾得康熙许诺，他若能在秋获中打得一只老虎，就将我赐给他。

十八阿哥临终前，我当着他和康熙的面打破老虎玉牌，本身就暗含遂

他心愿之意。

这件事我一向以为只有我和康熙知晓。然而现在看来，四阿哥也知道了，不然他不可能说出这样的话来！

他从何得知其中奥妙？不早不晚，偏偏要在此时提起，又是何解？

我思绪转得太快，等想起装傻时已来不及，四阿哥一直审视着我的神色变化，是真是假瞒不过他去。我眨眨眼，有一点儿难堪，刚才气势因减了不少，只得挪挪位置，侧过身去。

四阿哥抱住我的肩头，命令道："手拿开。"

"不要……"我仍回手挡着他，"弄疼我了……"

但我哪里应付得过他，他轻而易举地掰开了我的手，同时嘴唇在我耳后摩擦低语："这样呢？"

我身子一颤，在他手指爱抚下不住战栗，片刻之后，又是一紧："不。"

"或者这样？"

"不。"

推扯间，我面对他，他重重咬上我胸前的酥软，又用舌头和嘴唇试探。

然后他捧住我的脸庞，我气喘吁吁地看着他，他的眼睛黑得像深海里的礁石，明明知道答案就在那里，但是望不见底。

他的情欲汹涌抵上来的一刻，我的身子和呼吸都顿了一顿。可他固执地要我就这样看着他，不许我移开目光。

他用手臂挡着我的膝弯，我全凭一己之力承受他的喷薄。

一下。

一下。

又一下。

没用很多时间，雾气迷蒙了我的双眼。

当我渐渐看不清他的脸，就用手背悄悄地擦去眼泪。

如此，周而复始。

但不论我多努力，还是有一滴掉落。

眼角湿凉，脸颊滚烫。

他吻干我的泪痕，"你是我的。"

我深深地吸口气，抬手搭上他的肩头。

他搂住我，垂眼问："受不住了？"

“嗳……”他一动，我就怕得要死。

他暂时没再做什么动作，只俯身拥吻我，他的吮吸辗转异常耐心温柔，这样的停留紧压反令我更加敏感，他一脱开我的嘴巴，我便喘息起来，越想压抑，越难克制。

“别害怕，放松。”他竟又再次发力。

我试着听他的话，但他实在太过“用功”，我咬紧牙关，才叫得一声“四阿哥”，其火热骤然肆虐而至，将我整个人点燃了。

我初觉挠痛，务须捱忍，旋觉一味热痒，忽津津而出，苦渐去，乐渐生。

他又在说些什么，我一句也没听清，身子一阵急颤。

但他十分使坏，不等到我求他，任我丢了几回，他也不肯放松。

“四阿哥……”我移手紧紧圈住他脖子，主动凑上唇，口脂交偎一番，软语呢哝，只管叫他的名，“胤禛、胤禛……爱我、爱我……”

我十分情动，他亦难自持。

他如此野蛮悸动，我受之无愧。

情欲之根，恩爱之萌。是是非非，不离不弃。醉生梦死，再生天地。

孰真？孰假？谁执？谁念？

满足之后，四阿哥半抱着我靠坐床头。

抬起头来，可以见到他微微合目，从这个角度看过去像有一个灵魂敛翅隐在他睫毛的阴影里。

而仔细看，他的皮肤细腻，脸上是孩子气，身子却是男人香，会不自觉想要触摸亲近，但又怕他放肆。

今晚被他收拾一场，算是我自找的，我认了。

但记得从前一年正逢盛夏，四年一度的世界杯足球赛如火如荼，有个家伙看球赛看到激动过度，在 MSN 上见人就传一句话：做男人就要像澳大利亚队一样，前八十分钟不射，而且不停地让对方 HIGH，然后一射就射三球。

那时我当笑话来看，现在真的碰到这种男人，才知笑不出来。

我的激情尚未完全平复，而他的左手又从我腋下绕过，握住我前襟缓缓捏玩，一点红寇在他指间滚来滚去，敏感发硬，我才闪一闪身，他就知觉，睁开眼看我。

即使他这样简单注视，我也觉小腹一阵紧缩发热。

他的手下就是我的心跳，再没有觉察不到的，因含笑掀开他先前给我盖上的一张薄被，不怀好意地翻身逼近。

我嘤咛伸手抵住他的胸膛，尤其他将手指缓缓摸索时，更加羞得不可自抑，全身雪肤下再次泛起潮红，由淡转深，统统避不过他的眼睛，以至挑弄越烈。

他要乘胜追击，我抵死不从，一时挣扎，却又怕惹起他的火来，只得开口央道："四阿哥，我饿了……"说着，主动投体入怀，像小猴子爬树一样紧紧圈抱住他，讨好地蹭一蹭，换了语气又求一遍，"四爷饶了人家嘛，好不好……好不好？"

我叫他四爷，他最高兴的，因被我磨得没法，便在我腰后小掐了一把，佯怒道："你再乱动一下试试？"

我趁他手上松劲，赶快脱身出来，先拖被掩住要紧处，才跳下地捡起两人衣物，爬回床笑道："人家伺候四爷穿衣、用饭——"

"你成天就知道吃吃吃，"他正套上袖子，忽然把我裹在身上的薄被拉下一半，冷不丁使我前身赤裸在他眼前，他打量着坏笑了一笑，"不过多吃点也是要的，今年比去年越发长得好了。"

我撇撇嘴，正在发育阶段，哪有不长身体的，我个子也高了呢，他就只关心我某处，不过认真讲来，至少有一半是被他给 touch 大的，他老这样，以后叫我还怎么穿男装呢？

他眼神不对头，我高度戒备，也不伺候他穿衣了，光速一二三把小衣中衣全部套上，包得严严实实，一丝春光不漏，下地连鞋袜都穿好，才对镜慢慢地梳头戴帽。

片刻后，四阿哥业已穿戴齐整，我知他向来习惯不在自己卧房"办事"，此刻床上已经凌乱得不成话，就叫人换了，他也未必肯睡的，因问："用完饭要再收拾间睡房出来么？"

他摇首，走到一旁，推开西窗，外边声浪传入，我原来也有听到，此刻再一细听，不禁骇笑。

他半转身，闲闲道："今晚谁也别想睡。只怕连大阿哥想走也走不了。"

四阿哥说对了前半句，却没有说对后半句。

由于二阿哥洗澡遭窥，其伤痕累累的心灵受到了巨大的创伤，他不痛快，谁也别想痛快，整个咸安宫上下的确“今夜无人入睡”。

到了后来，二阿哥抽风发展到2. 0升级版，居然指名道姓说我偷窥他的玉体。

不好意思，我看过他四弟的，就是没看过他的。至于他围布被风吹起来的走光事件，纯属意外，我唯一的错误是当时站在他正面，但四阿哥已经就此事对我进行过再教育，怎样也轮不到二阿哥秋后算账。

不过二阿哥对摆事实没有兴趣，对讲道理更加不屑一顾，他吵来吵去，结论无非一个，就是硬要我承担责任，弥补他所受的伤害。

怎么补偿呢？很简单，欠肉债，以肉偿。

四阿哥一怒之下，就要带我出宫，难为大阿哥年纪最大，还要周旋在两个弟弟之间，好说歹说，这边才劝平四阿哥，那厢就被二阿哥操起银汤匙砸了鼻子。

大阿哥久经行伍，动作敏捷，二阿哥手力可也不差，一记正着，若非四阿哥眼疾手快指挥人拉开，怕会把大阿哥的鼻梁骨敲断。



皇家最重体面，大阿哥鼻子受伤，

连带半边脸红肿，惨不忍睹，但二阿哥到底曾是太子，同大阿哥多年习惯了既是君臣又是兄弟，大阿哥再暴跳如雷，也不好回手揍他。

两人空自对吵了一通，大阿哥一来鼻子呼气不便，二来又哪是清朝骂功第一猛将二阿哥的对手，旋即兵败如山倒，气冲冲地拉了四阿哥要一同往乾清宫面圣，给他评理作证。

二阿哥一听来了劲，也嚷着同去对质，他要一路闹过去，整个紫禁城怕不给翻过来，如何使得？四阿哥便不肯去，只说天时已晚，皇上也该歇了，一切明日再作计较。

大阿哥伤痛攻心，此刻暴躁起来其实不比二阿哥理智多少，见拉不动四阿哥，说又说不过二阿哥，埋怨了一通，竟跺一跺脚，自管带着他的手下出了咸安宫，丢下一堆乱摊子给四阿哥收拾。

大阿哥今晚不知有何心事，一味急着走，他的意思本是要我不妨先背了二阿哥这黑锅，倒也不是叫我今晚就怎么样，只是赔两句好话做个样子，把二阿哥哄一哄平息了再说，但四阿哥在这个问题上就是寸步不让，事情才会越闹越乱，终于到了这个田地。

我虽没做错，但经二阿哥这么一闹，这浑水越搅越脏，多少有点忐忑，然而大阿哥一走，四阿哥就恢复了冷静，任凭二阿哥追着他大发狮子吼，只吩咐下去不准二阿哥踏出西侧殿半步。他自己回到正殿，拿卷书坐在春禧殿门口慢慢读来，别的一概不理。

二阿哥遭到无声藐视的冷处理，满腔激愤无从发泄，又是砸墙，又是乒乒乓乓地摔桌打椅，中间想起晚饭没吃，还嚷着叫人送饭，四阿哥允了。不知哪个倒霉蛋侍卫抽到下下签进去送饭，起初还安静无事，大家都松了口气，盼着二阿哥吃饱了就睡，不想他吃饭就是为了补充体力，好家伙，三碗饭下肚，哼哼哈嘿，头一个就把来不及跑开的送饭侍卫揪过来，按在地上当做人体沙袋暴打了一顿。

侍卫算是聪明的，半点不敢还手，还知道配合二阿哥的节奏呻吟求饶，一分痛，三分叫，以求早点开脱，二阿哥能换个人打打，但到得后来就不禁放声惨叫，听者无不起鸡皮疙瘩。

眼见要打出人命来，四阿哥再神经大条，亦无法安之若素，他把书扔到我手上，叫我好好待着别动，又点了几个武艺过人的一等侍卫，往西侧殿奔过去。忽然，宫门外进来一队人，看服色都是禁军，而打头的一是康熙身边的亲信侍卫吴什，一是副首领太监邢年。

他们这样的身份在此时突然出现，谁不知道分量，连里面正在打人的二阿哥也停了手，跑到西侧殿门口探头探脑，露齿傻笑，算是跟他们打招呼。

四阿哥迎上前去，跟吴什交谈了几句，说的是满语，我隔开有点距离，更听不真切，只见四阿哥脸色一变，也不带人，由邢年引着便要走出宫门。

我心里一急，刚刚踏前一步，四阿哥已然想起，驻足回身向我招了一招。我飞快地跑过去，四阿哥简短道："跟我去乾清宫。"

旁边的邢年一愣，四阿哥已经抢先道："吴大人，你有意见?"想来康熙这次并未召见我，吴什朝四阿哥脸上看了一看，便没开口，但面露踌躇，也未退开。

我身为一等侍卫，算正三品官员，同级论资历，吴什还有管辖我的权力，他不表明态度，邢年一个太监更是无论如何不敢发话，只能眼巴巴地望着，欲言又止。

偏偏二阿哥此时叫起："吴大人——不能放小莹子走！她胆敢偷看我洗澡！我要治她的罪!"他一面说，一面还咬牙切齿地"砰砰"拍门，众人为之侧目。

咸安宫里不乏康熙的人，吴什来前自然也是知道这里的情况的，闻言不由苦笑了一笑。

四阿哥眉头一纠，指一指我，不耐道："二阿哥的要求你们也听到了，他要治小莹子的罪，我就把小莹子先带过去给皇阿玛定了罪再送回来，有什么问题?"

四阿哥的意思很清楚：要么他带我走，要么吴什保证我的安全——如果吴什有把握控制住二阿哥行动的话。

吴什垂头想了一想，让开一步。

我紧跟四阿哥往前走出，眼风瞟到邢年落在后面跟吴什交换了一个无奈又莫名的眼神，心中突然升起一阵不好的预感，但比起让我留在没有四阿哥在的咸安宫，我实在想不出还会有比这更危险的事。

出咸安宫，沿西六宫外墙下直走，过养心殿，穿月华门，便到乾清宫。

回京后这还是我头一次踏入乾清宫，刚进来，就觉得气氛隐隐不对，但表面上也看不出有何大不同。

我一路跟在四阿哥身后三步之内，想来想去，总不见得他真是带我来给康熙问罪吧？

如今看来，肯定还有别的大事件发生了——听说这些天康熙身体一直不好，每日都在用药，御医轮番进见，莫非康熙被二阿哥气得病情加重？

正胡思乱想间，四阿哥骤然停步，我一个踉跄，差点撞到他的背部。我顺着他的视线往右手方向看过去：直直跪立在东暖阁前露天庭院的那一个侧影，是谁？

事实上，刚才我只一瞥四阿哥的表情，就已知晓答案。

可是这个答案超出了我能承受的程度，我拒绝再看，偏过首，却见八阿哥、九阿哥、十阿哥及十四阿哥浩浩荡荡的一群人由李德全亲自引着从东边日精门穿过来。

老远就听十阿哥扬声叫道："瞧那边！老八，老九，我说得没错吧，四阿哥一准比咱们先到！"

九阿哥没答话，跪着的那个侧影动了一下肩膀，似要转首朝向我们这边，又强忍住。

那么这一切都是事实，并非造梦了。

我把目光移向四阿哥，他的眉棱突突地跳着，但不管他的唇角咬得有多紧，他的眼睛已泄漏了他的秘密。

他这一阵甘愿配合同样负有看守重责的大阿哥溜小差，不辞辛苦地在咸安宫宿夜，自是有他的用意，可此刻眼前的景象肯定超出了他的预期。

十三阿哥的膝盖跪在夜半冰冷的石地上，也像是结结实实地磕在了四阿哥的心上。

四阿哥似没听见十阿哥说话，脚下一动，便要朝十三阿哥走去。

——要命，这里前后左右，看得见的、看不见的，不晓得有多少双眼睛在盯着他，可十三阿哥为什么连看他一眼都不肯？

我亦顾不得邢年在场，横过一步，半侧身挡在四阿哥面前，冲着迎面走来的清朝 F4 打千行礼："请八阿哥安！请九阿哥安！请十阿哥安！请十四阿哥安！"

因我原站在廊下暗影里，此时出来请安，十阿哥才认出我来，干笑一声，正要说话，却是八阿哥温和的声音抢先道："夜里寒气重，不必久跪，起吧。”

我算计时间已经拖够，依言立起，垂手退到四阿哥身后，飞快地瞥了他一眼，见他虽然不往前走了，可也没有改变姿势。

十三阿哥应该知道四阿哥在看他，他只是刻意做出毫无知觉的样子，即使跪着，也要维持内心的骄傲。

四阿哥也应该知道F4在看着他，他的表现不算失态，脸上的神情甚至是有些漠然的，然而太漠然太无懈可击，反而像在故作掩饰。

我本想多留意八阿哥的，目光却被站在最后的十四阿哥所吸引。他虽无任何多余的动作，但他的眼神分明在极力克制着什么，只不过四阿哥是在压抑愤怒，而十四阿哥所要压制的应是某种恶意的嘲讽。

可是若再坚持看深一层，就会发现十四阿哥的眼神在从十三阿哥背影移到四阿哥面上时到底还是有些许变化。

一点震惊，一点关切，还有一点木然的悲伤。

即使殊无欢愉，瞬间也可爆发，但如有可能，亦会永世不声张。

很多时候，我几乎忘了十四阿哥是这世上唯一一个和四阿哥血缘最近的亲兄弟。更多时候，连十四阿哥自己也已经忘了吧？

康熙熟悉的声音从东暖阁里传来，我有点走神，还没抓住要领，只见邢年急急退下，由李德全引着众阿哥往里走。

而十四阿哥跟在八阿哥身后走进去时，四阿哥又转首朝十四阿哥的背影望了一眼。

因来时康熙并没有说明召我，我待在原地，正不晓得该站哪里好，四阿哥已回身看着我道：“来吧。皇阿玛刚才说你既来了，就一起进去见见。”

我低头应了一声，屏气凝神跟着四阿哥走进东暖阁。

一进门，先看到大阿哥也在里面，而康熙半卧在东壁通炕上，脚边斜签坐着一位玉态珠辉、仪态万芳的宫装女子。我听四阿哥当场称呼，才知她便是四阿哥日前跟我提及的那位新近奉诏回京探视康熙的和硕荣宪公主，于是先给康熙请了安，再给公主请安。

阿哥们在旁边站了一溜，静得很。

康熙就着荣宪公主的手喝完最后一口药汤，她熟练地握着黄帕帮康熙拭了嘴角，又把什物一起交给身边侍立的小太监魏珠。

此时十三阿哥还跪在外头，康熙只没事人一般，指一指我闲话道："瞧瞧，她就是白石的孩子。"他一顿，好像我的名字还要想一下，"玉莹。"

荣宪公主这才转过脸来正眼看我。

虽然同为康熙亲女，这位荣宪公主却与我曾见过的那位凤眼白肤、气质偏静的纯悫公主大有不同。

荣宪公主脸颊上有一片明显的雀斑，却并不难看，反而好像永不消散的泪影，令她即使笑起来，也平添几分忧伤的气质。

真正打动我的是她那一双眼睛，有如受伤未愈的小鸟，在永恒地寻觅一翘可以落足的枝头，给人的感觉有点像我曾见过一面的八阿哥的生母良妃，七分自怜，两分神经质，一分张皇。

然而不知为何，一旦她认真注视人的时候，却似有无形的魔力，使人油然生出几分紧张，就仿佛在面对什么了不起的大人物一般。

单从气场上来说，这位康熙最宠爱的长公主绝不输给在场的任何皇子，但她偏过首跟康熙说话时的姿态，仍有一点点女儿的娇羞，可以推想其年轻时的风韵，"皇阿玛，景奇的孩子做什么要偷看二阿哥洗澡？"

她说起话来，音色偏柔偏细，一不留神容易听漏，胜在语调从容，优雅散淡，但就是用这种语调说这种话，更见好笑——尽管没人敢笑。

康熙眼角一抬，望望我，问得滑稽："看了没？"

我嘴上恭敬："回皇上，没看。"

康熙道："谁担保？"

四阿哥接道："儿臣担保。"

康熙沉默一下，掉头问大阿哥："你不是告诉朕说玉格格都看到了？"

大阿哥面色灰白，衬得鼻子中段红彤彤的，极是显眼，瓮声瓮气地道："儿臣是说二阿哥说玉格格看到……"

康熙不待他说完，点点头，笑道："很好，原来你还分得清哪句话是二阿哥说过的，哪句话不是……"

大阿哥闻言，扑通一声直挺挺地跪地，好不吓人一跳。

正巧三阿哥也被太监引着进来，见状紧步抢上来跟着跪了，他俩一打头，其他兄弟齐刷刷都跟着跪了两排。

山雨欲来风满楼，一室凝重，唯有荣宪公主事不关己，高高挂起，亲自将打从进门来就一直跪在原地的我双手执起，牵着走向北墙书隔下锦座：“听说你按摩手法不错，这两日我颈后很觉乏顿，好好替我按按，回头我跟皇阿玛把你讨来，也省得有人洗澡都不安心。”

她的话人人都听见了，我不知她是开玩笑还是当真，但无论如何，堂堂公主看得上我，是给我面子，还能怎么着？赶紧动手马杀鸡呗！

这会子功夫，康熙已经坐正，缓缓说出一番话来：“前拘禁胤礽时，胤禔乘机奏言：‘胤礽所行卑污，大失人心。相面人张明德曾相胤禩，后必大贵。今欲诛胤礽，不必出自皇父之手。’朕随命胤禔将张明德拿交刑部尚书巢可托、左都御史穆和伦审问。”

追述完胤禔前言，康熙缓缓扫视一周，众阿哥皆垂首不语。

康熙又云：“朕思胤禔为人凶顽愚昧，不知义理，倘果同胤禩聚集党羽，杀害胤礽，其时但知逞其凶恶，岂暇计及于朕躬有碍否耶？似此不谙君臣大义，不念父子至情之人，洵为乱臣贼子，天理国法皆所不容也。”

他这番话半文半白，我约略明白，只是要咀嚼一下才回过味来：大阿哥不仅告了二阿哥的状，还顺带把八阿哥给卖了？

而康熙所言“倘果同胤禩聚集党羽，杀害胤礽，其时但知逞其凶恶，岂暇计及于朕躬有碍否耶？”这句话的分量之重，简直是当头抛了个原子弹下来，一时连八阿哥本人在内都被炸懵了，并没有谁敢接话。

而康熙自己说完，也静默了好一阵子，半晌，才伤感地一摆手，叫李德全把跪在外面的十三阿哥领进来。

十三阿哥不知已经跪了多久，只一听到他那完全不同于往日的蹒跚脚步声，我就迅速低下头去。

荣宪公主本来半靠着椅背，合目假寐，忽然觉出我手重，眼帘一掀，清利利的目光自下而上撩了我一记，旋又敛去，只反掌拍拍我的手背，示意我继续。

我猛然想起康熙在此发落一众皇阿哥，而荣宪不过以一介公主身份，为何得以逗留不去？想必是预先得过康熙暗示。再一细想之前她和康熙的几句对答，看似平平，换一个层面看，未尝不是大有深意，不禁出了双重冷汗。

念头急转间，十三阿哥入室，从他进来给康熙跪下叩首开始，康熙和阿哥们说话便转用了满语。

康熙慢慢地问，十三阿哥亦一字一句慢慢地答，偶尔康熙也让大阿哥或八阿哥说上两句。

我不晓得他们在说什么，但听口气，类似于几人间的对质。

荣宪的肤色白到近乎透明，后颈上的血管跳动清晰可辨，细心体察，亦随着众人的对话而有搏动快慢之分，可见她绝非表面上那般气定神闲。

其实我的手也在发抖，但荣宪好像并没有注意到。

不晓得又过了多久，最后只听康熙掷地有声地说了一句话，引起在场众人一阵不安的骚动。

荣宪眼一睁，霍地站起身来。

我愕然退开一步，看到十三阿哥向康熙重重地磕了个头，然后自一众跪着的阿哥们中间缓缓站起，木然转身，跟在不知几时进来的两名侍卫身后，举步欲走。

但是十三阿哥才迈出一步，跪在旁边的四阿哥就身子一直，抬手拉住十三阿哥。

十三阿哥做了个垂首看四阿哥的动作，但四阿哥并不把头抬起来与他对视。

四阿哥只是固执而又坚决地拉着十三阿哥，仅此而已。

荣宪开始朝康熙走过去，没有人叫我，可也没有人拦我。

我仿佛是无意识地跟着她往前走，呆呆地看着眼前的场景：四阿哥紧紧抓着十三阿哥的手，十三阿哥想要扳开，但试了几次都没成功。

所有阿哥都在侧身看着他们，却没有一个人打破沉默。

康熙以拳抵额，揉了一揉，疲倦地道："四阿哥……"

四阿哥至此方抬起头来，他的眼睛很红很红，可是已经被烧干，没有一滴多余的水分。

康熙深吸口气，沉声道："朕的意思，刚才已经当着你们的面问清楚，说清楚！难道四阿哥你还不服？"

四阿哥放开十三阿哥的手。

十三阿哥却不走开。

四阿哥扬起脸看了十三阿哥一眼。

十三阿哥摇了摇头。

四阿哥往前膝行两步，越出大阿哥和三阿哥的位置，定定地望住康熙，悲切道：“自从皇父命儿臣同大阿哥一起照看二阿哥以来，儿臣日夜目睹二阿哥情状，感触入腑。二阿哥诚然犯了大过，但儿臣们与二阿哥身为弟兄手足，三十余年朝夕共处，却不能防微杜渐，彼此督促，亦有不可推卸之责，反思往日种种，深觉愧对皇父。二阿哥有错，儿臣一样有错。至今日十三阿哥犯了事，皇父一应处置，合情合理，休说十三阿哥绝无一丝怨怼之心，儿臣更无半点不服，只是儿臣忆昔幼龄，即与十三阿哥趋侍庭闱，晨夕聚处。比长，遵奉皇父之命，授弟算学，日事讨论，每岁塞外扈从，形影相依……每一想至此处，儿臣一颗心便直如遭百刀簇刺，痛不可当。儿臣斗胆叩请皇父，将儿臣与十三阿哥一并圈禁，儿臣感念……”

四阿哥再说不下去，唯不住叩首而已，三阿哥从旁不断低语劝解，却并不起效。

东暖阁内诸人因四阿哥的这一番话，亦是一片欷歔之声。

十三阿哥泥塑木偶一般站在原处，也不走，也不哭，也不跪。

康熙瞪着眼，看了四阿哥半日，一手挡开荣宪的搀扶，颤巍巍地站起，虽然激动，声音却不失威严：“因大阿哥限期查办张明德一案，自今日起，二阿哥着四阿哥独力监管，十三阿哥圈禁之所由五阿哥看守。朕意已决，毋庸多言。跪安吧。”

康熙话完，十三阿哥一言不发，头也不回地跟着侍卫出门而去。

李德全服侍康熙坐回原位，皇子们一一磕头跪安。

东窗外，天色渐亮。

康熙四十七年九月二十五日，十三阿哥成为继太子之后第二位被圈禁的皇子。

# 第二十四章 夜談

跟着四阿哥从乾清宫回到咸安宫似乎是一个漫长的过程。

四阿哥的背脊挺得笔直，步伐也很有力，但他走得一点也不算快。

跨进咸安宫正门，吴什早带着人从春禧殿迎出来。

四阿哥只问了一声，知道二阿哥睡了，便没再说过第二句话。

从早上卯时到午时，四阿哥一直坐在房间里，没有沾过一滴水、进过一粒米。

我在西侧殿门口轮完岗，直接回三通馆食堂选个偏里的位置坐下，一面听人讨论“从早上到现在，四阿哥一直关了门待在房间里，不准人进，连皇上那撤下分来的御膳也不动”等等，一面埋头啃着我刚领的白馒头。

吃完三个白馒头，没有夹一口菜，来咸安宫多日，我第一次回三通馆一楼南面的三间连号房内午睡。

我连鞋也没脱，仰面直挺挺地躺在床上，睁着眼睛看天花板直到眼酸，又换了个姿势，枕肘蜷身半日，仍是未能入睡。

于是我一路走到四阿哥房间门前，算算已是他平日起身练字的时辰，先侧耳听了听，房里并无一丝动静，这才推门进去。

四阿哥就坐在书案后，正对着门口，开门的一刹，一痕光亮在他脸上一划而过，他却很安静，任其来去，就算对我

的出现，也只是淡淡的一句："你怎么进来的？"

我反手合上门，耸耸肩，走向他，"没人拦我。"

"出去。"他说。

"好。"我继续走，在他椅边站定，"不过在那之前，我想先给你看一样东西。"

他一把扯过我的身子，圈在他的座位和书案之间，抬手从我腰臀曲线缓缓往上按压移动，同时以一种平静得几乎没有一丝波动的语气说道："你知道我想看什么。衣服脱掉。"

我仰了仰脸，他带着冰冷的怒气起身逼近我，我被迫向后靠了靠。隔着衣料，我感觉到他的迫切，不禁皱了皱眉，分手撑住案桌，尽量将身子再仰后些，待到他停下，我连维持正常的呼吸节奏也是奢求，但我始终凝视着他的双眼。

他垂首看我，忽然伸手紧紧圈抱我入怀，良久才往后让一步，放我整理好衣裤滑下书案。

我脚才沾地，身子便是一僵，扶住了他的肩膀，不敢乱动。

他朝我脸上看了一眼，打横将我抱起，绕过内室的屏风，放我半靠在另一张洁净的卧榻上。



"我叫人拿吃的进来——"他说了一半，改口道，"你想吃什么？我去取。"

我摇摇头："我乏了，想先歇一歇。"

他取过一张毯子盖在我身上，除鞋上榻，自后搂我入怀："一起歇。"

他的手挪到我腰间，微痒。

我转过身，在他面前伸出自己的手，将中指向下弯曲，而中指的背和背对靠在一起，然后将其他的四个手指分别指尖对碰，晃了一晃提醒他看："五对手指只允许有一对分开的情况下……先张开那对大拇指，能够张开……合上大拇指，再张开食指，也可以……合上食指，张开小指，嗯，还是可以……那么，合上小拇指，再张开无名指看看……怎么也张不开！"

不等我演示完，他已会跟着做，果然分不开那一对无名指，面上微露惊讶。

"瞧，"我深吸口气，无奈之前的痛意未散，想笑，还有点困难，"每个人都会有生老病死，每一对手指可以代表父母、兄弟、子女，能分开，即表示会有一天，我们要离开他们，抑或他们先离开我们，但无名指代表有一个人，是你一辈子不离不弃的，只要最开始便合在一处，则永生永世都永不分离。”

我点点他右手无名指：“这是四阿哥。”又点他左手对指，“这是十三阿哥——连你自己都分不开你们，别人又如何能分开？”

他听懂了，却望望我，抓起我的左手，捏住我的无名指，亲了一亲：“这是我。”再亲一亲我右手的无名指：“这是你。”

“猜猜看，”我错开话题，“皇上右手无名指的对指会是谁？”

他先侧首看向西窗外，才慢慢地转过脸同我对视：“你是指，太子？”

听他说的是“太子”，不是“二阿哥”，我便不再多言，只靠在他怀中合目假寐。

记忆中，在四阿哥怀抱里睡觉，这是第二次了。

而我竟真的睡着，待我醒来，已是灯影斜摇书案侧，雨声频滴曲栏边。

我略作动弹，四阿哥的声音立时从耳后传来：“饿了没有？”

我满头黑线，这人还真把我当饭桶啊？

其实这次回京以后，我的胃口一直有点怪，没东西吃时很馋，但真的摊了一大桌在眼前，也吃不了多少。况且冒险推门进来，并未料到四阿哥居然化悲愤为欲望又“欺负”了我一次，不然真是打死也不做好人，让他一个人伤心到天明。

饿、饿、饿，我还鹅鹅鹅、曲项向天歌呢！

我撑了撑身子，叫他放我坐起，发现不知几时他把我的长发给弄散了，无奈何，以指为梳顺了顺，他好像支首望着我的每个动作，闲闲地道：“有点奇怪，荣宪公主看来很喜欢你。”

“咦？”我到处找我的帽子，“本侍卫天生异秉，人见人爱，花见花开，公主喜欢我很奇怪吗？”

他弓指敲敲我的头，“你给我老实一点。”

我一弹眼珠，“哪里不老实了？是公主喜欢我，又不是我喜欢公主。”

“是吗？”四阿哥一笑，“我只是提醒你，不要重蹈你爹当年的覆辙。”

我听他话里有话，因停下动作，眨巴着眼睛看他，他搂我靠在他胸前，揉着我的发，缓缓地道：“这些事我早就想跟你说，但既想你知晓，又不愿你知晓太多反而误事，而这大半年你不在我身边时居多，所以就一直拖着。

不过这次皇阿玛召荣宪公主回宫，总要停留一段时日，我给你提个醒儿，万一有事，你要知道趋避才好。”

“十七年前，皇三姐时年十九岁，元月间受封为和硕荣宪公主，同年下嫁蒙古巴林部博尔济吉待氏札萨克多罗郡王鄂齐尔的次子乌尔衮。和硕格格与额驸成婚后，在京住上一段时间，照例须随额驸入居蒙古。而当年乌尔衮因事先回蒙古，荣宪公主初次前往蒙古草原，办理陪送诸事所派护军校总管正是兵部出身的你父白石。途中白石立功数次，回京不久，才一过完年，便被皇阿玛赐婚，六月中，有了你。你刚满三岁，白石当时以四川驻防佐领身份，从抚远大将军费扬古，随皇阿玛三次西征蒙古噶尔丹，平复叛乱，大败噶尔丹于昭莫多，斩首三千，阵斩噶尔丹妻阿奴，战功显赫，半年光景即累迁至从一品振威将军。正可谓年少威风挂战袍，两年血战立功劳，惜自古名将无白头，白石忠烈救驾，虽死犹荣，只可怜你母亲……”四阿哥说至此处，低低地叹息一声，我觉出他搂我肩头的左手微微用了点力，不由扬起脸来看他。

我问他：“皇上说，我娘原是孝懿皇后的侍女？”

他点点头：“不错，你娘十四岁入钟粹宫，十七岁转侍乾清宫，至十九岁嫁到白家，足足五年，她几乎是宫中陪伴我时间最长之人。”



我被他报出的这一连串时间闹昏了头，暗暗掐指算了算：十七年前，荣宪公主十九岁出嫁蒙古，也就是康熙三十年。康熙三十一年，康熙把婉霜赐给白石，那么婉霜入钟粹宫应当是在康熙二十五年，而四阿哥虽由德妃所诞，却自出生之日便被抱入孝懿皇后的钟粹宫抚育，时年应当八岁，而婉霜十四岁。

根据我以前在太医院积累的八卦资料，孝懿皇后崩于康熙二十八年，据年龄算，婉霜就是那一年进到乾清宫康熙御前服侍，当时四阿哥十一岁，并未开牙建府，照他的说法看来，极可能他也一起移到在乾清宫由康熙亲自照看。但是如此算来，婉霜不是最迟康熙三十一年就出宫了吗？

——“老十四什么都要跟四阿哥争一争，但唯独这件事，他争错了。你果然不愧是婉霜的好女儿。”

——“你是四阿哥府里出来的人，他是怎么教你的，我心里明镜一般。我劝你一句，老实一点，睁大眼睛看好，一个四阿哥够不够保你。”

四月时，八阿哥在苍震门前跟我说的这几句话，我一直耿耿于怀，可良妃卫氏自入侍宫中，早早于康熙二十年生皇八子，直到三十九年十二月被册为良嫔，后晋良妃，当时儿子都有了，地位巩固，又哪来的美国时间和婉霜发生冲突？

八阿哥所指的当年，到底是哪一年？

要不要借这个机会说出来给四阿哥听听？

谁知我脑子正转到此处，四阿哥忽道：“在想什么？”

我吓了一跳，差点将刚才的疑问脱口而出，又生生地收回，沉吟一下，迎上四阿哥的目光，“我笨，我还没想到我爹当年的覆辙究竟是什么？”

四阿哥目不转睛地注视着我：“四年前，乌尔衮初袭巴林部札萨克多罗郡王，并统理昭乌达盟蒙古十一旗事，那年他有事独自进京，正好碰到我福晋纳拉氏生日，他便到我府里做客。当时年希尧老婆带着你进府给我与福晋请安，乌尔衮一见到你就吃了一惊，他说你活脱脱就是一个小白石。他那样镇定自恃的一个人，当晚竟不顾是我福晋生日，在我府里同我喝了一夜的酒，醉了，也说了很多的话，而他告诉我，不管是否皇上指婚，当初荣宪公主肯嫁给他的理由只有一个：你。”

我？

我陡然想起四阿哥为何要特别指出白石护送荣宪公主回京，才过完年就被康熙赐婚娶了婉霜，而六月就有了我，一颗心不由得乱跳起来。

白石莫非、难道、居然、胆敢对婉霜先上车后买票？

不管是外官勾引宫女，还是宫女勾引外官，怎么着也是死罪吧？

康熙又怎么会亲自出面赐婚？

婉霜怀了我跟荣宪嫁不嫁乌尔衮又有什么干系？

这、这里面七绕八绕的“剧情”也太复杂了吧？

我一头雾水，忽地想起婉霜若算未婚先孕，那我重蹈其覆辙的几率就很高了吧？

——还是这个比较可怕，说起来我的大姨妈今年就没来看过我，最近某人又处在发情期，危险系数不是一般的高哇。

我越想越紧张，瞪着四阿哥发呆。

四阿哥却笑了起来：“你知道怕了吗？”

我默。

“荣宪乃荣妃所出，在诸公主里居长，自幼最得皇阿玛宠爱。父皇不仅在她下嫁后曾四次远赴巴林巡视，就是前年，荣宪为便于皇阿玛巡幸还在查干沐沦河边的大板破格建起一座专用行宫。而乌尔衮半生戎马，南征北战，巴林的政务十多年来全由荣宪掌管，这次皇阿玛不惜招她千里回京，定有深意。如今大阿哥要办张明德一案，正值多事之秋，皇阿玛不会再放你在咸安宫。待你回乾清宫，则不可避免地要面对荣宪。荣宪性情，似淡实烈，她对当年的纷争未必已然忘怀。”四阿哥起身下榻，“……你要切记回去后不可听她的话，却也不可不听她的话。”

我默上加默。

四阿哥回过头来，见我仍不动弹，忽伸手一按我肩头，叹道：“不要多想了，北京城不比蒙古巴林，你既是我的人，荣宪奈何不得你。也或许是我多心，我只是不愿看到你身上发生任何‘万一’。”

四阿哥将白石的事点到即止，几次话到嘴边却又收回，搞得我严重怀疑自己的智商，但看他神情又不觉他是故弄玄虚，我聪明的小脑瓜已经被他一大串的时间年代搞得“糨糊”了，很需要好好消化一下。

说到消化，就恰巧到传晚膳的时辰，二阿哥嘹亮的催饭声已经从西面响起。

我理理衣裳，整束下地，四阿哥站在旁边看我：“下回我生气的时候，你不要跑过来。”

我眨眨眼：“啊?”

四阿哥回得很简单：“我想一个人待着的时候。不要打扰我。”

他的语气中有什么东西伤到我，事实上，我也不晓得自己发什么神经，忽然跑到他这里来。前面我虽然没太听懂他的话，但我以为至少他是在关心我，现在不止是受伤害，简直是受侮辱，而最不堪之处在于：这是我自找的!

我试着镇定，可我的回话声自己听了也觉僵硬：“是。玉莹告退!”

我抽身而退，刚绕出屏风，四阿哥一下就追了出来。

我一次一次地打开他的手，他一次一次地拉住我，最终强拥我入怀。

我被迫埋首于他胸前，听到他急促的心跳声，我想抬起脸看他，他却不许，好像唯有如此，方能保证自己可以继续说下去：“孝懿皇后崩逝之后，有一段时间，我极度忧郁，皇阿玛不得不把我接到他身边亲自照看。

也就是那一年，母妃刚刚生下十四阿哥，因受风染疾需要调理，并未来看过我一次……那时我经常把自己关在黑屋子里，不想见人，不想听人说话，连皇阿玛也说我要这样就让我一个人待着好了。但我知道，无论何时，只要我推开门，婉霜一定会坐在门前等我出去。我曾对自己说过要婉霜一直傍我左右，但那时我不知道她外表娴柔，却是最有主意的一个人。她和白石是怎样开始的，也许只有皇阿玛知晓，但我永远不会去问答案……荣宪得尽宠爱，只有白石让她摔过跟头。我也一样……还记得我在紫碧山房跟你说过的话吗？你十四岁生日时，我要了你，之后那个十月，便是十三阿哥做二十岁大生日，我去了，也叫年羹尧带上了你。你扮作小厮模样，给十三阿哥敬酒，他认出你，笑得极开心。后来那晚我有事先走，路过他府里南院偏殿，见到你卸了妆，一个人站在灯火昏黄处。你转过头，默默地看着我，酒后那无助的眼神，让我又心动又心酸，亦是从那一刻起，我明白你是你，她是她……但荣宪始终耿耿于怀，她自从下嫁巴林，没有一次探亲、年班循例主动回京，每回都是皇阿玛去探望她。她若是厌恶你，我会释怀；可是看到她喜欢你，我却不安……你能不能答应我——"

"我答应。"我截下四阿哥的话。

他诧异地松开我，我看着他的眼睛，重复道："我答应，我再也不会跑开。"

是，荣宪也好，谁人也罢，我不会跑开，我怎么舍得放过四阿哥？他欠我的种种，我是要连利息一起跟他算的。

四阿哥所料不差，当晚康熙便召回吴什一干人等，连我也包括在内。

我回到乾清宫，已是戌末，同着吴什进东暖阁晋见，场中除了荣宪公主，另有几名文武大员，其中着珊瑚顶戴、仙鹤补服的正一品官员我认得是今年秋狝扈从的大学士温达，还有一个锦鸡补服的是正二品侍郎穆丹，余者何名何姓我还是站在一旁听了片刻才能对上。

康熙语速极快，我半路听起，许多事都不知首尾，只最后一段听得分明，是康熙就张明德之事谕巢可托、穆和伦等："……闻彼曾为胤禩看相，又散帖招聚人众，其情节朕知之甚明。此案甚大，干连多人，尔等慎毋滋蔓，但坐张明德一人审结可也。"话完，又命大学士温达、侍郎穆丹一同会审。

群臣告退出去，康熙将身子往后一靠，李德全按时辰服侍他服下当天的最后一剂药，而荣宪公主亲自上去折衣跪坐榻旁，帮他按揉额角。

康熙一面闭目养神，一面朝我方向微抬右手，我会意轻步近前，接手自指及腕，自腕及肘，往肩一路按揉捏拿。这套手法我往日做惯不觉得，荣宪公主在旁，却看了又看。

康熙眼皮微微一动，荣宪抢先笑道："皇阿玛，原来小莹子是您调教的？怪不得先儿我叫她帮我捏捏，舒坦之处不输小霜当日。"

当日回京前，由于过于伤心，康熙得了轻微的中风，右手不能写字，每日只能用左手批答奏章，才令我学手法为他解压。说起来是杨御医教我的基本动作，但实际操作时，每一步骤康熙都有指点，我唯照做不误而已，如今听荣宪这样一问，不禁一愣。

回想四阿哥的话，康熙二十五年，婉霜入钟粹宫时正好十四岁，而荣宪比四阿哥大五岁，生于康熙十二年，若按虚岁算，岂非正好和婉霜同岁？

康熙曾经无意中把我错叫为"霜儿"，到了荣宪口中，就成了小霜，怪不得曾用名白小千的年玉莹——小小年纪就能在这种阿哥环伺的环境中非正常态成长，原来其母婉霜就是一个超霸宫女，而烈士老白又能够同时跟荣宪公主和婉霜扯上关系，强强结合之下生出这么一个女儿，偏偏又被三百年后的我穿越了，白小千×2＝？

好难的数学题……

这时我正好停手，康熙睁开眼，朝我看了看。

我一转眸，正巧跟他撞上，心中"砰"地一跳，倏然垂下眼去，耳边只听康熙淡定地道："你在京这些时日甚是劳顿了，就让小莹子跟着你吧。"

康熙说是让我跟着荣宪公主，事实上荣宪公主从早到晚都在康熙眼前，所谓跟不跟的，也就是个形式。

因得过四阿哥授意，我始终谨言慎行，不敢有懈，虽然得知十三阿哥目前暂时被圈禁在上驷院，但连日即使出乾清宫的机会也少之又少，遑论靠近一步。

当时十三阿哥被圈禁的具体事由四阿哥没有告诉我，不过据我曾看过的几百集清宫戏推断，跟太子被废之事定然脱不了干系。

康熙这位宝贝太子两废两立的事迹我是知道的，十三阿哥的情况到底怎样我却没有印象。然而康熙不闻不问，乾清宫中人对十三阿哥自然提之甚少，四阿哥又独力身负看守二阿哥的重任，如此风口浪尖，想来也无暇探视十三阿哥。是以从事发至今，过了足足三天，除了圈禁地点，我并未得到更多关于十三阿哥的消息。好在负责看守十三阿哥的是宜妃郭络罗氏所出、自幼被养于康熙帝嫡母孝惠皇太后宫中的五阿哥，其心性柔和，向日与三阿哥、七阿哥交好，同属学术派皇子，由他看守总好过他那个八爷党中的同母弟弟九阿哥。

自十三阿哥圈禁以来，康熙每天必有几回召诸皇子晋见问询，阿哥们或单独请安，或两三人齐来不等。九月二十八这晚戌时，康熙因刚刚嘱以各阿哥约束属下人“勿令生事，守分而行”，特地拎出大阿哥做反面教材，当众责大阿哥之太监、护卫等多人“妄探消息，恃强无忌”，更曾擅自责打皇帝所派侍卫执事人等，拘禁二阿哥时对二阿哥处工匠施以苦刑，致匠人逃遁，且有自缢者，“如此行事，何以服众”？

康熙派到咸安宫的侍卫本不止我一人，我虽一直被四阿哥带在身边，和他们接触不多，但康熙所指大阿哥之事我都是清楚的，这几日康熙问及时我亦据实以答，而挨训斥时大阿哥暗暗抛给我的卫生眼，我一律却之不恭。

当初帐殿夜警，大阿哥和十三阿哥均负有保卫康熙安全的职责，既然揭露了皇太子的行为，那么他们二人就是一荣俱荣，一损俱损，所以大阿哥和十三阿哥理应不会闹不合，作出有损对方利益的事，但大阿哥连八阿哥都说卖就卖了，想必陷害一下十三阿哥也没什么做不出来的。

依我近日察言观色，康熙额外圈禁的虽只是十三阿哥，但大阿哥、八阿哥这两人的日子只怕更不好过，康熙既有心细查，当然不愁没有材料，对他们那叫一个狠：早晨小骂骂，下午中骂骂，晚上大骂骂，其强度与力度跟时间成正比，骂完了赶出去办事，等办了事回来汇报时再骂。

本来十三阿哥出事后，大阿哥同八阿哥一般彼此错开进宫时间，极少碰到，谁知今晚康熙正向大阿哥、三阿哥、十阿哥严词训诫“本月内，十八阿哥病亡，又有胤礽之事。朕心伤不已，尔等宜仰体朕心，务存宽厚，安静守分，勿与诸事，兢兢业业，各慎厥行……”八阿哥忽和十四阿哥前后脚到乾清宫报传求见。

废太子二阿哥极爱奢华，因此康熙很早就任命二阿哥奶娘的丈夫凌普担任内务府总管，以便二阿哥任意从内府支取财物，择取所爱。今次二阿哥被废黜，凌普亦被革去总管之职，治罪法办。而八阿哥是九月初七被署的内务府总管事，奉旨查封凌普家产的自然也是他，就为这事，他被康熙骂了不知凡几，这会子拣了康熙正在状态的时候过来回奏，后果可想而知。

荣宪公主原坐在北面书隔下喝茶，听八阿哥来了，因起身跟康熙说带我去院中走走，康熙允了。刚出门，正好碰上小太监魏珠打帘迎八阿哥及十四阿哥进来，他们姐弟含笑见过，我打袖啪啪给两位阿哥请了安，跟着荣宪走了出去。

果然不出荣宪所料，我们刚出东暖阁，才在院内走上几步，便听里头传来康熙的高声怒斥："凌普贪婪巨富，众皆知之，所查未尽，如此欺罔，朕必斩尔等之首。八阿哥到处妄博虚名，人皆称之。朕何为者？是又出一皇太子矣。如有一人称道汝好，朕即斩之。此权岂肯假诸人乎？"

大阿哥对太子之位觊觎已久，自二阿哥出事以来，便一直蠢蠢欲动，大有舍我其谁之意，惜遭康熙严斥，谓其"秉性躁急愚钝，岂可立为皇太子"，逢此重创，大阿哥自知无望承继大宝，曾与八阿哥走得极近。

据荣宪说，那日十三阿哥被圈禁前，大阿哥曾向康熙推荐八阿哥，言"张明德曾相胤禩后必大贵。今钦诛胤礽，不必出自皇父之手。"

姑且不论大阿哥说这些是为了帮八阿哥还是为了害八阿哥，结果明摆着：此番言论不仅惹得康熙勃然大怒，命将张明德拿交刑部审问，并于当晚召诸皇子至，厉责八阿哥，分明已经认为八阿哥有希冀大宝之心，对其予以防范。

康熙刚才骂的那几句：一句"朕何为者"，竟与亲生子抢起了功劳；一句"朕即斩之"，则是欲以刑罚封众人之口。

八阿哥一向是做好人、搏贤名的，现在可好，在他老爹面前岂止做不了好人，简直连做人也难。

亏大阿哥打着为哥们儿两肋插刀的旗号，做了插哥们儿两刀的事，我要是八阿哥，早就学了二阿哥，做梦都掐死他。

但直到康熙骂完，里头的八阿哥也没发声，荣宪初还驻足侧耳，隐约听见十阿哥开始辩驳，就回身往外走："这里太吵，陪我去御道走走吧。"

乾清门和乾清宫之间，有一条石头砌起来的至少高出地面两米的"御路”，我本想多听一会儿壁角，如此却也无法，只好埋头跟上。

谁知荣宪口上说是去御道，除了我并没多带一个侍卫，走了半程，却一拐弯，绕出日精门，过东夹道，往上驷院方向而行。

宫里的情况荣宪当然比我熟悉，我跟着她七穿八绕，走的根本不是我所知的那条从乾清宫到上驷院的路线，却至少比我预计的时间快了一倍。

上驷院是内务府管辖的三院之一，职责“掌御马，以备上乘”，现归八阿哥掌管，在紫禁城内外统共辖有十八厩马，而设在东华门内为上乘御马、皇子良马对子马及三厩。据我平日潜心打探，其主要编制共二十四人。

做上驷院的侍卫，除给皇帝管马执鞭、司鞍、司辔外，更有一类，乃是选自上三旗每旗士卒之明骨法者，每旗十人，隶上驷院，名蒙古医士，凡内廷执事人员意外受伤，都找他们来看。这些人师承有自，手法高超，另有秘方，多是限日极痊，少有逾期——因此我本筹划找个良辰吉日失足摔一跤好来见十三阿哥的，不料却是荣宪出面，得来全不费工夫。

五阿哥因他福晋做寿，提早一日便告假出宫，康熙也没再调别的阿哥过来，所以荣宪带我到时，在场最大的一名官员就是管理御马厩的牧副。

荣宪见了人，不多说话，只从袖中取出一面黄澄澄的小金牌晃了一晃。

金牌上头歪歪扭扭地刻着一行满文，我瞅了一眼，自是看不懂的，那牧副见了，却大是战兢，赶着命人开了闸，放我们进马场。

我到这时才回过味来：荣宪根本不是随便走走，她没准就是一早得了康熙的指示，利用众阿哥在乾清宫上思想品德课、五阿哥又回家陪老婆的机会，特地过来，让十三阿哥在规定的时间规定的地点接受她的调查，简称“双规”。

听说十三阿哥在马场内遛马，荣宪把众人都打发得远远的，连牧副殷勤端来的锦凳也不坐，只带着我站在十三阿哥的必经之处等他过来。

---

暮初浓，秋意凉，星星在我们的头顶闪着幽昧的光。

和乾清宫不同，这里有个很安静的夜晚。

视线所及，毫无影踪，只有几声隐约的马嘶。

荣宪很少动弹，偶尔用水葱般的手指，拨一拨侧发，她面上极平静——不管她将要面对的是一个被圈禁了的皇弟，还是皇上，她都淡定得像一个无梦的人。

伴随着越来越清晰的马蹄声，十三阿哥进入我的视线，他端坐在马上的姿势曾经是我最熟悉的，如今却突然变得陌生了。

他独自背光而来，然而这并不妨碍他面庞之俊逸——如同素描勾勒出的轮廓。

当他柔和的目光滑过荣宪，落在我身上时，他就像最寻常的邂逅一般，低“哦”了一声，然后勒缰、下马，笔挺挺地站在我们面前。

他静静地立着，脚底的影子稀薄透明，伸向远方，不仅是他的影子，连他的人都快要嵌入夜色里去了。始知他必定深深寂寞，所以才逞着寂寞的余勇，一个人在这没有山坡、没有草原的禁宫，将大把的时间拱手奉送马上。

从他被圈禁到现在，正好三天。

我只顾着看他，竟忘了请安，当我想起来时，荣宪已开始在用满语跟他对谈。

他们也不走动，只是面对面地站在那里，闲聊一般，你一句我一句地说着。

在荣宪说了很长很长的一段话后，十三阿哥忽然停下来，轻轻地闭上嘴，摇了摇头。

他那个神情迫使我也把目光转移到荣宪的脸上。

也许是光影给我的错觉，荣宪的眼神，有一种内在的让人毛骨悚然的力量，她内心的波澜从看似平静的面庞一层层地渗透出来。以我的阅历，无法读懂，只恍觉那神情如樱花般艳丽，比飞火流星更凄美，使人情不自禁地被浸染、被俘虏。

就在这时，荣宪的目光一转，堪堪与我对上，笑道：“你瞧人的这副眼神，真是宛然小霜。”

我停了一下，才悟到她已改用汉语，是在跟我说话，正不知如何应对，她却又向十三阿哥道：“上回三阿哥同我说起小莹子连英吉利文也精通，我还不信，去问了皇阿玛。可她既是在四阿哥那儿养大的，怎么不曾教她咱们的满文？”

十三阿哥略略侧身看着我，说到从前，他嘴角微扬，也带了几分笑意：“三姐有所不知，小莹子的脾气糟糕透顶，当初还是四阿哥的老师顾先生亲自教她满文。才上了一天课，不巧被四阿哥听见，便当着老师的面取笑她的发音，她就无论如何也不愿学了。”

荣宪抿一抿唇：“我出嫁蒙古前，就见老四成天带着你走来走去，想必之后还是这么着，你别光说老四，说说你——你笑过没？”

十三阿哥一咧嘴，不肯答话。

他们两个如此闲聊，气氛陡地变了，我有点怀疑刚才我见到的荣宪是否真是我的错觉。

而外面那牧副领着个小太监躬腰哈背地小步奔来，荣宪一见来的是魏珠，只略一点首，便若无其事地叫着牧副的名字道：“听说大宛贡来几匹良驹，今晚无事，你带我去御马厩看看。魏珠，你也来吧。”

荣宪公主有一样古怪脾气，不管侍卫太监，她不作吩咐没人敢跟，她喊走魏珠，却不管我，我早知其意，因留在原地不动，等他们走远些了，才偏首望向十三阿哥，而他也怔怔地看着我。

“皇阿玛……”十三阿哥微微迟疑一下，道，“圣躬安好吗？”

想起刚才康熙中气十足怒斥八阿哥的声音，应该算“好”吧？我老老实实地道：“好。”

十三阿哥垂首想了一想，又问：“四阿哥好吗？”

我答：“好。”

十三阿哥道：“荣宪公主说你现在回乾清宫当差，一直跟在她身边，你怎知四阿哥好不好？”

废话，上次我跑进四阿哥房间，送羊入虎口，很是牺牲了一把，四阿哥敢不“好”我就跟他急：“四阿哥知道十三阿哥念着他，四阿哥是一定好的。”

十三阿哥若有所思地瞧着我，我放慢语气道：“听咸安宫的人来报，太子的病也好多了……”

十三阿哥目光一闪，“太子？”

我一顿，不答。

十三阿哥抬头仰望了一下夜空，忽道：“离开上驷院，我就会被正式圈禁在自己府里，到时候你见得着我吗？”

一句话的功夫，他已经走近我，贴身站住。

他身上的气息包围了我。

我仰起脸，对上他的审视，他手心向上摊开，苦笑道：“我已失去自

由，什么都没有了……”

我把我的食指点在他的掌心：“要拥有，必先懂失去怎接受，不是么?”

他手心一颤，反应仍是很快：“这话是四阿哥的意思，还是你的?”

我张一张嘴，答不上话来。突然之间我脑袋就像被雷劈了一次，连着三次锐痛，简直不能自己，心中又骇又急，勉力控制下，仍被十三阿哥看出破绽。他一把扣住我的手腕以助我稳住身子，反手一拭我额角，疾声问道：“怎么了？你脸色白成这样，冷汗都沁出来了！是不是上回坠马的旧伤又发作了?”

旧伤不旧伤的我不知道，我只知头痛欲裂，眼泪差点迸出来，一侧身，正好瞧见荣宪公主重又带着人走过来，生怕误会，忙脱开十三阿哥扶持，自己立好。

不一刻，荣宪走近，见我面色不对，好不打量了一番，我并不闪躲，任她审视。

“这儿夜深飞虫多，仔细迷了眼，瞧把眼睛揉得这么红，明儿肿了又怎么说。”荣宪公主嗔了一句，也没多说，便带着我、魏珠，跟十三阿哥告辞回宫，十三阿哥锁眉不语，荣宪也不以为怪，倒是那牧副尽忠职守，屁颠屁颠地把我们一行三人送出上驷院。

过了箭亭，一路往前走，我头部余痛总算散去。

“小莹子?”

荣宪忽然叫我，我一惊回过神来，想起之前荣宪说的什么话全没听见，一时好无着落，傻不拉叽地回了个“嗻”，便没了下文。

荣宪驻足朝我脸上看一看，我老实地垂下首去，她才徐徐道：“明日是九月二十九，我起大早去柏林寺还愿，你不用跟着我，留在乾清宫伺候皇上，知道了吗?”

“嗻!”这次我答得响亮。

第二日，荣宪公主果然一早出宫，而问药视膳之职仍由我代她应卯，我也没得多歇。

因康熙忽然说要春砂仁茶，我忙了半日，刚从御茶房回来，才进东院便觉气氛不对，只见连太医院新近最得圣眷的院史大夫刘胜芳也静悄悄地垂手站在院中，不得入内。

李德全正在里头伺候着，魏珠已跟荣宪出宫，邢年这会儿不见人影，我驻足细听东暖阁内传出的声气，居然除了四阿哥和被拘禁的二阿哥、十三阿哥，其他年长的阿哥都到齐了。

我正侧首打量刘胜芳的神气，康熙的声音忽然挟威而至：“……朕前已有旨，诸阿哥中如有钻营谋为皇太子者，即国之贼！废皇太子后，胤禔曾奏称胤禩好。春秋之义，人臣无将，将则必诛！大宝岂人可妄行窥伺者耶？胤禩柔奸性成，妄蓄大志，朕素所深知！其党羽早相要结，谋害胤礽，今其事旨已败露！著将胤禩锁拿，交与议政处审理！”

我听得一惊一乍，整段话完全是倒推上去，才理出头绪：

锁拿八阿哥，交与议政处审理！

其党羽早相要结，谋害二阿哥，今其事旨已败露！

春秋之义，人臣无将，将则必诛！

八阿哥干了啥好事被康熙抓个现行？听这口气，他早晚也逃不了跟十三阿哥一样被圈禁的下场吧？怎么一夜之间就形势急转如斯？是谁那么厉害，一出手就把八阿哥给扳倒了？或者，这其中另有蹊跷？

“刘院史！刘院史——”东暖阁里突然一阵大骚乱，李德全亲自跑出来扯着鸭公嗓大叫通传刘胜芳。

一看这架势，我便料是康熙心痛顽疾发病了，而刘胜芳一刻不敢含糊，一掀袍，带着两个替他背药箱的小苏拉医生以消防队员的架势冲进去。

我也紧张极了，一手端起春砂仁茶掀盖牛饮一大口，压了压惊，这才向跟着我送茶来的御茶房太监孙国安道：“走，咱们也进去！”

孰料孙国安满面惊恐地望着我，连托茶盘的手也在发抖，并且上下排牙齿互相碰撞，发出咯咯之声：“玉格格……你把皇上的茶给喝了。”

我一呆，随即瞪瞪眼，低声喝道：“怕什么，又没毒！我能喝，证明这茶是安全的，你、你这送茶的是忠心的！”

正说着，只听里头康熙呵斥了几声，皇阿哥们三三两两地开始撤了出来，其中最显眼的便是被摘了帽子、铁链加身、由御前侍卫押出来的八阿哥。

八阿哥没有什么面部表情，也并不朝四周多看一眼，就这么在侍卫的挟裹中往前走。而九阿哥、十阿哥、十四阿哥都跟在他后面，十阿哥在用满语大声地嚷嚷着什么，九阿哥拼命地摆手劝阻十阿哥，十四阿哥走了一半，转身回视失魂落魄的大阿哥，也就是在这时，他目光一转，看到了立在院中墙荫下的我。

我没什么想法，只恨自己回来晚了，不然说不定可以赶上将八阿哥欢送到上驷院跟十三方面军会师的盛况。

我转手接过孙国安的茶具，低声打发他先回去。

他先还不敢，我脸一板，他才哆哆嗦嗦地走开，我正要往东暖阁走，李德全忽然自门口现身，朝我招手：“万岁爷宣玉格格进见。”

康熙仍然靠卧在东壁通炕上，而刘胜芳刚刚从他身边步开，毕恭毕敬地侍立身前。

我将茶具置于几上，给康熙请了安，康熙虚一抬手，命我起了：“取杯茶来，如何用这许多时间？”说着，他眼神一动，李德全忙捧了春砂仁茶过去。

但李德全何等精乖人，一触杯盖，即知不对，回头觑了觑我，却没说话。

我嘻嘻一笑，上去接过茶盏，不紧不慢地道：“回皇上，先儿玉莹到了门外才发现这御用五彩迎春花神杯有些眼生，跟荣宪公主往日进上不同。玉莹大胆，试了一口，果觉茶凉味散，已令人再去取了。”

康熙道：“你试过?”

我答：“是。”

康熙微一欠身，自我手中拿过茶盏，凑在唇边抿了一口，评道：“味初淡，香犹浓，尚可一品。”

这话却是从前夜间他在十八阿哥帐内和我说过的，而他用我沾过的茶盅也不是头一遭了，我听在耳中，眼睫不由一垂。

康熙又一点首儿，我会意上前。

李德全早在主位贴边、康熙膝下置了一张全新秋香色金钱蟒矮圆凳，我安坐了，双手捏成空心拳，从康熙大腿向膝盖外侧轻轻地反复捶击，助他放松。

刘胜芳接上话，向康熙慢慢阐述刚才没说完的用药药理，康熙微微合目听着，偶尔打断他，问一两句话，除此之外，暖阁内安静极了，因而当门外一阵急促的脚步声响起时，大家都震了一震。我侧目以视，却是重量级的九阿哥拖着十四阿哥打头，后面跟着一众成年阿哥去而复返，不顾侍卫的阻拦夺门而入。

我手下一停，旋又继续。

阿哥们扑通跪地，口呼“皇阿玛”，康熙不理不睬，权当未见。

我来时本看到西窗下有李光地跟张廷玉一老臣、一重臣在那边低声议事，如今见事突发，也顾不得康熙没有召唤，一前一后涌上来，欲要对阿哥们开口相劝。奈何九阿哥眼明手快，一扯十四阿哥的衣袖，急道：“你我此时不言，更待何时?”

十四阿哥咬咬牙，一抬头，直视康熙，冒出一句奏言：“皇父，八阿哥无此心，儿臣等愿保之!”

虽然在场的都猜到这些阿哥回来之意，却也难料十四阿哥竟然胆大到一上来就单刀直入，我眼风撩到刘胜芳战战兢兢地溜出人圈，果然不愧是太医院最懂得爱惜自己生命的御医——那么我是不是也该为自己考虑一下呢?

康熙的胸膛剧烈地起伏了一下，当着众人的面指住九阿哥和十四阿哥，毫不留情地怒斥道："你们两个要指望胤禩做了皇太子，日后登极，封你们两个做亲王么？你们的意思说你们有义气，我看都是梁山泊义气！"

一听康熙居然以九五之尊将自己儿子比作梁山泊之人，内中意味太多，连李光地和张廷玉也不敢插话，皆垂手退过一边。

偏偏十四阿哥豁出去了，啪地站起身来，吐出一堆满语，更兼手舞足蹈，状若发誓，言词颇为激烈，语气不乏冲撞，连众阿哥都被他惊呆了，直着眼睛盯住他看。

尽管十四阿哥此刻被二阿哥灵魂附体，还是唬得了别人唬不住康熙，老爷子一跃下地，所幸我早有防范，反应迅速，跟着他起身，不曾被带倒。

康熙看我一眼，怒气冲冲地道："给我！"

"嗻！"我先响亮地应了一声，才想起来问，"皇上要啥？"

康熙更不答话，劈手摘下我的贴腰佩刀，擎在手里，一抡回身，瞧准十四阿哥的头连刀鞘砸下。

我近日自觉发育迅猛，为了不显身段，腰带一向缚得不是很紧，现被康熙突如其来地一扯，差点散开，好不受惊吓，忙跳到一旁，低头好好打了个死结。



谁知那头十四阿哥一见康熙开打，也在闷着头满世界瞎蹦，竟然冲过来与我一头撞上，我连声也不及发，便跟他双双跌倒。

这当口，东暖阁里上上下下早闹得一锅热粥似的，叫的叫，劝的劝，乱成一团，只听康熙拔刀出鞘，喝道："你想死，朕就成全你！"

啊哟，这架势是欲诛十四阿哥了，十四阿哥这笨蛋，方才肯定对康熙吼什么"皇阿玛要杀就杀我好了"之类的话来着，不过他跟八阿哥感情好也不要连累我嘛！

眼见康熙杀将过来，我这心就瓦凉瓦凉的，拼命从十四阿哥身下探出脑袋，挥挥小爪："皇上，Wait～Wait～"

百忙中，康熙能不能听到我发出的"SOS"实在要打个问号。总算平日三句话砸不出个屁来的书呆子五阿哥突然人品大爆发，先还跪在那里，此刻却越过众人，一记飞扑上去，牢牢抱住康熙腰部，声泪俱下劝止不已，而其他阿哥见势也抓紧时间跪成一排，不住地向康熙叩首，恳求饶过十四阿哥。

我怒了：这帮阿哥都瞎了眼，没看到我被十四阿哥压着？怎么没人为我说句公道话？

人不为己，天诛地灭，康熙再不打十四阿哥后面板子，我就要打十四阿哥前面了！但十四阿哥似乎对我的挣扎很驾轻就熟，我几次反抗都不见效，才有脱开身的希望便被他反手扣住，再脱身，又被扣住。

他疯了？到底想干什么？

不知不觉中，我跟他架来挡去，竟如小范围内的拆招过招一般。我渐渐怒不可遏，然而当我一眼瞥到他的脸，立马被震住了：我在他脸上看到一种危险的气质，一种压抑的锐利感，一种随时随地濒于毁灭的脆弱……和四阿哥那类可以极端冷酷、也能够狂热至极的气场不同的是，十四阿哥如今俨然是令人难以置信的神经质与偏执狂，仿佛此时此刻我是他唯一可以留下的人。

四阿哥不在这里。

八阿哥被锁了。

而我，则有点因十四阿哥的偏执而恐惧，但恐惧的背面，却渐渐升腾起一股不合时宜的奇异感情。

就在不久前的那个草原之夜，他与我共舞，纵情痴狂。

他像个大孩子似的开心大笑、挥手谢场，并转过头来将亮晶晶的眸子与我相视，而我忘了避开。

可是现在，他踩在钢丝绳上，并抓住了我的手，我可否推落他？

“皇阿玛——”五阿哥长叫声中，被康熙一脚踢开。

雪亮的刀光一闪，我眼睁睁地看着康熙大踏步向十四阿哥的背砍下来。十四阿哥明明听到众人高呼提醒，但他并不回头，他甚至也没有在看我，眼神坚毅，不留后路。

这是头一次我的身体比我的思想反应更快，当我意识到发生了什么，我已经翻过身伏在十四阿哥背上。

刀哐啷一声，坠在我们脚边。

我的脸紧紧贴住十四阿哥肩头，过了好一会儿，他似乎被这一声惊醒，才慢慢地回过头来，我的手松了松，跟着他的动作回转身。

我们一起抬起眼，望着康熙。

不知是什么使康熙平静下来，一瞬间放弃了用刀。

康熙做手势叫我走开。

我愣住，没有动。

十四阿哥忽然一把推开我。

而康熙几乎是同时抄起一块长板子朝十四阿哥打下。

十四阿哥一侧身，被打中胳膊和半个背部，但他的脸没有对着我，我看不到他的表情。

——哪里来的板子？估计是拜八阿哥所赐。

噼！

啪！

九阿哥怕康熙再打，居然以自己的肥大身躯抱住康熙，被老爷子连抽两个大嘴巴子，踢得往旁边滚了一滚。

康熙突然回脸瞪了我一眼，我一缩头，捡起旁边亮闪闪的裸刀，反掌压在背后的地上，扁扁嘴，眨巴眨巴眼睛，泪汪汪地看着他。

不能彪悍的时候就要扮猪吃老虎，这是混在清宫的铁血法则。

康熙哼了一声，松开板子，命大阿哥、三阿哥分别执板敲了十四阿哥计二十余下，然后将脸部红肿的九阿哥、行步艰难的十四阿哥逐出东暖阁。

华丽丽的一场豪门家庭暴力冲突，结果以无一人流血而告终。

康熙是不是最近到了更年期，怎么这么猛啊？

下次来服侍他要记得带安全套，啊不，安全帽才安全。

康熙余怒未消，又叫张廷玉下诏，严斥皇八子胤祀的乳公、乳母雅齐布夫妇“讹诈专行”、“挑唆阿哥”，并令二人接诏即受正法！

满洲贵族的习俗，皇子们与自己的乳母感情很深，其乳公的升迁荣辱，往往也系于自己身上。皇子长大后，各自的乳母、乳公仍跟随身边，我曾亲见太医院的御医奉旨给大阿哥之乳公关保看病，将“令其服用皇上所赐的西洋药”一事详细回禀康熙，可见其受皇帝的特殊关照之重。

如今康熙盛怒之下，竟然一句话就要处死八阿哥的乳公、乳母，若非恨到极处，断然不会如此绝情，杀鸡儆猴，今日是也。

眼前在场的哪个不是天子奴才，一时人人自危，连出头求情的也没一个。

雅齐布夫妇对我而言不过是两个名字而已，面目完全模糊。

何况鉴于我每年寒暑假饱经湖南某视“青春励志经典女性传奇大戏”之《还×格格》三部曲的洗礼，除了那句铁×·张腆着肚子说出来的“朕射你无罪!”，基本没有什么能打击到我坚强的神经。

因此我继续走我的鼻子拔葱——装猪路线，极其、非常、百分之百首肯康熙的行政命令，总之康熙不要在这个时候惦记起我来就谢天谢地了。

然而世上多的是不识相的人：荣宪公主这时回宫，不是她的错，但给康熙请了安后直接把我拎出来就是她的不对了。

“瞧这小脸上红白绿三色齐全的，趁我不在，又淘气了不是?”荣宪看来心情甚好，刚换了装，半跪坐在炕上给康熙捶背松气，又一转脸，拿我开涮。

康熙瞅我一眼：“岂止淘气? 刚才你叫谁喂、喂?”

——就知道康熙听不清楚我地道的伦敦音!

我差点被自己的唾沫噎到，猫儿洗脸似的抬手在自己面上囫囵抹了一把，汗道：“回皇上、回公主，玉莹……”

正要说，门外忽引进来一名正一品大员——大学士温达，这样的天，也亏他走得额头冒汗。他打袖伏地见过康熙，康熙一摆手：“Wait! ——小莹子，接着往下说。”

温达莫名其妙地抬头看看我，我为康熙优秀的英语听力深深感动了，于是认真而深情地道：“皇上，玉莹容貌邋遢，有碍圣瞻，容玉莹退下梳洗一把再来侍驾可否?”

康熙瞠视我半晌，方缓缓地道：“不必，这样朕看着很好。”

得皇上称赞“很好”，我受宠若惊，也不敢再抹脸，唯保持原状不动而已。

荣宪微微侧首向内，举袖掩笑。

康熙抬一抬手，命温达起了，温达将遵旨审讯相命人张明德的详情一一禀报。

我侧耳细听：

原来张明德是由顺承郡王长史阿禄荐于顺承郡王及公赖士、普奇，又由顺承郡王荐与直郡王大阿哥，在直郡王府处曾信口妄言皇太子暴戾，若张遇见皇太子，当刺杀之。

不仅如此，张还捏造大言云：其有异能者十六人，当招致两人见直郡王，耸动王听，希望因此可以多得银两。

而张又由普奇公再荐于八贝勒，看相时曾言八阿哥丰神清逸，仁谊敦厚，福寿绵长，诚贵相也。——以上俱是实情。

康熙听完，朝左右臣侍看看，点着首儿，咬牙笑道："你们听听，这就是朕养的好儿子们。"

众人齐跪，不住磕头而已。

我原也得跪，可荣宪拉过我去，从袖中抽了她自个儿的帕子亲自给我擦脸，我倒不好跪了。

这几日我留心观察，总算渐渐明白康熙为何偏在废太子的关键时刻召回女儿荣宪公主。

荣宪有两个本事最要紧：第一是会看风景，第二是会说笑话。前者是无事时不能当作无事，后者则是真要有事得当无事去对待。

宫廷里，别人都是载浮载沉的主，荣宪却靠在旁边，冷静地看着一切，偶尔带着点调侃：好，和她没关系；坏，也和她没关系。

内斗越激烈，康熙要求人人揭发人人的事件越多，荣宪避重就轻的心就越显露。她看上去自然有那一种薄幸的态度，不管是谁，要她两肋插刀是不可能的，可仔细体察，她也许会在你挨刀的时候告诉你：侧一下身子，血会流得少点。

而我骤然想起，一直以来，我忽视了三阿哥。

三阿哥跟荣宪公主同为荣妃马佳氏所出，禀赋理应最近，眼下二阿哥已废；十三阿哥被禁，多少影响到四阿哥；八阿哥今日已交与议政处审理，又经十四阿哥这么一闹，八爷党正是火烧眉毛、且顾眼下；而听温达的禀告内容，大阿哥亦是岌岌可危；如此算来，十个指头扳来扳去，康熙这些年长阿哥中能够两袖清风、不沾不碍的不多，其中地位最尊的便只得一个诚郡王三阿哥。

皇家子孙，除了父子兄弟，诸如母子、母女、姐弟、兄妹之间的感情都被有意分割淡化，荣宪公主又是出嫁蒙古已历十七年的人，她平日见到三阿哥，看起来也只是面上过得去而已。不过如今皇储之位空悬，除了我从历史知道二阿哥将会被复立为太子，只怕这时候连康熙自己都还没生出这个念头，也难怪这些皇子们一个个争红了眼，而学术派皇子的种子选手三阿哥明着不争，说不定力气都使到暗道上去了？

——大凡悬疑案件不得其解，归结到最后，看谁是既得利益者总是没错的，三阿哥能够独善其身至今，当真不过是一个巧合？

荣宪给我擦脸时，康熙稍稍停顿了一会儿，等我们这边停下，他才又直起身，向温达询问道："张姓所言其有异能者十六人指的是什么人，查出来了吗？"

温达叩首道："回皇上，据臣等实查，张明德曾试图雇用江湖上著名的无间门十六名飞贼为其效力，但由于始终没有找到无间门的门主——白狼，此事并没有谈成，纯属张明德虚张声势、诈骗钱财之手段，倒是——"他犹豫一下，接道，"张供称其曾在八贝勒处提及'得新满洲一半，方可行事'之语。"

我闻言倏然一惊，据当初从十三阿哥那边的听闻判断，我知道所谓"新满洲"指的是原本住在盛京和朝鲜交界地区的土著人，在满人入关前，他们一向与努尔哈赤保持着从属关系，而当该部族的一些人决定成为后金政权的直属臣民后，由于他们极其骁勇善战，被康熙及其先祖器重，康熙称他们为"东疆各省人"。直到康熙二十一年，他们的首领请求康熙允许他们从宁古塔内迁，从那时起，他们便被称为"新满洲人"。

即便是今天，新满洲中也有几百人在担任康熙帝的侍卫之职。

"得新满洲一半"是什么概念？

难道说张明德阴谋暗杀皇太子的同时，康熙也有可能成为目标？

我偷眼瞧了瞧康熙的神色，他却不像先前那般激动，只垂首沉默半晌，之后道一声"朕知道了"，便不无倦怠地挥了挥手，令一众臣侍退下。

荣宪等所有人差不多走光了，才起身，施施然跟康熙告退，康熙并没有反对，然而荣宪刚带着我一转身，就听到身后传来一阵异响，以及李德全一迭声的"万岁爷"：康熙终于被他的好儿子们气得晕过去了。

——不要紧，有刘胜芳在此，康熙很快就会醒的。

然而我有强烈的预感：天呀裂了地呀崩了某人呀要被圈圈了。

果然当晚康熙一经苏醒，便立即下令将大阿哥圈禁于直郡王府，而八阿哥先已交与议政处审理，也等于形势圈禁了，并未进一步处置，但锁至议政处审理的名单上又多加了九阿哥与十四阿哥二人。

当然，这不过是新一轮肃反大运动开始的第一步。

翌日，康熙召诸皇子、议政大臣、大学士、九卿、学士、侍卫等曰：“八阿哥胤禩向来奸诈，尔等如以八阿哥系朕之子，徇情出脱，罪坐旁人，朕断不允！皇天在上，朕凡事俱从公料理，岂以朕子而偏爱乎？”

又曰：“胤禩与胤礽相仇，观伊等以强凌弱，将来兄弟内或互相争斗，未可定也！……今立皇太子之事，朕心已有成算，但不告知诸大臣，亦不令众人知，到彼时，尔等只遵朕旨而行。”

到十月初二，康熙因张明德案牵连将顺承那王布穆巴、公赖士、普奇、顺承郡王长史阿禄锁拿，交议政大臣等审讯，称布穆巴等为“乱之首”。

诸臣会审，得布穆巴供称：“张明德往普奇家，回至我府，言普奇谓皇太子甚恶，与彼谋刺之，约我入其伙。我不从，故以语直郡王。直郡王云：‘尔勿先发此事，我当陈奏，可觅此人，送至我府。’因送张明德往直郡王府。”

阿禄口供与布穆巴无异。

普奇供：“我无狂疾，何敢寻死而向彼妄言，此皆毫无影响之语。”

赖士供：“我于顺承那王府中见张明德，因唤至我家中看相，普奇瞩送往伊处，故送往是实，此外我皆不知。”

九阿哥、十四阿哥供：“八阿哥曾语我等：‘有看相人张姓者云，皇太子行事凶恶已极，彼有好汉，可谋行刺。我谓之曰，此事甚大，尔何等人，乃辄敢出口，尔有狂疾耶？尔设此心，断乎不可。因逐之去。”

八阿哥供：“曾以此语告诸阿哥是实。”

问张明德口供无异。

诸臣取供词具奏，康熙谕曰：“胤禩闻张明德狂言竟不奏闻，革去贝勒，为闲散宗室。布穆巴、阿禄将所闻情节告直郡王，使之奏闻，俱无罪，著释放。普奇知情不首，革去公爵，降为闲散宗室。赖士但令看相，并无他故，著释放。张明德情罪极为可恶，著凌迟处死，行刑时令事内干连诸人往视之。”

同日，康熙又以亲笔谕旨示诸皇子、大臣等，云：“顷者告天之文极为明晰，无俟复言。即使朕躬如有不讳，朕宁敢不慎重祖宗弘业，置之磐石之安乎？迨至彼时，众自知有所依赖也。……尔诸臣知朕精诚无私，深加体念，各勤职业，则朕易于图治，而天下述绩亦咸理矣。”

又隔日，十月初四，康熙再谕诸皇子、大臣、侍卫等：“胤礽自幼朕亲为教养，冀其向善，迨其年长，亲近匪类，熏染恶习，每日惟听小人之言，因而行止悖乱至极。胤禩乘间处处沽名，欺诳众人，希冀为皇太子。朕惟据理毅然独行，以定国家大名、正君臣大义耳。”

亦言：“胤禩自幼性奸心妄，邀结苏努为党羽，胤禩素受制于妻，任其嫉妒行恶，是以胤禩迄今未生子……众阿哥当思朕为君父，朕如何降旨，尔等即如何遵行，始是为臣子之正理. 尔等若不如此存心，日后朕躬考终，必至将朕躬置乾清宫内，尔等束甲相争耳!”

身处乾清宫这一风暴中心，连串猛料争先恐后地爆出来，耳濡目染之下，我算是切切实实地体会到康熙的NB，同时深刻地领悟到老子不搞好计划生育工作真是害死人呀、但是儿媳妇计划生育搞得太好也是不可以滴真理。

张明德被凌迟处死后，宫中总算是暂时平静了几日。

这期间，我自是见不着十三阿哥，连四阿哥也是来去匆匆。

成天待在乾清宫，这样那样的规矩多如牛毛，我甚觉无聊，若非有上半年在随园磨出来的耐心做底，老早气闷煞了，但只要一想到当初代我中毒死在畅春园的左安，我就半步也不敢掉以轻心，而十三阿哥送我的那粒可以辟邪解毒的伽蓝珠更是随身携带，从不稍离。

我都有此想法，康熙就更不必说了，非常时期，除饮食格外小心外，按宫例，皇帝服药，也决非一件简单的事情：

首先煎调御药，必须由太医院御医与有品级的太监在御药房一同相互监督，如果配置药方不依照原方，及未开明药名品位分量或开而遗漏外错的都将以“大不敬”论罪。药煎好后，必要分为两杯，一杯由主治御医先尝，而后院判、内监分别尝试，确认没有问题，另一杯才能进奉皇帝服用，所以通常是将两服药合为一服煎调，更见费时费力。

鉴于康熙的病每好一阵，便受气恼一阵，导致心疾发晕的症状反复缠绵不退，经荣宪公主建议，为方便起见，就在乾清宫内西弘德殿东墙下临时设了药房，改由内臣负责煎药，好在日精门南侧就是御药房，取药材极为便捷。

“新满洲”一案曝光后，康熙具体是怎样秘密清理身边的人我不得而知，唯见这一段御前侍卫果然外松内紧，调动频繁，想来是红色警戒了，只不知何故，秋狝时极受重用的吴什益少出现，一直萦绕我心头的左安死因便也不得其解。

因我曾有在太医院做事的背景，荣宪若陪伴康熙实在走不开身，便命我代她监督内臣煎药，于是我正式从饭桶化身为药罐子。许是试药多了产生调理之效，就在这个十月，我自从到了古代就没有好好来过的月事居然以超多流量足足来了四天。

如果给我选择穿越时空之必带道具，我一定会把××牌超薄型透气卫生棉列为首选，而且还要特长夜用的那种。

这四天可把我给折腾死了，在古代来月事和如厕、洗浴可并列为三大苦事，早知道穿回古代女变男就好了，小“兽”就小“兽”，至少可以免去一苦。

又比如晚上睡了一夜起身，红颜色分批分面积弄到床上了，那么是操剪刀把床单染色之处剪个洞好呢？还是不裁减直接折一折挂起来当某国国旗练枪法好呢？最不济也得打申请报告换个新床单啊！

本来我也不是没想过用那床单来绣花，送给四阿哥既纯洁又不失彪悍，并且红色变黑色后可以恐吓该洁癖狂人，但可怜我这个用冷水洗床单都不会的人，又怎么可能做得来绣花这种技术含量甚高的活计？

作为堂堂正三品御前一等侍卫，四天里面换一次床单是勉强可以的，可从理智型逻辑性上来考量，如果要换两次以上，那还是毁床灭迹的比较好。

幸亏荣宪公主是个心思细密之人，我小小的不便，她心中有数，明面上不说，暗里照拂不少，就是来回奔走的大小差使也给我减轻了许多。

辛苦熬过这几日，托荣宪的特权，我得以借大家忙着吃晚饭的功夫，躲在内室酣畅淋漓地洗了个澡，也不敢耽误时间，匆匆换了新衣，束结停当便开门出去，不料才穿出曲栏，就碰到迎面而来的四阿哥。

四阿哥只是一个人，他一路走一路低头想事，我本欲避开，但他听到脚步声，忽地一抬脸盯住了我，我只得上前打手请了安。

墙外暮色渐蔓，廊下灯火溶溶，映着四阿哥的神情似乎有些恍惚，“上哪儿去？”

我张张嘴，还没说话，四阿哥已将我半湿的长发捞起一把，尾端置于指间搓了一搓，问道：“怎么这时辰洗浴？”

他靠得我太近，我有些不安，亦不好说我是从荣宪那院里过来的，只奇怪他这时辰理应从咸安宫来，怎的一个侍从也不带，而我本要抄近路回自己房里晾干头发，又怎会偏偏撞见他？

我起了疑心，正自踌躇，四阿哥却漫不经心地道：“穿来穿去，就这几套衣裳——你打算几时把女装改回来？”

这前言不搭后语的，他都在说些什么？我讪讪地道：“男装也好，脱脱穿穿的方便。”

话一出口，我悔得肠子都青了，歧义，绝对有歧义。

四阿哥果然精神一振，望住我笑了一笑。

我忙补充道：“特指鞋、鞋！”

“不错。”四阿哥接道，“若非穿着男装跑得快，你帮十四阿哥挡皇上那一刀也没那么利索。”他咳嗽一声道：“你东张西望些什么？”

我愁眉苦脸地答：“没什么，昨晚睡

觉落枕了，脖子酸痛得紧，扭扭。”

“扭？”四阿哥正容道，“再不说老实话，我把你的头给扭下来！”

我当真“嚯”地往后跳了一步，忽然记起因十四阿哥才被康熙打了，德妃娘娘连日违和，四阿哥大概刚从永和宫问安回来，没准儿受了什么言语，正好又穿侧门回乾清宫遇见我，这就找起我的茬儿来了。

如此一番思量，我觑一眼四阿哥的脸色，放胆道：“玉莹是想如果当时四阿哥在场，也一定会保十四阿哥的，因此才会做出那样的举动。”

“是吗？”四阿哥直截了当地打断我，他的声音里暗藏着我熟悉的压迫感，“——这次我是不是该对你刮目相看？不过，你几时学会处处想着我了？唔？”

我又退后一步。

他扣住我的手腕，巧劲一带，我身子晃了一下，背才抵上曲廊凭柱，眼前忽地一暗，是他的吻落下来。

这条道虽靠近荣宪公主的居处，闲人甚少，然而一旦被人见到便是“大件事”，我挣了挣，他忽然曲了手指，在我胸前飞快地一抚，又轻轻地压下去。

我胡乱地抓开他的手，他却发狠地揽紧我的腰身。

向他小腹下才贴得一贴，我就乱了呼吸。

而他的吻益发深入，大有我不回应他便不罢休之势。

一个吻而已，可是因为他的胳膊肘弯有意无意地抵在我的前襟弧度外缘，摩擦不已，暗中蚀骨销魂，一阵阵酥麻涌上来。

不消片刻，我自觉嫣红已硬得如小石子一般，偏又避不过，且嘴又被堵住，说不了话，只好抓紧他的衣袖，又过了一会儿，他才向后一仰，离开我。

有那么一刻，我浑忘了会不会有人过来的问题，直到他眼中现出明显的笑意，我才想起收回凝视他的目光，然而刚刚垂下头，他又贴近我的耳边，低声道：“以后我不在时，不准单独洗浴，万一被人瞧了去怎么办？”

笑话，我不单独洗澡，难道还要四阿哥帮我洗？是不是我洗澡的时候要扯嗓子喊上一声“关门、放四阿哥入内”才算是安全？

我兀自有点面热，原指望夜色掩过去罢了，又记起上回老二的老二走光事件，不由偏脸抿嘴笑了一笑，明知笑得不是时候，却也顾不得，只拢了发，一统束起，把塞在腰间的帽子取出扣在头上。

四阿哥掉头往东暖阁方向走去，我乖乖地跟上。

跟着四阿哥走路，是顶无趣的一件事，当初他把我送进宫来选秀女，大概也没料到一眨眼“侧福晋”变做“玉格格”吧？

一个居住京师的六品格格每年可得俸银三十两、禄米三十斛，而一等侍卫可以算作三品京城武职，每年俸银一百三十两、禄米六十五石，虽然加起来比四阿哥的贝勒岁俸银二千五百两、禄米二千五百斛要少那么“一点点”，不过我一个人来使也足够了。现在我的开销、零用、吃穿用度等等都可以自己解决，就更没有理由要靠四阿哥过活了。

虽然四阿哥渐少对我用强的，但当初送我进宫前他让我吃尽苦头这笔账，绝没有一笔OUT消的便宜事！

既然我要代三百年前跟我用同一名字的小年同学活下去，那么最好的报复方式便是代表她把四阿哥给反“欺负”回来。

不过考虑了这么久，也做过一些惨遭落败的小小尝试，我越发清楚地认识到：对于像四阿哥这么战斗力强悍的人不下“狠药”是不行的，但始终有一个技术性难题横在眼前：上哪儿去找到一种药物，既能让他失去反抗的体力，还能同时保有那方面的能力？

理论上来讲，越是用名牌“兴奋剂”，我被弄死的可能性就越大。

如果换上毒药……奸尸这种行为恐怕会玷污我高尚纯洁且正直的人格吧？而且历史告诉我，四阿哥是要做雍正皇帝的，我把他毒死了，三百年后的世界有没有我还不一定呢。

总而言之，反奸计归反奸计，但杀敌一千、自伤八百的事情我可不干。

我一个劲儿闷头思索，不料乐极生悲，咕咚，一头撞到四阿哥的背上，原来他不知何时忽然停下了脚步。

我撞疼了鼻子，抬手揉了一揉，支支吾吾地正打算在他发作前给自己走路也会开小差找个借口，却听到墙外传来一阵哭声，其中更夹杂非满非英的番邦话，好不奇怪。

四阿哥半回过身，仰脸望望高墙外，三步并作两步地带我转出最近的月华门，很快循声找到在养心殿外伏地痛哭的天主教传教士徐日升。

徐日升是葡萄牙人，在清廷叙职已近三十年，曾任康熙的音乐教师和钦天监正，今年秋狝他亦有扈从，生得长形头颅，中等身材，微黑的肤色配上红发红胡子，最是好认。

我们到时，徐日升身边已经围了一圈侍卫，但他身份特殊，打、骂、驱赶均使不得，劝也无效，他一外国老头儿又哭得惨烈，因此侍卫们一个个倒都看得呆住. 直至见四阿哥出现，众人才纷纷回过神来，都由一名生相威武的统制领着向四阿哥下跪请安。

四阿哥锐利的目光从众人面上一一扫过，抬一抬手，道了声“伊立”，便走到徐日升身边，用满语温和地询问了他一句什么。

像徐日升这种久在宫廷供职的传教士，为了和皇上交流，满语是必须精通的，但他抬起一张泪痕交错的老脸，叽里咕噜地回了一串我听不懂的外语——难道是传说中的葡萄牙语?

我站在四阿哥身侧看得最是真切，只见四阿哥眉头微蹙，沉吟片刻，便和徐日升对谈起来。

四阿哥的语调平稳中自有一种慑人的威严，细细观察，他仿佛比起去年强势了不少，为何我之前竟未察觉？莫非是他这些天在咸安宫日夜独守超级无敌霸王龙之二阿哥磨炼出来的?

而徐日升听了四阿哥那番话，竟至无语，一把收了鼻涕眼泪，蹒跚地爬起身来，四阿哥命两名侍卫架扶着他慢慢沿墙根走去，又令统制带人各归原岗。

一时人都散了，徐日升独特的哭腔仍留耳畔，只我愣在原地，未及跟上四阿哥回乾清宫的脚步。

四阿哥不耐地转身叫我：“发什么呆?”

我忙小碎步地跟上，实在忍不住，才说的一声“四阿哥”，他好似早就料到我要问，目不斜视地道：“想跟我学葡萄牙文？先乖乖读好满语功课才是正经。”

可恶，如此轻易地被他一语点穿，太没面子了，因小声嘀咕道：“人家老师都没有，怎么学满语……”

四阿哥一边走，一边看似随意地接口：“急什么，等十三阿哥放出来，让他老师法海教你便是。”

我听到“等十三阿哥放出来”一语，心中一动，方要探话，却突觉得头壳一记锐痛，激到天旋地转，百忙中将手撑住旁边墙体，人才没倒下去。

四阿哥回头瞧见我，马上变色过来搀扶，但此处不比曲廊，人多眼杂，我抽口冷气，抢在他的手够到之前，自己站正。

四阿哥反手一拭我的额角。

我怔怔地抬眼看他。

许是我神情古怪，他顿了一顿，没说出话来，反而是我自己解了围："没事，刚才我绊了一下。"

四阿哥狐疑地看看我脚下一周光溜的地砖："哪儿绊了？"

我趁机躲开他的手，解释道："我的左脚绊了我的右脚。喏，就是这样——"我还要演示动作给他看，就在这当儿，走道后面过来一溜精悍的侍卫队，见到四阿哥，领头的一名一品都统带着众人请安见过。

我冷眼瞧见队伍中有康熙的随差侍卫纳拉善，而中间几人还抬着十余件以黄布遮掩的物事，不由心中一沉。

今日上午我给康熙进药时，曾亲耳听三阿哥在康熙面前奏称："臣牧马厂蒙古喇嘛巴汉格隆自幼习医，能为咒人之术。大阿哥知之，传伊到彼，同喇嘛明佳噶卜楚、马星噶卜楚时常行走。"

康熙因命将该三喇嘛及直郡王府护卫啬楞、雅突等锁拿，交侍郎满都、侍卫拉锡查审。

三阿哥最近在康熙面前做尽好人，不过我猜他卖了自己府里的蒙古喇嘛以指大阿哥有不轨之嫌，只是向康熙讨好卖乖之意，总不见得牵连他自己入内。然而这时一见众侍卫来势，前后思量，我实想不出除了此事发作，还有什么其他可能？

四阿哥知他们急着面圣回话，挥手让他们先过去了。

他望着都统带人把什物送进东暖阁"抑斋"，我则望着他的侧脸。

半晌，他淡淡地道："巴汉格隆等人业已招供'直郡王欲咒诅废皇太子，令我等用术镇魇是实。'纳拉善他们刚去大阿哥府里掘出了镇魇物件。"

我听得一知半解：人赃俱获，大阿哥这下是死定了，但喇嘛巴汉格隆是三阿哥的人，御下不严是逃不掉的责任，三阿哥这样举报法子，就不怕把自己也给圈了进去？

今晚月明星稀，从侧面看去，四阿哥的眼睫微动，在下眼睑处投洒缕缕暗影，我好似到现在才发现他的眼睫毛长而翘、弯而密，眨眼的瞬间有一点仿若梦幻的温柔味道，从这点倒是看得出他和桃花眼十四阿哥有极亲密的血缘关系。

“该来的总是要来的，”他莫名地叹息一声，转过脸瞧着我，“走吧，跟我进去。”

我及时收回目光，但眼角余光不小心瞟到他的嘴角似乎带着几分嘲讽弯了一弯？

四阿哥的时间果然掐得很准，我们进东暖阁时，康熙刚好已初步发作了一次。

除了荣宪，几乎所有的臣侍都黑压压地跪在地上。

我本来对所谓的镇魇物件大感好奇，但在康熙强烈的杀气压迫下，哪敢乱看，只垂首跟着四阿哥见过老人家。

荣宪亲自端上茶盅，康熙小呷了一口，仰后靠了一靠，闭目片刻，方问：“朕听说徐日升在乾清宫外哭了一场？”

四阿哥应了一声，将徐日升如何听信外边人胡言乱语，如何认为康熙的病难好了，又是如何到养心殿大哭、怨恨自己没有福气的事情细述了一番。

康熙听完，微微点头：“徐日升虽是蛮子，对朕一向有心，不枉朕曾赐他字‘寅公’，他年纪也大了，禁不起折腾，你直接打发他回去，很好。来日我的病好了，再召他来见，也是一样。”

说是说“来日病好”，康熙语气中却甚是颓丧凄凉，四阿哥和荣宪对视一眼，正要接话宽慰，康熙却忽然坐直身子，文白夹杂地回忆起往事：“先者大阿哥管养心殿营造事务时，一日同西洋人徐日升进内与朕闲谈，中间大阿哥与徐日升戏曰：‘剃汝之须可乎？’徐日升佯佯不采，云：‘欲剃则剃之。’彼时朕即留意，大阿哥原是悖乱之人。”

“假设大阿哥曰：‘我奏过皇父，剃徐日升之须。’欲剃则竟剃矣，外国之人谓朕因戏而剃其须，可乎？其时朕亦含笑曰‘阿哥若欲剃，亦必启奏，然后可剃。’徐日升一闻朕言，凄然变色，双目含泪，一言不出。”

“即逾数日后，徐日升独来见朕，涕泣而向朕曰：‘皇上何如斯之神也！为皇子者即剃我外国人之须有何关系？皇上尚虑及，未然降此谕旨，实令臣难禁受也。’孰知朕即使在谈笑这类小事上，也一定遵循道理。夫一言可以得人心，而一言亦可以失人心也。”

“张廷玉！传朕口谕，即刻起，锁禁直郡王府，胤禔交显亲王衍璜等严拟具奏。”康熙说至此处，略一停顿，居然又自言自语般喃喃重复一遍：“朕早知大阿哥原是悖乱之人……”一面说，一面更不住苦笑摇头。

众人全都骇住。

四阿哥甚不忍见康熙哀伤的神态，才奏得一声“皇父”，康熙却抬眼朝他面上看了一看，抛出一句话来：“镇魇二阿哥之物件起出之际，大阿哥声称你亦知其事，可真？”

周围死一般的寂静中，四阿哥倏地跪下，端端正正地叩了个首，只答了一句：“儿臣恳请皇父明察。”除此之外，竟无别话。

康熙凝视他片刻，缓缓地道：“既如此，咸安宫你是不能去，朕命纳拉善等人送你回府，你还有什么可说的吗？”

四阿哥面色平静，又叩了个首，仍然无话。

康熙出动御前侍卫“送”四阿哥出宫回府，也就是变相的押解圈禁了，估计还有搜府也说不定，四阿哥应该清楚这其中的利害关系，但他竟不抓住机会在康熙面前辩白，却是何理？

难道说他领我进东暖阁前嘴角那一个嘲讽的笑，根本是已经预感到会有这一幕的发生？

我从未在电视上看过四阿哥还有被圈禁这一说，此刻不由有些发懵，眼睁睁地看着他起身跟纳拉善等走出去，只觉喉咙一阵发紧：莫非乾坤大挪移了？我的穿越影响了传说中星星都不可更改的轨迹？

四阿哥走后，康熙命人将那些镇魇物件统统收起，又特令张廷玉到三阿哥的诚郡王府传谕，依四阿哥例亦将三阿哥禁足。

以镇魇案被揭发为止，计有二阿哥、大阿哥、三阿哥、四阿哥、八阿哥及十三阿哥共五位年长皇子被圈禁，再加上一连串大案要案的曝光，满朝震动，但康熙并没有立即做出进一步的举措，仅如往年一样按时离北京城、往永定门外的南苑举行为期五天的校射行围，然而今次他一个阿哥也没带，扈从的只得荣宪公主而已。

也许因为我到底是自四阿哥府里出身，康熙这次并没带我到南苑，而是把我留在了乾清宫。

从我来到清朝，还未这样惴惴不安过，我倒不是怕被牵涉到什么案子里面去，只是四阿哥被禁实在让我太过吃惊，康熙的态度又如此晦暗不明

——如果四阿哥都能有事，地球爆炸也不是不可能的呀。

荣宪临走前把从上驷院绰班处拿到的《医宗金鉴·正骨心法要旨》、《医宗金鉴·运气要诀》、《四部甘露》等等一大沓书籍丢下给我，叫我好好学习，说什么上驷院绰班处御医均是侍卫出身，武功、气功根底深厚，而武术、气功与中医伤科息息相关，正适合我太医院御医和御前侍卫的双重背景。

“绰班”御医有自己一套独特的练功法和练功器具，对功力的要术有一定的标准，只有功法正确，功力才能练成，其功法包括：意念功、站桩功、指力功、掌功、臂力功等等。但是重手法，辅药物，法药并举；摸法为纲，八法相辅相成。说穿了，荣宪是要我学好“摸法”，把按摩神功练练好为统治阶级服务才是真的。

我本人是很有兴趣向成为一代尤物东方不败的目标努力，但苦于这些书都是由蒙古医生所著，再翻译成满文、汉文，个中内容可以跟《九阴真经》相媲美的简直太少太少，蒙古摔跤大法秘籍则是太多太多，因此我基本上是把它们当作满语教材来读。

研究数日，靠着学英语的底子，我只看出满语属于拼音文字类型，字母无大小写之分，书写自上而下，自左至右，在字母的右边加圈或加点，估计是使一个字母代表一个语音的意思，字母根据其在单词中的不同位置，分词头、词中、词尾三种不同形式，整句语序一般为：主语——宾语——谓语，句中的虚词是最难懂的部分，对于没有基础的我来说，要自学满语四级，难度高的不是那么一点点，不找人教还是不行的。

待在乾清宫这些时日，即使发生大事要事，康熙也没有特意把我支开过，我的确长了很多见闻，但我始终疑心康熙把我放在身边，可能更多的是便于调控：天下没有白吃的午餐，康熙待我不薄，这是我的资本，却也会成为我的危机，吃年玉莹的老本能吃多久，一切就只看我的表现了。

所以无论我怎样心焦，连日来除了随队早晚习武，并不曾踏出乾清宫一步，没有安排我当班的时间则老实待在房内练字看书，康熙不止一次批评我的字写得丑，我要争取写到“不丑”的境界，总不能这么庸庸碌碌地混一辈子吧？

形势逼人，我得抓住一切机会拍好康熙马屁，近期目标是争取完成四阿哥的反奸计之后——当然，如果四阿哥被康熙圈一辈子，那就算了——

找个机会求康熙放我出宫还乡，做个一方地霸，家有良田千顷，终日不学无术，没事领着一群狗奴才上街去调戏一下良家帅哥，至于回到未来的时光机器怎么研制，我完全寄期望于龙卷风二号。

掐着日期算，康熙十月二十就该回京，但传来消息，说康熙途中发病，不得不延误，又过了三天，圣驾方正式回返。

康熙自南苑回宫，当夜就召我入东暖阁服侍，没想到康熙居然如此想念我，我颇为欢欣鼓舞，不料才施展最近大成的按摩神功卖力给康熙捏了几下肩，康熙就忽地一下按住我的手，絮絮回忆起十八阿哥的事情，又从十八阿哥说到二阿哥，搞得我念起当初十八阿哥音容，心里很是难过，不禁露于言表，康熙也是流涕伤怀不已。

一时间，李德全亦领着几名内侍伏地哀哀陪哭。

待到午时刚过，荣宪公主居然带着八阿哥入宫来。

八阿哥清减了好些，与康熙一见，父子都红了眼圈，好不痛心。

我退过一边，一面给荣宪公主奉茶，一面思潮起伏：无怪荣宪回京后不直接进宫，原来是帮康熙召见八阿哥去了。可最先受二阿哥牵连被圈禁的明明是十三阿哥，要说犯错程度，八阿哥也不见得好过三阿哥、四阿哥他们，为何头一个就召见他？难道十四阿哥为他扛的那二十大板到底见效了？

约一个时辰后，送走八阿哥不久，吴什就悄悄领着二阿哥从后殿进了乾清宫。

康熙连荣宪也不带，同二阿哥单独在西暖阁“温室”关门说了半宿的话，天色将明时才叫吴什送二阿哥回咸安宫，并令内侍传谕曰宫廷内外：“自此以后，不复再提往惠，废皇太子现今安养咸安宫中，朕念之复可召见，胸中亦不更有郁结矣。”

此后数天，宫内平静无言，只在十月三十这日，康熙并无召见，而惠妃纳兰氏自来乾清宫晋见了康熙一次。

是日，康熙谕侍卫内大臣、侍卫等：“大阿哥胤禔素行不端，气质暴戾，今一查问其行事，魇咒亲弟及杀人之事尽皆显露，所遣杀人之人惧已自缢。其母惠妃亦奏称其不孝，请置于法。朕固不忍杀之，但此人断不肯安静自守，必有报复之事，当派人将胤禔严加看守。”且特别言及：“其行事比废皇太子胤礽更甚，断不可以轻纵也。”

十一月初一，康熙革去大阿哥王爵，幽禁于其府内，撤回所属佐领，其上三旗所分佐领统统给予十四阿哥。

因龙体违和，其后几日，三阿哥、四阿哥、五阿哥、八阿哥、十三阿哥及二阿哥陆续被公开解禁，二阿哥是最后一个解禁的，余限也是最多，虽搬回了毓庆宫，暂时仍不能随意出入门户。

而其中有个五阿哥最是莫名其妙，亏我还一直以为他在上驷院看守十三阿哥，到他被开释了才知他也挨了一回圈禁，可见圈禁并不可怕，圈的人一多，终究是亲生儿子，康熙还是会心软的，关键不要学大阿哥那么一把年纪了还玩木偶游戏，那是自己给自己刨坑呢。

又是一个七天过后，因近来不断有廷臣王亲为大阿哥条陈保奏，康熙特谕领侍卫内大臣等：“胤礽之作恶，‘实被魇魅而然’。

“果蒙天佑，狂疾顿除，不违朕命，不报旧仇，尽去其奢费虐众种种悖谬之事，改而为善，朕自另有裁夺。”

“小人不知，妄意朕召见废皇太子似非无故，欲效殷勤于废皇太子而条陈保奏者，甚非也。凡事皆在朕裁夺，其附废皇太子之人不必喜，其不附废皇太子之人亦不必忧，朕自有定见。”

此谕一下，果然安静。

康熙自此移驾畅春园，除养病、听政外，于立储之事当真一字不提，一字不闻，直到十一月十四日，才召满汉文武大臣于畅春园，谓先到之内大臣、都统、护军统领曰：“朕躬近来虽照常安适，但渐觉虚弱，人生难料，付托无人，倘有不虞，朕此基业非跃所建立，关系甚大。因踌躇无朕听理之人，遂至心气不宁，精神恍惚。国家鸿业，皆祖宗所贻，前者朕亦曾言，务令安于磐石。皇太子所关甚大，尔等皆朕所信任，行阵之间，尔等尚能效命。今欲为朕效命，此其事也。”

“达尔汉亲王额驸班第，虽蒙古人，其心诚实. 新满洲娄征额侍朕左右二十亲年，人极诚实。今令伊等与满汉大臣等合同详议，于诸阿哥中举奏一人。大阿哥所行甚谬，虐戾不堪，此外于诸阿哥中，众议谁属，朕即从之。若议时互相瞻顾，别有探听，俱属不可。尔等会同大学士、部院大臣详议具奏。著汉大臣尽所欲言。”

又曰："议此事勿令马齐预之。"

于是，群臣分班列坐，皆曰：此事关系甚大，非人臣所当言，我等如何可以推举。是时，因书"八阿哥"三字于纸，交内侍梁九功、李玉转安。

康熙于澹宁居内看了纸条，微微一笑，环顾左右道："阿灵阿、鄂伦岱、揆叙、王鸿绪私相计议，各人于手心写一'八'字，与诸大臣暗通消息，欺朕无知吗?"

众皆默然不敢答，唯荣宪公主笑道："小莹子，慢些，玉锤用得好好的，怎么改小拳头替皇阿玛捶肩了？皇阿玛知道你手心里头没写字，别这么急着表忠心。"

我在康熙身后，瞧不见他的脸色，反正平日被荣宪口头小搞搞也搞惯了，由得她说，咧一咧嘴笑了，正要低头去取刚才放下的两只碧玉锤，康熙却已一回手，摸去了一只，自己握在手里慢慢捶着膝盖，想了片刻，令梁九功、李玉传谕出去："立皇太子之事关系甚大，尔等各宜尽心详议，八阿哥未曾更事，近又罹罪，且其母家亦甚微贱，尔等其再思之。"

外面诸大臣不敢议。

康熙再传谕："尔等各出所见，各书一纸，尾署姓名。"

结果是由大学士李光地代表众人请求面圣回禀。

叫老臣出马，当然是要打"念其老，免殴"的王牌了。

当东宫废时，风声恶甚，康熙曾问废太子病，唯独李光地认为病可治，称"徐徐调治，天下之福"，因此康熙对李光地这名老臣格外优渥，虽不予进见，仍特传谕李光地曰："前召尔入内，曾有陈奏，今日何无一言?"

又传谕群臣曰："今日已暮，尔等且退，可再熟思之，明日早来，面有谕旨。"

康熙不言及立储之事，人人盼他提；如今他真的提了，十个人倒傻了九个，只怕还觉得康熙不如不提的好。

次日，康熙召达尔汉亲王班第及诸满洲大臣，谕曰："太皇太后在日，爱朕殊深，升遐以后，朕常形梦寐。"

"近日有皇太子事，梦中见太皇太后颜色殊不乐，但隔远默坐，与平时不同。皇后亦以皇太子被冤见梦。且执皇太子之日，天色忽昏，朕于是转念，是日即移御馔赐之。进京前一日，大风旋绕驾前．朕详思其故，皇太子前因魔魅以致本性汩没耳。因召至左右，加意调治，今已痊矣。"

接着对群臣宣读朱笔谕旨，云："前执胤礽时，朕初未曾谋之于人。"

"今每念前事，不释于心，一一细加体察，有相符合者，有全无风影者。况所感心疾，已有渐愈之象，不但诸臣惜之，朕亦惜之．今得渐愈，朕之福也，亦诸臣之福也。"

"今朕且不遽立胤礽为皇太子，但令尔诸大臣知之而已。胤礽断不报复仇怨，朕可以力保之也。"

康熙的态度究竟如何其实呼之欲出，但这个答案实在匪夷所思，况且在这一废太子的风波前后，已有太多人骑虎难下，各方利益错综复杂，好容易重新洗牌几欲成型，没想到康熙还真是不按牌理出牌，眼看着跑上来又吃又碰声势浩大地要胡一盘清一色一条龙。大家伙提心吊胆地拆搭子喂牌给他老人家，结果临了居然一副屁胡，胡了不罢休还指着人鼻子骂，骂人家存心拆牌盯他张，这个忽悠大了去了。

——但纵然康熙力保，才被放回毓庆宫的废太子二阿哥又能给人多少信心?

然而康熙就跟我的偶像周星星同学一样，他做的事情永远出人意表：说力保废太子，当夜他就下令将二阿哥、三阿哥、四阿哥、五阿哥、八阿哥、十阿哥、十三阿哥及十四阿哥等全体召来畅春园。

十一月十六日，除十三阿哥因圈禁期间犯了腿疾、四阿哥奉命绕道去接他同来不得不迟到外，其他皇子们均在上午巳时正到达畅春园。

最夸张的是二阿哥，头剃得趣青，胡子也刮得干干净净的，明明容光焕发、气色好得气死牛，却带着枷锁、脚镣，全副武装地出现在众人面前，哪有人做囚犯做得这么拉风的，一个演员的基本素养都没有。

康熙见了二阿哥，先将他埋怨了一通，说他不好好养病，反而比在咸安宫时又见消瘦了。

不怕人比人，就怕人气人，我以为，康熙完全可以胜任影帝的称号，但最佳男配角不是二阿哥，是八阿哥。

我要是八阿哥，断然不会在康熙对群臣说有关"良妃微贱"之语的第二天还能如此安之若素地来上演兄弟情深的戏码。

越是在所有人都以为他会脆弱的时候，越要站出来表示坚强，这样的八阿哥，真有点叫我刮目相看。

巳时三刻，康熙在广梁门内的澹宁居前殿召二阿哥及诸皇子、达尔汉亲王额驸班第、领侍卫内大臣等，谕曰："今观废皇太子虽曾有暴怒捶挞伤人事，并未致人于死，亦未干预国政，若人果被杀，岂有无姓名见证。凡此等事，皆由胤禔魇魅所致。胤禔所播扬诸事，其中多属虚诬。"

又曰："今朕体违和，每念皇太子被废之事，甚为痛惜，因奏之皇太后，奉皇太后懿旨云：'余意亦惜之，'朕闻之心始稍慰。"

因是，康熙当众亲手释放了二阿哥。

二阿哥跪地誓曰："若念人之仇，不改诸恶，天亦不容。"

康熙故曰："朕今释汝，汝当念朕恩。人言汝恶者，勿与为仇。

"凡规汝过之人，即汝恩人。顺汝行事之人，即陷汝之人。祖宗基业可惜，古放太甲，卒成令主，有过何妨，改之即是。

"朕惟冀汝洗心易行，观性理诸书以崇进德业，若仍不悛改，复蹈前愆，是终甘暴弃而自趋死路矣。朕涕泣宣谕，其敬慎奉行。"

又谓诸臣曰："朕之治子多令人视养。大阿哥养于内务府总管噶禄处。三阿哥养于内大臣绰尔济处。惟四阿哥朕亲抚育，幼年时微觉喜怒不定，至其能体朕意，爱朕之心殷勤恳切，可谓诚孝。五阿哥养于皇太后宫中，心性甚善，为人淳厚．七阿哥心好，举止蔼然可亲。乃若八阿哥之为人，诸臣奏称其贤，裕亲王存日亦曾奏言八阿哥心性好，不务矜夸。胤礽若亲近伊等，使之左右辅导，则诸事皆有箴规矣。"

正说着，四阿哥同着十三阿哥进殿，听到最后一番话，与众同跪，三呼万岁。

轰轰烈烈闹了几个月的废太子事件，不要说二阿哥起落惊人，其他牵涉其中的年长阿哥亦被圈禁的圈禁、削爵的削爵，无不大伤元气，康熙如此处置，明将贬过之年长阿哥能褒扬的统统褒扬了一番，甚是给足脸面。一应王孙臣子无一人敢在这时唱反调，表面上看，这皇家体面也算挽回了，从康熙到各阿哥，倒有了一种和气的喜悦在里面。

这一天里，我看着四阿哥和十三阿哥穿同款玄狐皮大氅同进同出好几次，早暗笑到不行，结果康熙唤诸皇子来澹宁居共进晚膳时，竟然又看到他俩一齐换了宝蓝色的便服过来，不由别过脸去，偏被坐在康熙身边的二阿哥瞧见，他喜气洋洋地道："小莹子在皇阿玛身边这些时日，出落得越发好了。"

康熙瞧了我一眼，又问二阿哥："你倒说说那时候你非把小莹子从咸安宫闹走，也是为了朕好？"

二阿哥尴尬一笑，才张口，康熙就打断他："怎么？话都不会说了？真为朕好，往后你少洗洗澡也就得了。"

康熙和二阿哥的对话声音虽轻，众皇子坐得也比较开，不过洗澡的典故早有耳闻，这种闹到了皇帝跟前的八卦，早就瞒不过，此刻乍听康熙主动提起，一个个暗笑侧身，冲着邻座的兄弟尽量没话找话说。

二阿哥本人却浑不在乎似的，只瞅了我一下，仰脖抿一杯酒，便算带过。

托赖荣宪调教，我最近心理素质暴强，随便康熙拿我开涮，我正好借面带娇羞状行偷窥四阿哥和十三阿哥的眉眼官司之实——以前我怎么就没发现他们俩待在一处就这么养眼呢？

不一会儿正式开膳，皇家规矩多，讲究"食不语"，这些皇子阿哥连圈禁都是住在府里，山珍海味自小到大流水过，吃不腻也看腻了，在康熙面前也没人敢放开肚皮，不过图一个"团聚"的名儿。

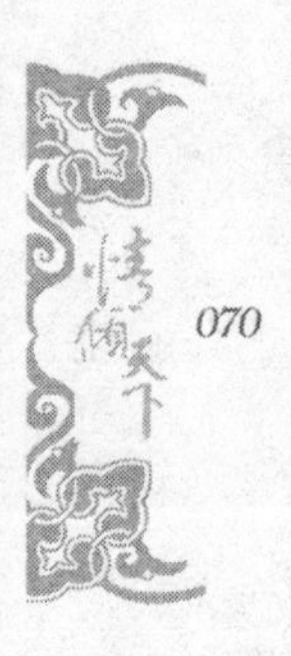



康熙今日兴致很高，膳后众阿哥又捧茶陪坐清谈了一回。

用过晚点快要收尾时，四阿哥忽然离座奏请康熙："顷者复降褒纶，实切感愧，至于喜怒怨不定一语，此十余年以来省改微诚。今年至三十，居心行事大概已定，'喜怒不定'四字关系臣之生平，恳将谕旨内此四字恩免记载。"

康熙欣然传谕从之。

十九日，康熙帝之病渐就痊愈，又命内侍梁九功传谕诸皇子及王公大臣等曰："前拘禁胤礽时，并无一人为之陈奏，惟四阿哥性量过人，深知大义，屡在朕前为胤礽保奏，似此居心行事，洵是伟人。"

四阿哥则回奏曰："为诸阿哥陈奏，臣诚有之。至于为胤礽保奏，臣实不敢任受也。"

这日因是荣妃马佳氏的生辰，三阿哥和荣宪公主奉皇命带了康熙的礼物回宫给荣妃祝寿，康熙不知出于什么考量并不回宫，反而一下午带了一众阿哥优哉游哉逛起畅春园来。

畅春园除了宫殿、庭院和花园，更有街巷、广场、庙宇、室内市场、露天市场、商店、衙门、码头等建筑，也安排了一块模拟耕作的地方，田野、草地、民房、茅屋、水牛、耕犁及其他农具，一切应有尽有，像足一个“小城”。

为了取乐，康熙让太监们扮成各种各样的人，自己与众阿哥则均着微服便装跟在随从后面，随性游玩。

远望码头上船帆林立，近观这里是丝绸街，那里是棉布街，这里是瓷器街，那里是漆器街，一切都有分工，再仔细看，这家是家具店，那家是衣铺首饰店，居然有一家是为读书人开的书店，店门大开，商品琳琅满目，此外还有茶馆和酒肆，及大大小小的旅馆。

每个太监都穿上指定角色的服装，有的扮商人，有的扮工匠，有的扮士兵，有的扮官员，有的推着一辆手推车，有的挎着一个篮子，各人职责分明，做生意、手工艺等各种职业的都有。

扮小贩的就在街边叫卖水果、各种饮料；扮杂货店老板的往往要拉着过路人的袖子缠着对方买他的东西；扮农夫的也得播种小麦、水稻，种植蔬菜和各种粮食，收割庄稼，采摘水果，总之尽可能地模仿一切城乡生活。

半个小城逛下来，只见街头巷尾热闹熙攘，集市上若真的一般嘈杂，每个人都夸耀自己的东西，也有使诈骗伎俩者，甚至还有吵嘴打架的，就连扒手们也没有被遗忘，这个职业由许多最机灵的太监担任。众扒手扮演得惟妙惟肖，有的出足洋相以讨皇帝开心，有的装着被送交衙门审判，根据罪行轻重、偷盗数量判罚示众、杖责或充军流放。如果他们中有人偷盗技巧高明，大家视康熙高兴与否，会为其鼓掌叫好，可怜的商人的诉状倒反被驳回。

不愧是康熙大帝，连玩过家家，也不是小来小去的布娃娃，而是一群大活人搞真人秀，够级别、够档次、够气派，对比我在现代化社会看电视玩电脑的消遣方式，可真高出几杆子去了。

对我而言，最有趣还是看康熙买东西，因这样取乐不是第一次，在康熙来畅春园前所有的货物就已经购入，被太监们拿到小城真的出售。康熙总会停下来 shopping，有时还叫阿哥们一起采购，他在一旁观察他们怎样跟商人讨价还价，所购货物再交给随从提着抬着，倒也不乏热闹气息，令人兴趣盎然。

就这么不知不觉地玩到斜阳欲坠，康熙意犹未尽，领着大家到宝善街满庭芳的金桂轩戏园听曲儿。

据说这家戏园子是照康熙南巡所见的名园仿造，连戏班人马、拿手曲目都一般无二，只不过换了禁宫内畅音阁出身的戏子在此排演待召。看在我眼里，觉着这戏园跟电视里演的那些也大差不差，因累了一下午，等园内筵席铺排安坐完毕，众人点了一圈戏牌，便寻了个机会悄悄儿跟畅春园总管太监梁九功告了假，觑便溜到后面散散筋骨。

自我入畅春园以来，一直待在康熙跟前伺候，简直比内侍还内侍，虽为御前侍卫，但得了老爷子默许，无论何事，不用找吴什他们这种级别的长官，就近跟李德全或梁九功说一声，能方便都会尽量行方便的。

看康熙正在席上跟阿哥们说笑得高兴，我暗地里把白天四阿哥在集市买下送我的小玩意儿统统给了魏珠，托他加倍细意儿代我站岗留神康熙的需要，好好伺候，这才抽身走到后园天井，见一丛树下有一长条干燥的白石凳，便随意坐下休息。

先前十三阿哥见我中午进食少，就偷偷地塞给我一包小点心儿，现在仍笼在袖袋里，我掏出来，小心地打开，铺在膝上检查了一下。点心尽管有些变形散裂，但外观尚算喜人，反是这般断壁残垣激起了我的食欲，便使出分筋错骨手，一上来把糕点撕得更加碎裂，再一块一块地塞入口中。

正吃得得意，忽闻身后“扑哧”一声低笑，急回头张望，却是十四阿哥不知几时自左边游廊穿过来，走到我背侧站定。

我生生忍下刚才被噎住而导致的面部抽搐，优雅万分地翘起兰花指把最后一块糕点放进嘴巴，折起膝上的巾帕，放在凳边，起身给十四阿哥行了个礼，一抬头，只见他对我做了个舌舔唇角的鬼脸。

一开始我还以为他在对我流口水，再一想，才会意过来，随之依样小舌头一卷，当着十四阿哥面舔去粘在唇角的一点饼屑，可是做完这动作才发觉好像有点那个啥，然而十四阿哥貌似瞧得很爽，我也只好故作大方罢了。

这时楼里已经咿咿呀呀地唱起戏来，十四阿哥道：“三阿哥点了《空城计》，老生孙春恒扮诸葛亮，你不进去看戏吗？”

我没听说过这名字，实在不高兴这么快就跑回去站岗，只装模作样地侧耳听了听，敷衍道：“刚开场，诸葛亮还没上台呢——十四阿哥怎么也出来了？”

十四阿哥弯腰以手拂了拂长凳，要拉我坐下，我不肯，他就一个人坐了，闲闲地道："后一场是我点的《八蜡庙》全武行戏，孙春恒这人唱得虽好，但有个爱拖戏的毛病儿，我怕他老毛病又犯，特地出来嘱咐他不要拖得太长，耽误后面的表演。这不，才绕过来，就逮着你在这偷嘴。"

我苦笑一笑，畅春园何等重地？单这一个戏园子就不晓得布置了多少侍卫明守暗防，刚才那"偷"字我可受用不起，倒是十四阿哥过来前分明使了手势不准人给他请安，这才悄悄儿潜到我身后，真正贼喊捉贼，何况给个戏子交代两句话而已，用得着他亲自出面吗？

其实这两天我有心避着他，他来找我何事我也约略知晓，但他这么绕弯子，总不见得让我先把话挑开吧？

果然我不答话，十四阿哥也没在意，稍稍垂首沉默了一下，便切到正题："上次你替我挡了皇阿玛那一刀，我还没想到赏你什么好——"他掐断后面的话，抬起一双润润的黑眼睛注视着我。

我禁不住微笑着回视他，对他而言，"赏赐"自然比说声"谢谢"要简单百倍，没有想好？可我知道他要是真没想好，就不会在这时来跟我套话。

十四阿哥见我发笑，自己也咧了一咧嘴，大剌剌地道："我想破了头也没想出赏你什么好，所以我决定，我要以身相许！"

我石化……十四阿哥太有现代主义浪漫派精神了，他早就不是纯洁的处男了，现在跟我说这个话有啥实际意义吗？

我咽了口唾沫，干巴巴地道："以、身、相、许？"

十四阿哥露出白白的牙齿，"你这是什么脸，很委屈你吗？"

我真的很想告诉他即使退一万步你是杨逍我是纪晓芙人家四阿哥也不是殷梨亭，玩这种游戏嘛十四阿哥你还是要叫四阿哥一声前辈的，但在这种时刻打击他的激情显然不是明智之举，因此我紧紧地闭上嘴，看他能把我怎么着？

谁知十四阿哥忽然手一伸，拽过我右掌，迅速掏出一件物事拍入我掌心，定睛看处，却是那枚我丢失了很久的铁指环。

自当日在乾清宫东暖阁康熙把它掷还与我，我就将它挂于脖上，不曾离身，直到那次在森济图哈达驻地遭遇二阿哥惊马袭击，连着几日昏迷，醒来又经十八阿哥薨逝之痛，等发现铁指环不知所终已没机会回头寻找，实不想十四阿哥此时交还给我，不由大惊。

“那天四阿哥从二阿哥惊马下将你救出，你们都受了伤，我无意中在草堆里捡到这枚铁指环，知道它是你娘的遗物，就收在身边，等着找机会还你——”十四阿哥一面说，一面亲自把铁指环套在我右手食指上，我低头看了看，往事纷纷扬扬涌上心头，一时五内俱裂，更加说不出话来。

十四阿哥哪里知道因为这枚铁指环我和四阿哥打了多少饥荒，他只当我是感动过头，竟趁机拉着我的手不肯放，还小小地摸了一把。

我抽回手，谁知十四阿哥并没有握紧，我用力太过，差点向后跌倒，好容易扶帽稳住，算了，我还是回康熙那棵大树下乘凉比较好，因行了个礼：“玉莹谢十四阿哥关心——”

要走的话还未出口，十四阿哥就打岔道：“咦，今晚的月亮怎么不够圆啊？你站着，陪我看到月亮圆了为止，反正里头唱《空城计》，没什么好听的，等会儿全武行上演了，我再带你进去！”

好任性的阿哥，简直没有人性！

早知道出来也是站岗，还不如待在里面算了，在清朝做小强真难啊。

四阿哥会入定，十四阿哥有静坐神功，不知道是不是因为我没有对他的“以身相许”表示热烈欢迎而别扭上了，估摸着大半个时辰过去，我站得腿都软了，十四阿哥才伸了个懒腰起身：“差不多了，走，回去看《八蜡庙》!”

去年我住在四贝勒府时，四阿哥、十三阿哥他们领着户部追账那段时期虽然忙碌，但爷们几乎隔几晚就有酒会戏场。《八蜡庙》一剧源于《施公案》，讲淮安土豪费德功霸占一方，强抢民女，残害百姓，英雄黄天霸、朱光祖等决定除去恶贼，老英雄褚彪定计，由黄天霸之妻张桂兰假扮民女，携贺仁杰前往八蜡庙进香，故意诱使费德功把自己抢进庄去，并假意应允婚事，诓去其宝剑、袖箭。随后，褚彪、黄天霸、金大力、朱光祖等里应外合，擒住费德功，为四方百姓除去一害。此戏属有名的武戏，尤其在擒拿费德功一场中，各路英雄都拿出自己的看家武功，极热闹的，戴铎每跟了四阿哥出去看戏，只要看了这出，必拿回来说了炫耀，我一向只有耳闻，未曾目睹，现在听十四阿哥再次提起，不禁重又勾起好奇之心，跟在他身后走了回去。

还没走几步，十四阿哥忽停步皱了皱眉，唤来一名亲卫问道：“怎么里头还是孙春恒在唱？”

亲卫躬身回道："回十四阿哥话，那孙春恒上场时间已晚，上场后台下又是'彩声如雷'，孙春恒一时高兴，雅兴勃发，在台上悠然唱了很久，后台的武戏演员们早就穿戴整齐准备上场，空自焦躁，也是无法。"

我听十四阿哥手下的亲卫说话有趣，不由暗笑，瞥了十四阿哥一眼，他对上我的眼神，有意磨了磨牙，做出佯怒态度："先儿孙春恒在我面前答应得好好的，上了台怎么着？敢把我的话当耳边风？去，把演费德功的那个武生赵德虎叫来，我就在这儿有话同他说！"

不一会儿工夫，亲卫匆匆领来一名腰圆膀粗，面涂油彩的武生演员，不知是因为化妆和光线的缘故，还是真给孙春恒气着了，他给十四阿哥下跪请安的样子，尤带怒容。

十四阿哥叫他俯耳过来，低声轻语了几句机密，我站在一旁，溜进只言片语，因瞅了十四阿哥一眼，他嘻嘻一笑，大力一拍赵德虎的肩膀："去吧！好好做，回头够你领赏钱的！"

赵德虎磕了个头，爬起一路小跑去了，十四阿哥这才正式领着我进楼。

楼里声浪大得很，康熙端坐正厅主位，二阿哥坐他右手边，往下依次是四阿哥、五阿哥、十三阿哥，对面左手边坐着三阿哥、八阿哥、十阿哥，而十四阿哥直接走到左边十阿哥下面入座。

我从后头绕过去替了魏珠的位置，隔着李德全，侍立康熙右侧。

二阿哥一面看戏，一面不时侧身同康熙小声交谈，他们说的都是满语，我听不大真，这个时候再听戏也没心情，只垂下眼，悄悄儿把左手盖上右手，遮住食指上的铁指环。

进楼也有小半个时辰了，演诸葛亮的孙春恒仍在台上唱得得意，我几次偷瞄十四阿哥，他却像个无事人似的，跟座旁的十阿哥对酒谈笑，挥洒如意。

又轮了一巡酒，十阿哥已醉了几分，只见他提壶离座，红光满面地跑到二阿哥跟前咕噜噜地说了一大通话，我也没听懂，诸阿哥却是一番大笑，二阿哥站起身，拍拍十阿哥的肩膀，两人豪气冲天地对饮而尽。

一时其他阿哥都来向二阿哥敬酒，好不热闹了一回，康熙则含笑旁观。

众人才刚返座，台上忽起一阵骚乱，我抬头惊讶望去，却见那名叫做赵德虎的武生不知何时竟潜到城楼上想唱就唱的孙春恒后面，趁其唱得兴高采烈之际，尽力掴以一掌，将丞相诸葛亮打得从城楼上翻一大筋斗直坠而下。

见此情景，台上台下观者始而大骇，继而不禁大噱。

唯有三阿哥激动地拍案而起："胡闹！恶霸费德功怎敢殴打诸葛亮！"

他不叫嚷还好，吼了这一嗓子，本来撑得住的人一下也都笑喷。

偏偏值台者本要将孙春恒扶进后台，谁知他仰头一看赵德虎跳下城楼继续追打，唬得自己手捧了掉落一半的大黑长胡子道具就往后跑，而伴奏的乐队也恶搞了一回，"及时"奏起下一场《八蜡庙》的曲子。后台早就等得怒不可遏的其他武生演员也上了台，把个孙春恒迫得满台上蹿下跳，也亏他灵活，居然让赵德虎追了他半天左勾拳右勾拳天马流星拳外加佛山无影腿也没能沾到他一根毛毛。

康熙看得哈哈大笑，李德全见机领了两个小太监到台前高呼一声"万岁爷打赏"，那赏钱就往台上直飞，连阿哥们也分别叫身边人往台上砸赏钱助乐，简直就跟下了一阵钱雨似的，倒把三阿哥看了个目瞪口呆。

台上的丞相和恶霸等戏子也顾不得打架了，跪在满地"钱毯"上冲着台下的康熙和众阿哥们猛磕响头，有人太过用力，抬起头来，额上、脸上还粘了几枚钱币，在灯火下颤颤反光不止，更加逗乐。

费德功在《八蜡庙》中本来就是个最后被群殴的恶霸角色，正好碰到前面公然掌掴诸葛亮这一出，收到意想不到效果，众武生得了如此多的赏钱，在擒拿费德功一场戏中就分外落力，演得精彩纷呈、高潮迭起，只引得观者彩声如雷、一波未平一波又起。

我先前狂笑了一场，一下精神百倍，到得后来索性趁乱混在扔赏钱的人群里，真正玩了个不亦乐乎，直至《八蜡庙》演完才知口渴，回头找人要水喝，不晓得哪个乌龟塞了一壶酒给我，我仰脖灌了一通，才回过味来。

也没品出这酒是哪一种，灌下去倒是极爽，我的头却有些重，再定睛找乌龟是哪个，却发现是一直跟在十四阿哥身边的那个瘦白脸长随，又见十四阿哥瞅着我坏笑，我实在怕跟他打官司，装作若无其事把酒壶推回长随手上，定一定神，溜到康熙身后原位站定。

谁知二阿哥跟康熙卖了一晚上的乖，就差上桌子跳肚皮舞了，临到头来却还不放过我。

原来今晚接着《八蜡庙》后面还安排了一场南派京剧伶人演《三上飞》

的戏，因一般伶人再有底子，不过是翻腾跳跃，耍些铁杆上、屋檐上的功夫，而南派独出一宗，子弟能别出心裁，或于正厅屋顶上设长绳一道，中悬短木棍三，上绳后翻腾、坐卧，献出各种身手，据称有令见者神涑魂夺之效，更有能者可设横绳一道，自台上斜贯正厅之柱端，或作空中飞舞，或一泻而下，极刺激好看。不过先有孙春恒拖场，后有费德功暴打诸葛亮，导致《八蜡庙》一出戏得赏钱无数，反复谢场，自然影响到《三上飞》的舞台布置时间，这当中就多出一个空档，而康熙兴致正高，如何可以冷场？

好个二阿哥，竟跟康熙提议要我献唱一曲，还拉了座旁的四阿哥来做说客。

前面我玩得太High，四阿哥目有凶光，他才看了我两眼，我就准备认输了。

《神经病临床现象概论》P222页记载：躁狂症患者多表现为情绪高涨，兴奋话多、动作多，自感脑子变灵活、人变聪明，说话时兴高采烈、眉飞色舞，感到精力旺盛，注意力不集中，好管闲事，好发脾气。重者易激惹，甚至易怒，出现攻击行为，爱唱歌或要求他人唱歌——四阿哥我惹不起，躁狂症康复期患者二阿哥我就更不敢惹了，康熙又点首示意我要主动一点才够卡哇伊，这还有什么可说的？

唱呗。

搞不清二阿哥是否有心整我，硬要我正式站上台去唱不说，还没等我想好唱什么，就领着大家给我鼓起掌来，声势大得房梁都要抖三抖，这不是欺场吗？

台侧乐团上来一个领班的，捧着册子问我要唱哪一出，得，当我这是上古代卡拉OK来了？

我跟领班大眼瞪小眼了半天，台上台下的人都鸦雀无声地看着我们，领班却是个上路的，始终气定神闲地赔笑恭立。

我有心找碴不成，眼睛一扫，乖乖个隆冬，见说御用闲人一等侍卫玉格格要当场献唱，除了康熙和阿哥们的座位前后还算留出点空地外，整个厅里，左三圈、右三圈，围了N多人来看，门外、窗外半黑半白晃着的都是脑袋，连戏班子的群众也满满地挤在后台掀帘看热闹。

而台脚早安排好了由魏珠率领的撒赏钱太监小分队，一等我唱就“天女散花”呢。

我算计着总归是上天无路，入地没门，认命长吐一口气，向领班交代道：“麻烦这位老板帮我取面小锣来。”

领班一愣，但还是小颠步跑去取了锣来，跑到我面前时不知怎么手一抖，锣哐啷坠地，众皆哗然，领班被唬得抖抖索索就要给我下跪赔礼。

我抢着出手在他肘下一托，笑道：“多谢老板。”顺势让他转身走下，这才轻巧巧地一俯身，把锣从地上拎起来。

在现代我曾下过苦功练声，深知弋阳腔要全场皆可闻始算大成，讲究唱念要让三楼后排的观众都不觉声音细弱，花厅前排座间又不觉得刺耳，才显功力。而年玉莹的嗓子我试过几次，尽管天生嗓音条件不错，达得到“高亮宽”三齐，但毕竟没经过系统训练，何况我学的戏在康熙他们这帮听戏成了精的行家面前，至多不过是速成班的水平罢了，所以我一定要出奇制胜，方能顺利过关！

京剧演出伴奏的六种主要乐器：京胡、南弦、月琴、单皮、大锣、小锣，我虽做不到六场通透，好在于小锣上略知一二。

想定唱词，我先冲康熙座位方向施施然行了礼，示意这就开始，不料二阿哥鬼叫一声，极兴奋地挥一挥手，魏珠立马带着小太监朝台上撒了一阵赏钱，众人又是一阵叫好。

我一时站在台上哭笑不得，无法决定是拿锣接钱好呢？还是挡住钱雨袭击要紧？

待二阿哥坐回原位，我右足虚抬，全部重心落在左足上，下身侧立，上身半扭过九十度，先现出几分男装女相的柔美，然后面冲外，平伸右手，将小锣一声一声慢慢地打着，等到锣声打住，场上已完全静下来。

我做了一个陨霜手势，雅致又委婉地将小锣无声贴地放平，方回腰提气开腔缓缓念唱：“不想再问你你到底在何方——不想再思量你能否归来么——想着你的心想着你的脸——想捧在胸口能不放就不放——”

唱出的同时，我左手兰花掌，右手持扇手，走了一个小边，眼神够不够旦角那般“媚”我不知晓，只看到台下的十阿哥猛然打翻了桌面的一壶满酒，身边下人慌着要给他擦衣，他却嫌那人挡住视线，一手把对方推开一个跟头。

我脸微侧，头微摇，走回小边，右手做挑眉式，用袖向外甩出去，忽换了宽厚低调的男声以现代式的唱法接下去：“one night in beijing，我留下许多情——不管你爱与不爱，都是历史的尘埃——one night in beijing，我留下许多情——不敢在午夜问路，怕走到了百花深处——”

“百花深处”四字一落，全场轰然雷动，不怪他们，他们没见过世面，当年要不是我为番茄卫视我行我秀的假冒断臂山恋情秀所迷惑而赶不上参加芒果台的超级女生的话，说不定就没春哥什么事了。

“人说百花的深处，住着老情人，缝着绣花鞋——面容安详的老人，依旧等着那出征的归人——”我换过一口气，直接从男声段落吊起来第二段京剧腔，接上女声念唱。

这段第一句刚出口，我的声音几乎被场下的呼喝声盖过，然而第二句就已经成功地压下场子，我不得停歇，紧跟着又折回男声：“one night in beijing，你可别喝太多酒——不管你爱与不爱，都是历史的尘埃——one night in beijing，我留下许多情——把酒高歌的男儿，是北方的狼族——”

我一面唱，一面“一例一例里神”，用右手先右后左、再归右，指了三下，唱完已走到大边，因势又做个迎风虚指式，以女声念唱：“人说北方的狼族，会在寒风起，站在城门外——穿着腐锈的铁衣，呼唤城门开，眼中含着泪——”

这两段的精髓在于拍马屁：北方的狼族、城门外，说的就是当年入关的满人，直指康熙父辈祖辈。

果然康熙和众阿哥都听明白了，除全场掌声雷动外，十三阿哥、十四阿哥这两个年轻皇子居然自座位站起，高声叫好。

我自己挑担知道苦，又是京腔女声，又要模仿通俗男声，截然不同的唱腔只凭一己之力转换，我连换了几次，已深悔刚才信心太过，早知道还不如唱“莲花落”来得快活应景，现在真是快断气了。

幸好这时两位阿哥超给面子的支持方式给我打了剂强心针，而台侧的皇家梨园乐团也当真了得，只听了我前面这么一轮便能引乐伴上奏来，由不得我精神一振，为了做足戏码奋不顾身、勇往直前，如同把舞台当作战场，要把“恨台”的气势发挥到淋漓尽致，又一轮狂风暴雨般的男声女腔不间歇换唱。

男声：“呜……我已等待了千年，为何城门还不开——”

女腔：“呜……我已等待了千年，为何良人不回来——”

男声：“one night in Beijing——”

女腔：“我留下许多情——”

男声：“不敢在午夜问路，怕触动了伤心的魂——one night in Beijing——”

女腔：“你留下许多情——”

男声：“不敢在午夜问路，怕走到了地安门——”

女腔：“人说地安门里面，有位老妇人犹在痴痴等——面容安详的老人，依旧等着那出征的归人——”

百花发时我不发，我花发时百花杀！

我要演绎的不仅是妇人的声声泣血、苍凉幽婉，还有征人万马奔腾、热血丹心、拓展疆土、攻池夺城的快感！

我已等待了千年，为何城门还不开？

我已等待了千年，为何良人不回来？

挣扎努力摔跌苦求，何必执著勿用自责，执念种种，从此打消！

只当去地安门转转，驻足银锭桥头，流连在什刹海岸边，钟鼓楼下绕个圈，胡同深处探究几代沧桑，体验曾经繁华惆怅旧欢如梦，北京仿佛化身一双温暖粗糙的男人的手，把我抱紧，最后却原来是自醉梦中，多情应笑我，哎，怎奈 one night in beijing，我留下许多情！

此时的我不在乎音准音高的把握，也不管音乐表现怎样才算到位，只想不要再思量你能否归来么！

我飞扬跋扈，一鼓作气地跃下舞台，全场气氛随之沸腾起来，无数的人在往前涌，我要看得仔细些，再仔细些！

也许是酒劲使然，我完全放开胸怀，曾经困苦无奈挣扎等种种情绪被大风吹跑，只余清天自在，无牵无挂。

每一下转身，每一次额首，我只要我的风情！

康熙业已站起身，他离我仿佛这么近，我唯以男声对他轻唱：“one night in beijing，你可别喝太多酒——走在地安门外，没有人不动真情——”

繁华一梦化作黄河岸，千红一哭万妍同悲，酒不醉人人自醉，我袖转身回翻云飞雪，恢复女音绝唱：“one night in beijing，你留下许多情——不要在午夜问路，怕触动了伤心的魂——”

我最后一次用男声重复嘶唱：“one night in beijing——one night in beijing——”

一个断音落下来，伴奏乐声初初止住，我忽地右手搭袖，左臂伸开，左手翻袖，手心向外，双手一前一后，连作吐蕊、伸萼、露滋三式，凝神大段细细念唱：“不想再问你，你到底在何方——不想再思量，你能否归来么——想着你的心，想着你的脸——想捧在胸口，能不放就不放——不想再问你，你到底在何方——不想再思量，你能否归来么——想着你的心，想着你的脸——想捧在胸口，能不放就不放——”

未得唱罢乐声又起，伴我原地拖音飞转十二圈，且双足始终维持在同一点上，然后一个快速躺倒，真正完成一个“卧鱼”的身段，准确面对康熙的主位。

全场寂静片刻，却是康熙带头击掌，随之满场掌声雷动。

我上半身不动，保持盘起双腿的高难姿势，在满场的掌声中，缓缓地立起身来，犹自带了些微喘息。

康熙赐酒，我一饮而尽。

接下来康熙右手一排的二阿哥、四阿哥、五阿哥、十三阿哥依次赏酒，我虽有了之前十四阿哥的那壶酒打底，算得债多了不愁，但刚喝完四阿哥的赏酒，在翻杯放下的一刹忽感不支，单手撑住桌沿，略晃了一晃。

紧挨四阿哥旁边的十三阿哥本来带笑举杯，见我如此，他的手便滞了一滞。

我咬咬牙，抬手接过他的酒杯喝下。

四阿哥坐在位上，不动声色地看看我，又望望十三阿哥。

我低一低头，还没说完谢阿哥赐酒的场面话，对面左排的十阿哥早不耐烦地叫将起来，催我过去。

对面坐的是三阿哥、八阿哥、十阿哥、十四阿哥，我强压住心头的虚浮之感，轻步过台，在三阿哥桌前站定。

三阿哥握杯在手，却迟迟不递给我，我诧异地抬眼望他，他看一眼左右，带笑问出一番话来：“好一个‘不敢在午夜问路，怕走到了百花深处’——相传明万历年间，有一对勤俭刻苦的张氏夫妇，在北京城新街以南小巷内，买下二十余亩土地，种菜为业，数年后，又在园中种牡丹芍药荷藕，春夏两季，香随风来，菊黄之秋，梅花映雪之日，也别具风光，可谓四时得宜。当朝文人墨客纷纷来赏花，于是该处被称为‘百花深处’，张氏夫妇死后，花园荒芜，遗迹无处可寻，这个地方就变成小胡同，以百花深处为名，流传至今。却不知我大清的玉格格如何迷失在百花的深处？又如何做一场红颜白发的旧梦？”

我听得呆了一呆，北京城真有个叫做“百花深处”的胡同？

怪不得我一开始唱到这句“不敢在午夜问路，怕走到了百花深处”时全场那般耸动，竟是为了这缘故。

不过三阿哥这番话也太恶毒了，一句歌词居然上纲上线到前明与大清的政治高度，这么刁钻的问题有种就去问原唱陈升好了，问我干吗？

我偷瞄一眼康熙，他也停了和二阿哥的交谈，正在听我们这边说话，看他的表情，却是悲喜莫辨。

这种问题，根本不可能用插科打诨赖过去，我本来就头重脑昏，迫切间再三思量，背心都急出冷汗，也想不出对策。

这个三阿哥文采很好嘛，做白日梦就白日梦，偏说什么“一场红颜白发的旧梦”——我要有白发魔女那功力与气质，头一个就掐死他！康熙都没追究我，他追究我个什么劲？

但不管怎么说，就这么僵场冷在这里，时间拖得越久对我便越不利，三阿哥也很明白这一点，我不答话，他益发气定神闲，倒是尾席的十四阿哥瞩目这边良久，终于身子动了动，似要站起来说话，却被十阿哥按下。

正无可开交处，一个熟悉的声音从我身后传来：“北宋词人晏几道曾作‘十里楼台倚翠微，百花深处杜鹃啼。勤自与行人语，不似流莺取次飞。惊梦觉，弄晴时，声声只道不如归。天涯岂是无归意，争奈归期未可期。’若照这般问法，晏几道是如何迷失在百花的深处？又如何做一场红颜白发的旧梦？”

四阿哥说着，已自位上站起，绕出席面，缓缓走近，看了退开一步侧身执礼的我一眼，接道：“玉格格打小收养在我的贝勒府里，一应规矩行度都是我看着人亲教的，三阿哥适才言及的故事也说了‘相传’二字，北京城古迹处处，既可相传，便拿来唱一唱又有何妨？况且玉格格行动极少踏足外城，外城随便一个胡同名，自然不如三阿哥这样知之备尽，也算情有可原。三阿哥，你说是吗？”

我低首垂手，暗暗把小爪子拢在袖子里面对拍：四阿哥，雄起！Go Go Go！Aza Aza Flighting！

没有在穿越前把清史背得滚瓜烂熟是我的疏忽，不过我总算拎得清这些皇子是把兵法三国一类的书当成儿童读物来看，从小就修炼成精的，论手段我恐怕连他们的小妾都不如，何况上头还有个 BH 无敌的康熙压在那里。我在现代就一幸福的独生子女家庭的小孩，连 Office 还没正经进去过一天，就目前这条件，凭什么和他们斗？尤其像三阿哥抛出的这种陷阱，我一个应对不当，肯定尸骨无存。

不能彪悍的时候就要扮猪吃老虎，这是混在清宫的铁血法则。

如遇到严重问题发生结巴就——不不不要抢抢抢着说话，直接关门、放四阿哥，这是混在清宫的铁血法则之补充条款。

事涉敏感的政治问题，康熙不发言，其他阿哥都不好表态，只看着三阿哥和四阿哥如何把这场官司打下去。

别瞧三阿哥是学者型的，关键时刻，还真能跟四阿哥死磕，劲头上来“啪”地一丢酒杯，站起来冲着四阿哥又说了一大通话：“‘十里楼台倚翠微，百花深处杜鹃啼。’是说在靠着青山的十里楼台的旁边，在春天百花盛开的深处，听见了杜鹃啼叫。词意深婉感人，意境深远，怎可同玉格格的词曲引用做牵强之对比？若果百花深处不是彼胡同，其后句中所唱的等待‘良人’、‘出征的归人’又是何指？”

我听下来，全是一笔糊涂账，这三阿哥对“出征归人”的愤慨到底算什么？哦，说我借前明遗孀之唱，抒发对打仗不回还的明军老公的思念是别有居心的对吧？

三阿哥这是要把我往死里整了，不过他怎么不想想大家一样听赏，就他那点小聪明露了出来，岂不显得其他阿哥甚至康熙太笨？阿哥们也就算了，间接影射康熙的智慧有点不智吧？

果然三阿哥的话音一落，全场皆冷得异样。

但看三阿哥的样子，似乎仍为自己旁征博引而沾沾自喜，山羊胡子翘得老高，浑然不觉哩。

四阿哥波澜不惊，淡淡地道：“哦？难道说三阿哥没听出来刚才玉格格刻意把你提到的那两句唱词都唱成了太监腔么？区区明军在我大清精兵勇将面前根本不堪一击，每每我大清铁骑‘在寒风起站在城门外’，将明军追杀到‘穿着腐锈的铁衣，呼唤城门开，眼中含着泪’，前明的昏庸皇帝佬儿崇祯却被大清威势吓到连开门放自家儿郎进城都不敢，真正可悲可笑，如此一节相信刚才皇父和诸兄弟均已听真，才有破格赐酒之赏，三阿哥难道是没听出来呢，还是想对玉格格这般借歌讽喻另做指教？”

我唱歌时自己都没想这么多，给三阿哥这么一扯，又给四阿哥那么一掰，好像还真有点意思。

好险，好险，要不是四阿哥关键时刻雄起，我今晚就是死蟹一只了。

不过四阿哥虽助我一臂之力，但骂我“太监腔”……有点过分了吧？

我哪里太监了？我唱的可是卡拉OK四星级标准，怎么能这么侮辱我？

我愤愤不平也没用，听四阿哥说完第一句，后面的二阿哥是带头笑出声来的，我目光所及，连八阿哥也侧过身去笑得肩头抖了一抖，十阿哥可不管那么多，一张大嘴咧得能气死河马，十四阿哥则瞪大眼睛看着四阿哥，一副好像见到咸蛋超人的表情。

我忍不住回头瞅了瞅十三阿哥，他眼睛虽看着我们这里，却拿酒杯遮在唇前，看不确切其嘴角的动作。

四阿哥几招“散手”连消带打，把三阿哥激得山羊胡子直抖，涨红了脸，半晌说不出话来，他哪里再顾得上指教我，忙着为自己撇清还来不及，离座绕过四阿哥，到康熙桌前揖了一揖：“皇父明鉴，儿臣并无此意，四阿哥说得不对！”

康熙略向椅背靠了一靠，好整以暇道：“四阿哥说得不对，你尽管再和他辩，朕听着。”

我在康熙身边浸淫多日，又得荣宪公主言传身教，康熙语意来势妙不妙，一听即知，三阿哥当然更加轧得出苗头，并不敢接话。

恰在此时，二阿哥收了笑，起身向康熙禀道：“皇父，儿臣也以为四阿哥有句话说得不对。”



康熙只吐出一个字：“说。”

二阿哥转向四阿哥，四阿哥神色不变，揖道：“静听二阿哥指点。”

“没什么，我只是想和四阿哥切磋一个小问题，”三阿哥转头看向二阿哥，二阿哥慢条斯理地咳了一声，续道，“你刚才说玉格格有两句词唱成太监腔，可我一路听下来，总觉得若是捂起眼睛不看表演，便似有两个太监在对唱——先前皇父和我也谈到这个问题，皇父认为这是玉格格的特色，才决定赐酒——我们兄弟中，三阿哥功在文辞修籍，于音律一途上原不甚在意，所以你既然提到这个问题，我认为有必要说得更清楚一点。”

四阿哥听到“两个太监”一说，早别转目光，朝我脸上看来。

岂止是四阿哥，其他阿哥，还有那些随驾的太监、宫女、侍卫们听到此处，基本上十个里面笑倒了八个，还有两个不笑的，全是太监。

我气死了！

我气死了气死了！

我气死了气死了气死了！

康熙手背朝外摆了两摆，令几位阿哥各回原位，四阿哥从我身前走过时，特意没有看我，我扭头愤恨地瞪了瞪他的背影，都是他说我太监腔害得我丢人！

反正三阿哥这么一搅，左边那桌一溜下来的几位阿哥也都不好再赏我酒了，因见康熙抬手招我，我嘟嘟嘴蹭过去，回他位后站定。

康熙抿一口酒，早没事人一般的对二阿哥道："叫下一场的人。"

二阿哥应了，吩咐下去，又侧过脸瞅瞅我，道："你刚才锣敲得不错，会打鼓吗？"

我强忍住翻白眼的冲动，都什么年代了，我有必要敲锣打鼓，大鸣大放吗？正不晓得二阿哥这么问我是何用意，只觉耳膜忽地一震，前方台上响起撼天的鼓声。

现场听来，鼓点里像有无数血肉饱满的生命，随着时快时慢的节奏风一般旋舞，又似午后阳光一点一点地蔓延下来，腔调很无敌。

直到鼓声骤然停下，那生命的律动仿佛还在空气中作响。取而代之的，是清脆舒缓的琴声，忽忽如天籁般畅快，引领听者漫步于晴空云间；忽忽又如花香水润般恬淡，然而个中隐含婉约悲凉，像一架巨大的音乐机器抽出神经里的丝丝痛楚，交互编织成一张绵绵密密的大网将人笼罩，有周身舒泰之感。

被指出两个太监二合一的我本来耷着脑袋作樱桃小丸子状，听到如此动人的音乐，忍不住抬起头来看了看，眼前忽地一亮：这座小楼的天顶不知何时已然撤去，仰首可见漫天星空下，一名红衣女子宛如凌空，飘然自上而下降入楼内，不偏不倚地落在圆台当中。她一转身，裙裾扬开，看清了面目，果然是碧天如水月如眉，娇滴滴一张色如春晓的清水脸，可她的眼睛并无焦点，懒懒地掠过四周，面上波澜不惊。霎时间，全场寂静无声。

白帘后隐现一个坐着的抚琴人，随着刚才那女子的一个动作，其身影处顿发巨响，惊天震地，恍如万马千军杀至。一会又如雷鸣风吼，山崩海啸，虽然只有虚声，并无实迹，声势也甚是惊心动魄。

眼看万沸千惊袭到面前，忽又停止，起了一阵靡靡之音，起初还是清吹细打，乐韵悠扬。一会百乐竞奏，繁声汇呈，秾艳妖柔，荡人心志。

同时又起一片匝地哀声，先是一阵如丧考妣的悲哭过去，接着万众怒号起来。恍如孤军危城，田横绝岛，眼看大敌当前，强仇压境，矢尽粮空，又不甘降贼事仇，抱着必死之心，在那里痛地呼天，音声悲愤。

响有一会，众声由昂转低，变成一片悲怨之声。时如离人思妇，所思不见，穷途天涯，触景生悲；时如暴君在上，苛吏严刑，怨苦莫诉，宛转哀鸣，皮尽肉枯，呻吟求死。

这几种声音虽然激昂悲壮，而疾痛惨怛，各有不同，但俱是一般的凄楚哀号。尤其那万众小民疾苦之声，听了酸心腐脾，令人肠断……

这乐声和银索就是一张安全网，红衣女子在这网上，像一个凌越在喧哗的人群之上的小仙子，不断地飞翔和俯冲。

她的肉体就是她的心灵，就是她唯一的乐器。

这个藏在一张清水脸和旋转的舞裙之中的人，她有强大的内在的魔力。

然而情绪激动间，乐响突息，又和初来时一样，大千世界无量数的万千声息，大自天地风雨雷电之变，小至虫鸣秋雨、鸟噪春晴，一切可惊可喜、可悲可乐、可憎可怒之声，全都杂然并奏……过了顷刻，群噪方是一收，万籁俱寂。

伴随这突如其来的一收，红衣女子的喉间发出一声低吟，罗衣从风，长袖交舞，从高处坠地不起。



其他人如何我不知道，乐声一止，我自然而然心头一揪，想要跑上去看个究竟。目光一转，却见周围人群都仿若有些失魂落魄的模样，连离舞台最近的太监小分队也没人做何举动，安静得过分。

忽然之间，二阿哥横空出世，大叫一声："美人不要怕，我来也！"

这一叫实在太过情深切切，大家都惊了一惊，二阿哥却已经跳起身，向台上飞扑过去——好个销魂一扑，在我眼里，他和超人的唯一区别也就是他把内裤穿在里面罢了。

"二阿哥！"

一派杂乱中，康熙骤然断喝一声，我随之一凛：台上白帘后那个操琴的人影呢？

完全是出于本能，我抬头向上看了看。悬在半空中的黑衣人眼睛朝我一扫，我便如被针刺了两刺。

"……护驾！"我大叫一声，却不管康熙，自己先冲了出去：红衣舞女有古怪！

康熙的侍卫对“护驾”二字最能条件反射，我一掠出去，已有多人随之发动，将康熙围了个水泄不通，二阿哥却着了魔似的，头也不回，只管往前扑。

我一面跑一面仰头上视：黑衣人不见了！然而那种被针刺到的感觉犹在。

“小莹子——”我多冲了一步，刚一把扯到二阿哥的袖子，便听十四阿哥急叫一声，忙抬眼瞥去，哇～靠～，红衣舞女颤巍巍地从台上站起来，正好面对着我们，好端端的丽容居然扭曲无极限，眼眶里还有两道血线划落下来。

“啊!”

“啊——”

我大叫，二阿哥亦狂叫，甚至反身张手分腿一跳，生生把我熊扑在地。

二阿哥的脸在我鼻子前面，而妖怪红衣女伸出的“九阴白骨爪”就在二阿哥的脸后面。

这样的景象，不是恐怖二字可以说清的。

我顾不得背脊剧痛，拼了命要把腰间的佩刀拔出来，无奈二阿哥压得死死的，我动弹不得。

为什么被压的人总是我。

二阿哥想死啊?

我用力把膝盖朝上一顶，没想到二阿哥受过反防色狼术训练，如此出击都给他一侧身闪躲过去，但总算给我脱出身来。我一口气也来不及喘，不管三七二十一，拉了正在青筋暴涨、伸脖狂吼的二阿哥往后疾退。

然而思觉失调的二阿哥发起飙来，又岂是我一个人能搞定的?

我给他魔音穿脑搞得快疯魔了，还好后面迅速涌上来几名侍卫把这个宝贝蛋给拉走，但是这些混球，他们掩护走了二阿哥，却把我给抛下了。

真的小白，敢于直面女鬼的爪子。

这时我要拔刀已晚了，直接就地一滚，抽出靴页里的匕首投出。

没中。

因为几乎就在同时，剧烈的破空之声从我头上弹出，正中红衣女子的胸口，炸出了一个血洞。

我看得眼睛都直了。

烈烈的血从女子倒地的身躯流出，一大片地淌过来，染红我的手指。

我艰难地转头看向离我最近的十四阿哥，他握在手里的那枝康熙御赐的西洋连珠火筒的枪管兀自冒着青烟。

眼睁睁目睹一个人被开胸跟看一头熊被爆头完全是不一样的感受，我再撑得住，到此时也不由得手足发软，四周是怎样的情景我一丝也不知晓，只恍觉十四阿哥走来扶我的动作无限放大。就在他的手将要触到我的瞬间，我脑中那种如同针扎的感觉突然爆裂开来，我“呜”地一声，死命推开他，紧接着眼前一暗，复又一明，天旋地转间，我已经被人拎起，脖间一凉，一把匕首已抵上喉。

我垂下眼，只看到黑沉的衣袖、苍白的手。

“退后。”耳畔黑衣人的声音散发出一种奇异的气息。

不，那不是杀气，那是煞气！

煞气不同于杀气。

煞气可凝，可藏，亦更可怕。

我被迫后背紧贴在黑衣人胸前，他又一手勒住我的脖子，一手以匕首尖端抵住我。



黑衣人拿的正是我刚才飞出去的匕首，当初我在哈朗圭围场的小峡谷遇熊时，就是用它刺中仔熊的鼻端，才得以脱险，因此我一直把它当作辟邪之物，除了睡觉，从不忘随身携带。我自己天天磨匕首，心里有数，这万一偏了点准头可不是好玩的。

更该死的是：黑衣人的手勒得太紧，尽管我穿的已是宽大的衣裳，他的手肘仍不可避免地压到我的胸部，而我的每一下颤抖都能撞碰到他手臂的肌肉。虽然这让人感到恶心，但我还是尽可能显得镇定，我溜眼从人堆里找出四阿哥，他正仰首望着天顶。

——他在望个啥？天空有朵绿色的云？

围住我们的人群没有挪动。

“退后。”黑衣人缓缓地重复一遍。

还是没有反应。

我听到十四阿哥咬牙切齿的声音响起：“狗贼你找死……”

黑衣人迅速用右臂卡紧我的脖子，把匕首放在我心脏的边缘上。

他等我感觉到了那刀尖的刺痛，然后很有技术地捅进了大约四分之一寸，刺破了我的前裳一点，捅进了皮肤里。

他仍然卡着我的脖子，让我看不见但是能感觉鲜血已把我的衣裳染得黏黏糊糊的了，这时他才开口对十四阿哥的方向说话：“现在要不要跟我好好谈一谈？”

汗从我的额角顺着面颊边缘往下淌。

十四阿哥咬着牙不出声。

一片死寂中，黑衣人的声音转向我：“……很勇敢，连眼睛都不肯闭一下。坦白地说，我不知道该怎么做。也许你能帮我出出主意，告诉我：我该怎么做？”

我挣扎着喘口气。

黑衣人在我喉管那儿把胳膊放松了一些，但在我心尖的部位更用了点力。

“你死定了。”我低声而清晰地说。

“……嗯？”

你嗯个屁！黑衣人是吧？你俩哥们Blackmen跟我熟，找外星怪物呢？抓二阿哥去呀，他可是奥特曼，劫持我一地球良民做人质是违反银河系条例的！

我从齿缝里发出愤怒的“咝咝”声，但是觉得这很像是在叫四阿哥：“四～四～”，于是“咝”到一半就被迫停下。

而康熙沉沉的声音恰在这时插入：“白狼，放开她，朕就放你走。”

白狼？

前不久大学士温达在乾清宫禀告康熙的话猛然跃入我脑海。

——据臣等实查，张明德曾试图雇用江湖上著名的无间门十六名飞贼为其效力，但没有找到无间门门主、即十六飞贼的首领白狼。

既然叫白狼，为什么要穿黑颜色的衣服？色盲啊他？

自打穿越到古代，除却四阿哥不算，我还从没在谁手下受过罪，这个白痴，我又没有招惹他，他凭什么当众拿我的匕首扎我？艸！茻！茻！送一堆中指给他！

黑衣人被康熙叫出名字，只嗤笑一声，将匕首自我的衣服上抽出，放下了我的胳膊，却将我的手扭在背后，将匕首抵至我后心——只要他愿意，随时可以让我一低头就看见尖刃从我胸前透出来。

他推了我一下，命令道："上楼。"

金桂轩戏园里的这座三层小楼，因康熙和众阿哥在底楼花厅看戏，二楼和三楼除了必要的侍卫配置，并无闲杂人等。

我别无选择，挪动脚步慢慢地朝他指示的方向走去，目光带过，只见康熙铁青着脸摆一摆手，令已抽刀亮剑的众御前侍卫让出一条道来。

我只匆匆地看了这么一眼，没什么多余的时间去关心其他阿哥的脸色。

走上楼梯的每一步，我都要小心地保持住身体的平衡，因为白狼要拿我当人体盾牌，就得一直不停地变换角度，不给任何人施与冷枪暗箭的机会。

做人质，最怕的就是被撕票。

求人不如求己，我的脑子一直在紧张地筹谋着怎样在最后的关头保命，等到觉出身上的凉意，又因风凛了一凛，才发现白狼已挟持着我退到三楼北面窄窄的露天平台上。

上到这个平台，我才明白刚才四阿哥为何仰首上望：整个楼顶，包括整条宝善街上所有建筑的顶部都密密麻麻地布满了弓箭手、火枪手，连下面的街道上也已陈兵如林，万一坠落下去简直没立足之处，这般壮观的人马，却没有一丝大动静，秩序井然，无声中气势更显压迫。

怪不得康熙说放白狼走，他若不放白狼，白狼两只手两条腿怎么走得脱？

白狼把我押到天台背街的最北端，身后无路，俯视则是一个蓝绿色的深湖，水声隐隐，寒意沁骨。

康熙无视亲卫及三阿哥的阻挡，跨上一步，当先而立，目光直视在我脸上。

我看着他的眼睛，瞬间明白了他的意思。

他已经给过白狼机会，到了这一步，他是必杀白狼而后快的。

此时此刻，只要他背在身后的手做出一个手势，我和白狼就一起被射成刺猬。

我舔一舔发干的嘴唇，缩手握住最后的武器：袖剑。刚要交代一下"照顾好我七舅姥爷"的遗言，白狼忽然长笑一声，从背后一揽我的腰身，带着我一跳，纵身飞下深湖。

我们立足的小楼虽只有三层，但挑高格外厉害，加上靠湖地基做得又高，怕足有一般六层公寓的高度，忽然间的失重，令我惊呼一声，自然而然地手臂往后大幅一扬，按在手里的袖剑直直落下，刺入深湖。一切发生在电光石火间，高高溅起的水花仿佛要沾到我的眼皮，我的身子猛地一空、一轻，随白狼的动作旋转过来，与他正面而对。

就在我以为要跟他一起坠进冰冷深湖的时候，他很快地圈紧我的腰，足尖点过明镜般的水面，几串涟漪泛起，而他另一只手掌突然往后一拍，水波暴开，居然又一次带我飞起，直扑对岸。

啊，我又飞了。

啊，我要死了。

一次垂直下落，紧接一个1440度的大旋转，再是一个超快速横空飞掠……救命啊，绑架我的到底是人、是妖、还是人妖？违背牛顿定律也不能这么无厘头吧？

眼前飞掠旋转变化的景物促使我紧紧地闭上双眼。

我现在知道了：我晕飞。

当我的脚再次落在地面，我恨不得立马五体投地趴在黑色的土壤上，但我所做的只是抱着最近的一株树干半躺着身子大口呼吸，以免把心给呕出来。

然而垂下眼，看到自己胸前的一摊血迹时，那感觉痛彻心扉，简直是人间地狱。

白狼站在我左侧大约三步远的地方："放心，现在只是一个小洞，不过是针尖那么大。你只会失去两汤匙那么多的血，小意思。”

我小心翼翼地用手触碰了一下心脏位置，指尖果然只拭到少量的血迹。

我慢慢地站直，抬起头怒视白狼：NND，倾尽世上所有的脏话也无法形容我此刻的心情，我的咪咪被这个王八蛋戳伤了！

总算我久经四阿哥锤炼，自制力多少要强过一般人，面对属性不明的攻击性王八蛋，冷静才是王道。

天落微雨，风特别大，树叶都吹得变了形，沙沙沙沙，像是听到彼人的一声叹息。我在畅春园里识得的地方连二十分之一都不到，左顾右盼，连水岸的影子也没瞧见，更加不知方向。

白狼走近我身前，寥寥数语便透出莫大的杀气：“康熙叫他儿子杀了我的十五个兄弟，我总要康熙亲眼看着他的儿子死在他眼前——你知道我指的是谁，对吗？”

我不确定地道：“你要杀的是二阿哥？”

他摇头：“不，是那个头发微卷的。”

我心一寒，康熙的皇子中只有四阿哥不知何故发梢略卷，但绝不明显，连我也是跟他同床数次后才发现有此一节，白狼甫一接触，便了然于心，这是何等眼力？

明明雨意湿润，我的喉咙却有点发紧：“你说‘他’杀了……你十五个兄弟？”

“岂止如此，他还提醒十四阿哥使火枪杀了我的女人，不，正确地说，他是要杀我，却没想到红云会拼死为我挡下那一枪。”

受身体因素影响，我的脑子混乱到不行，好容易从他寥寥几句中抽丝剥茧得出线索：红云，自然是那名红衣舞女了，她是白狼的女人？十四阿哥开枪杀白狼是受了四阿哥的提醒？怪不得我能绝处逢生，原来是唱了一出“围魏救赵”的戏码！但白狼运气太好，十四阿哥的双弹枪技，全打在红云身上，他还能反过来劫持我以谋脱身！

“你的女人？”我冷冷地插入，“你忘了，你还没给她收尸呢！”

他的眼色陡然利了一利，我坚持住，没有躲避。

风声、树叶沙沙声，已渐不能掩饰那种越来越重的煞气，我后退一步，脱开他的手掌：“还有一句话，我说你死定了，信不信？”

我猛地跳开一大步，摆好造型，双手手腕底部一合，手心朝外，十指半屈，气沉丹田，郑重地、庄严地朝着白狼身前一推，用尽平生的气力喝道：“龟～波～气～功～”

风拂白狼衣上云，枪指白狼布包头。

我愉快地跟刚从山上地道冒出——在白狼身后的那队姿势标准的枪手头领打招呼：“十三阿哥——”

十三阿哥和他的反暴别动队为了夜袭方便，都换了黑色的劲装。因大家都穿差不多的衣服，十三阿哥的外形优势便格外突出，肩宽腿长脸清秀，白狼的郁气和他的贵气一比，反差更明显。

十三阿哥迅速上下地扫视我一眼，他的人一共来了十八个，在他身后列出三排射击直线阵形，也就是说第一排朝白狼射击时，第二排预备，紧接着是第三排，那么任白狼本事再大，也逃不过第三阵枪雨。

我走过去，从一名侍卫手里接过一把已装好弹药的火枪，而这时白狼业已在十三阿哥的命令下，将双手放在脑后，慢慢地转过身面对枪口。

我回身，在不阻挡别动队射击视野的前提下面向白狼，左手将枪举高直立，枪交右手，保持垂直稳了一下通条，右手将枪置于左肩，又将火枪只靠左手平衡，把火绳交到右手，装上火绳，调试、瞄准、预备——

白狼的面部表情始终很镇定，他看完我的全部动作，才一扭嘴角，笑道：“美人枪下死，做鬼也风流。”

我若要扣下扳机，如果火枪顶住肩窝或手臂的话，不被后坐力弄得脱臼也会被打翻在地上，不得不先把火枪枪托顶在胸前，但现在的问题是，我的咪咪刚刚受伤了，可恶！

我一心报复，开始并没想到这个现实问题，拿自己的咪咪赌气实在没有意思，何况是要亲手开枪杀一个人，稍一思量，便生踌躇，不由朝旁边的十三阿哥看了一眼，他二话不说，一张嘴，刚要下令，忽听夜空一声鹰鸣传下。

十三阿哥举目一望，神色大变，反手从怀里取出一枚烟火弹，快步抢出，嗤的一声，对空放出一枚讯号弹，火花炸开，而几乎就在同时，我眼前陡然一亮，莫大的爆炸声浪和刺鼻的气浪紧接着汹涌而至。

黑烟白光夹杂着红色的火球迸发，地面狂抖，被十三阿哥压趴在地上的我被地面弹得差点跳起来，一股炽热的气浪急速拂过身躯，不少石块和铁片从天而降落在周围。我眼角瞄到有些持枪的侍卫被气浪掀飞翻过了山坡，亦有持枪走火者，一时大小爆炸不断，尖叫惨嚎声不绝于耳。

那鹰鸣很像秋获时康熙用来侦察猎物踪迹的海东青鹰队所发的训练有素的声音，而据我初步判断，炮弹是从西北方飞过来的——难道康熙在这样短的时间内调动了防守畅春园的火炮连来阻杀白狼？可是十三阿哥也上山了，他竟毫不顾忌吗？

我的耳朵快要聋了，尽量张大嘴巴以减轻耳膜所受的伤害，十三阿哥半拉着我起来，对我比手画脚地说了些什么，我一句都听不清，但他坚毅的神色多少缓和了我心里的恐慌。

十三阿哥四下张望，并未发现除了我们还有活着的人，于是恨恨咬牙，从旁边一具被轰去大半个头颅的侍卫死尸下翻找出第二枚讯号弹，紧握在左手，趁下一颗炮弹轰炸间歇，右手拉我起身狂奔。

我跟他一前一后在稀疏的林中急奔，顾不得衣袂翩飞发丝掩面。

今晚连遭变故，我体力不支，几次腿软，但一想到可能会拖累十三阿哥，就拼死也要跑下去。

时间紧迫，十三阿哥不回头、不说话，只牢牢拉紧了我的手。直到我们突然停住，才看清原来我们立身之处，是块丈许方圆的平石，倚危崖，临绝壑。

一面是峭壁，另三面都是如朵云凌空，不着边际。

只右方有一尖角，宽才尺许，近尖处与右崖相隔甚近。因有峭壁拦住风势，所以那里无风。

脚边是无底深壑，云雾布满，被风一吹，如同波涛起伏，看不见底。风势略大，便觉这块大石摇摇欲坠，似欲离峰飞去，不由目眩心摇，神昏胆战。

再看近崖谷外一带，周边崖转峰回，陂陀起伏，相隔太远，林野莽苍，并找寻不见埋伏的清兵踪影及明黄的中军旗帜。

十三阿哥先拣了天际空旷之处，抬手放出第二枚烟花讯号，才侧过脸来一揽我的肩头，安慰性地拍拍我后脑勺："白狼抓了你之后，借助预先埋伏的飞索逃上这青螺山，妄想翻崖脱身，却没料到我方早已暗设山道……如今山道被毁，我已放出讯号，皇上看到后会立刻派援兵上崖，我们坐等即可。"

我们虽暂时逃离危险，但先前匆忙之间，谁也没顾得上检查切实白狼尸首何在，我方要开口，西北角忽然腾空亮起另一枚烟火弹，其炸开花式与十三阿哥所发相似。十三阿哥走到崖边仔细观察了片刻，喜道："那是皇阿玛的左翼部队！他们收到我的信号了！"

经历过炮弹的洗礼，我心里升腾起一种梦一般的荒谬感受，能够获救当然高兴，但如今身心俱疲，哪有气力高兴得起。因嫌风大，刚想换个地方站站，正好十三阿哥回过头来，一眼看到我脚下，惊呼道："别动!"

我本能地收住脚步，愣愣地随他的目光看下去：大石左边不知道几时现出了一道裂缝，正在我前方不出两步开外往右缓缓绽裂，发出骇人的碎响，裂缝越大，速度越快。如果我刚才跟着十三阿哥走到贴崖那边，反而没有危险。而现在任何一点妄动，后果都将不堪设想。

我甚至不敢用力吸气，只抬眼傻看着十三阿哥，他的声音异常沉稳，听不出一丝紧张："小莹子，我数到三，你就立刻跳过我这里，我一定能接住你，明白了吗?"

"明白。"我连头都不点，直接答上话。

"好。"十三阿哥朝我张开双臂，身微往前倾，做好了准备动作，缓慢而坚定地道："一、二、三——"

"三"字刚发了一半音，我脚下骤然一空，在轰天的石裂声传入我耳中之前，我就知道我玩完了。

我的人还没掉下去，心好像先掉下去了。

最后一眼看到十三阿哥的面容和他伸在虚空中的手，我微微张开了嘴，却什么声音也发不出来。

然而最后一眼才划出我眼帘上方，十三阿哥突然不顾一切地纵身往前一扑，重入我的视野，牢牢地扣住我的手，和我一起坠入无底深壑。

我不禁闭了一下眼睛，告诉自己这不是真的，但睁开眼时，十三阿哥他的脸、他的眼、他的鼻、他的口……统统在我面前。

"我接住你了。"他说。

黑色的夜空下，他弯弯的眼角，似灿烂群星翩然下降。

在转瞬即逝的目光里，在被风吹到唇角的一缕发丝中，最真的感受是他抓住我的手，那是唯一的依靠，真切无比。

崖上的石块纷纷紧随我们坠下，其中有一块（还是两块?）击中了他的头部。

我们在空中翻腾了好几下，像在狂风中飘荡的风筝。

我眼睁睁地看他合起双目，我的手开始不停地颤抖，汗不住地滴落。

他的身子发沉，我几乎不能继续拉住他的手，我知道下一秒我就可能不得不松开双手，看他直直向后掉下去，就像从我自己画好的蓝色天空中划过的一颗流星。

我无法停止颤抖，亦无法抵御心底可怕的寒冷——很久之前，很久之后。

我无声地哭泣，同我的泪掉下来的是我的心血。

我要他！

我要这跟我跳崖的男子！

我要他触手可及！

十三阿哥的手完全脱离我的一刹那，我的心脏快要爆裂，血液似被抽干，但这些都抵不过从我的右手食指传来的灼痛那般吸引我的注意力。

那枚沾到我的血的玄铁指环正发出明红的奇光。

我下意识地一扬手，耳边只听铮锵之声密如万粒明珠，迸落在玉盘之上，其音清脆，连响不已。

眨眼工夫，我便在光幢包围中追上十三阿哥，贴身拥抱。

他的眼睛如婴孩般紧闭，我几乎能听到自己血管中血液在潺潺流动的声音，可是我意外地发现我们的下落已在徐徐放缓。



包围我们的祥光万道，瑞霭千重，似波涛一般向四方八面散去，映着皓月清辉，奇丽眩目。

而我们的落脚处，近身树林，繁阴铺地，因风闪烁，连远近峰峦岩岫，都回映成了银霜之色，更有气声相互澎湃鼓击，如泉瀑之声，洋洋盈耳，宛如鸣玉，蔚为奇观。

我的眼睛在经历了之前的光照后一时无法看得清楚，只能勉强将十三阿哥扶着半靠在一块大石旁，自己跪在地上虚弱地搂着他："喂、喂……不要死啊你……"

说着，我忽觉额首烫得难受，一阵晕眩，周围的一切在模糊中仿佛飘浮起来。不知从哪来的一阵微风，开始影响我的思绪，犹如温柔的雾被封闭在渴求的山中，这是一种奇特的感觉，同时又如此熟悉，我头一垂，便昏沉沉倒地不起。

在一种异样的感觉中，我悠悠醒来，眼梢刚刚打开，便发现自己的颈、肩、胸均半裸在外。我一下睁大眼，先见着拢在我左乳上一只男人的大手，虽仍头重难忍，也急着要挣开，却被人拿手捂住了嘴：“不怕。是我。”

我听出这声音，喘了口气，偏脸看了十三阿哥一下，他的神色还是那般的从容，很是让人安心。

“唔。”我点点头，呼出的气息喷在他的掌心，他缓缓地松开自己的手。

我转目顾盼，原来我们是在一个山洞里，似是一个天然生就的岩隙，洞内宽大非凡，当中燃着一堆篝火，火光熊熊，甚是明亮，但看不出所烧何物。

“这里叫做飞雷洞，地处畅春园西北幽谷，我们既然到了这里，就不至危险，唯谷中道路曲折，搜索兵马进出不易，可惜我没有讯号弹在身边，不然一发烟火，便可免去不少麻烦。我才找到位置，抱你进来安置妥当，你就醒了。”

十三阿哥解释归解释，胸前的手却不放开。

我单手拉衣掩胸，先盖了右乳，因他的手不挪开位置，只将左乳乳首勉强遮住而已。

十三阿哥柔声道：“不怕，白狼极有武功，让我检查一下你的伤，以防受到暗劲侵害还不知道。”

这种状况下，我也不敢看他，贴壁别过脸去。

他的动作算得轻柔，一面检查，一面问了我几个问题，比如白狼带我跳楼后有没有对我做过什么，我一一据实答了。

其实我也有很多问题想要问他，但他现在这样，我只盼他快点检查完毕，并不敢多话耽误时间。

也许是山洞的构造原因，这样天气里，我衣衫半褪，却并不觉得寒冷。

又过了一会儿，十三阿哥总算检查完毕，松口气笑道：“血已自凝，筋脉亦通畅，应是无碍了，你好好睡一晚，等天亮后，我们还要赶路出谷，别让皇阿玛他们担心——咦，你怎么脸红到这般厉害？受寒发热么？”

十三阿哥的脸一凑近过来，我更觉发窘，胡乱挡道：“没事、没事……”谁知手才一松，衣又滑落。

十三阿哥垂睫瞧了一眼，我往后略一缩身，他却跟上来，手插入我背后抱住，令我迎上他，然后他一低头，将他的嘴唇贴上我的左胸心口处。

他有一点点的胡子茬，戳到我雪棉软处。

我的小腹处腾起一阵酥麻。微颤。

我把手绕到他的背后，默默圈抱。

良久，他抬起身子，细细吻我。

我轻喘着气问他："你跳下山崖的时候，在想什么？"

"……什么也没想。"他用力地捏扯了一下我胸前的柔软，我低哦一声，不由自主地挺身向他迎了迎，他低脸注视着我，似笑非笑地道，"不过有时候，我会想象当我这么对你，你会是什么表情？"

我有点发晕："什么？"

他放我躺下："比我想的更美。"

十三阿哥既叫得出这山洞的名儿，想必此处平日也是有布置留用的，我先前不注意，待躺倒才意识到地下老早广铺了一层软垫，气味也很清新，又离火堆近，很是暖和，比靠着洞壁舒服多了。

我稍一犹豫，十三阿哥已剥去了我全身的衣物，连鞋袜也没放过。

火边光线较清楚，我只看了十三阿哥一眼，就转过头去。

十三阿哥从侧面贴过来，抱我在怀里。

我挣了几下，他只管把手探到我膝下："听话……"

我禁不住扭身推开他的手："不……"

他抽出手给我看，微带促狭道，"不要？"

我没想到他居然这样坏法，一时语塞。

他越发欺上身来，火堆处不时传来轻微爆响，火光映在他和我纠缠的身上，明暗起伏，轻浮放肆。

我很快就出了汗。

他的手掌忽自下垫住我的腰，我自然而然地畏缩一下。

"别动……"他说。

然后他略一俯身。

我张开嘴，重重喘息，好一会儿发不出声来。

"不。"我说。

我的手指揪紧地上的软布，身子簌簌发抖。

他暂时缓了一缓，捧过我的脸，令我看着他。

从崖上坠落的一刻，我曾以为那是我看得到十三阿哥的最后一眼，然而现在，这真实的一刻，我却被他激发到狂热眩晕的境地。

匪夷所思的死里逃生，我和他都迫切地需要做些什么来确认我们还活着，但我们都明白能够越出雷池多远，就不得不被拖回去多远……

洞外一簇亮光闪过，紧接着响起隆隆的雷声。

我始终无法放松，十三阿哥慢慢地起身，披衣出去看了看，回转时皱眉道：“外面下暴雨了，瞧这雨势，若下到明天，我们恐怕不易走出去。”

我爬起来，捧着他的头上下左右细看，果然没发现任何伤痕。

他瞪着眼看我，我干巴巴地问他：“我们从那么高的山崖掉下来，你的头还被石头砸到了，居然一点事都没有，不觉得奇怪吗？”

他抬手摸摸头：“我被石头砸了？”

我点头。

他一指我左胸：“我亲眼看到白狼用匕首刺伤了你的心口，但我刚才擦了血迹，帮你检查时，也没见着一点伤口……”

“没见着？”我自摸一下，也是，刚才那么激动，有伤口，早飙血了，“那前面我醒过来时你还摸我？”

十三阿哥一笑：“我刚发现没伤口，你就醒了，我怕你误会。”他一直身，揽住我。

我将脸贴在他的肩头，他肌肤的热度十分真实。

“想什么呢？”他问。

我抱着他，不说话，只将双手默默地圈紧。

这一晚，我被雷声惊醒数次，但洞内温暖、火光跳跃，还有十三阿哥在我耳边低语：“没事。我在。安心睡。”

于是我又睡过去，周而复始。

也不知道是第几次，等我睁开眼，火已半熄，天光入洞，而十三阿哥正侧睡在我身旁，他的手松松地搭在我的腰际。

我半撑起身，细看他的眉眼。

“要水喝……”他闭着眼睛说。

他说归说，只管横着不肯动。

我懒得绕路，抬身越过他，伸手去够靠近火堆的昨晚喝了一半的水袋，将其丢在他胸上。

十三阿哥举起水袋，对嘴灌了一大口水，倒得太猛，水珠溅得满面都是，喝好了，又送过来给我，叫我喝。

我权当早起漱口了，接在手里喝完塞好盖子，刚寻思着要去拿点吃的来，他的手忽然穿过我的发。

我仰脸看他，他说："你的眼睛……"

我不懂："什么？"

他停顿一下，才接着道："从我第一次在四阿哥府里看到你拖着兔儿灯跑出来，我就开始希望有一天，你的眼里只有我一人，我等了整整十年，最后一年，我放弃了。"

我沉默。

他亦跟着我沉默。

在此过程中，我们始终注视着对方。

他的眼睛看起来像刚下过雨的湖面："前年你生日那天，我去找他，我说我不要他把你让给我，我不知道当时你也在，如果我知道，我一定不会……"

我突然坐起身，轻吻他的嘴，阻止他说下去。

是的，在我掉下山崖之前的最后一眼，我的眼里只有他一个人。

而当时的我，也只得他一个人追下来。

我以为他要死掉的时候，是真的撕心裂肺地痛。

那种痛，胜过我自身所受的任何苦楚，只在我亲眼看到十八阿哥死在我面前时，才发生过。

在这清朝的世界，我似乎从来不知该如何做才算得正确，包括现在。

十三阿哥跟我分头换了身上的衣物，我依旧是男装打扮，居然还被我寻到一顶新帽子。

我看着他把我们或钩破或染血的衣物同昨晚铺在身下的垫子一起卷了卷，投入火堆中烧尽。

他站在一旁，瞧着火舌出了回神，又拣了些干粮、两袋清水做了个包褡挎在肩上："走吧，我带你出谷。"

出飞雷洞的路起伏颇大，不太好走，几个转弯都靠他搭一把劲，才顺利过关，他有心要为我停一停，我只怕耽误了，坚持不肯，他也就作罢。

飞雷洞原来深藏绝壑凹岩之内，又有藤蔓薜萝隐蔽，洞旁有清溪一道，老桂参天，石磴穿云，水木清华，时闻妙香，一眼望去，无数小小丘谷里，皆杂生树，葳蕤有致，惜昨晚雷厉，劈倒了不少古木，否则景色更加无双。

十三阿哥指点给我看昨晚我们从山崖上坠下的地点，我印象已经不深，只觉该处离飞雷洞应有一段距离，不知他是怎样摸黑把当时昏迷不醒的我架抱进洞来。

昨晚雷雨令溪水大涨，淹了不少路段，十三阿哥虽然认得路，但既要照顾我，又要避免涉水，费了不少周章，我们才走出一半路程。

自离开飞雷洞，十三阿哥就很少说话，有时我没看他，却能感觉得到他在观察我，可是等我转头过去，他又没有任何表现，倒好像我老偷看他一般。

又走了一个多时辰，碰上一道宽溪横亘，若要避险，便得走回头路。

十三阿哥将包褡给我背着，自己脱下靴子，高高卷起两只裤管。

我度出其意，因问："前些时犯了腿疾，刚刚好过来，这一天一夜又没能按时针灸，怎么好再沾水？换条路吧？我还能走。"

十三阿哥不以为然地道："战场我都上过，还怕这个！——不然你背我过去也好？"

我过去把他的两只靴子拣在手里拿好，才一直身，他便上来将我一下打横抱起，我两只手交叉勾在他脖后，靴子一荡一荡地敲着他的背。

他低下头，朝我咧嘴一笑，忽地发出一声呼喊，抱着我从坡上冲入水中。

溪水只到十三阿哥半膝，他有意恶作剧似的大力踏水，水花溅到我的头脸，清凉舒爽，将大半日的赶路疲乏一驱而散，我紧紧地搂着他，恣情而笑。

"蒹葭苍苍，白露为霜。所谓伊人，在水一方。溯洄从之，道阻且长。溯游从之，宛在水中央。"他念白的平仄腔调似吟似唱，却说不出的率性自然，玩得兴起，抱着我连转了几圈，离心力作用，我几乎抱不牢他，险险落进水里，更觉刺激。

他玩够了，半路停下。

我抬一抬身，重新圈牢他，笑吟吟地看着他的脸："做什么停下来？当真要换我背你？"

他孩子气地翘一翘嘴角："我不想走了，就要你这么和我一辈子。"

风静云停，我几乎能听到远处丝丝水流从高崖上坠入深潭、而雾气缭绕中还有鸟鸣的声音。

我把脸贴在他肩头，他的气息离我极近，近得让我感到不真实。

"我不会做诗，"我轻轻地说，"不过我听过一句话：青色的是你的衣

衫，晃动的却是我的心……”

飞雷洞里的衣物本没有多余的储备，都是石青色系的便服，我选了套最小的，穿了仍嫌尺寸过大，束都束不好，但同样的衣服穿在他身上，就真的是极好看。

十三阿哥听我说完，头一低，我却不由得面上烧了一烧，埋首避开。

我们这个姿势，十三阿哥也强我不得，忽叹了口气，抱好我，放稳脚步涉水过岸。

十三阿哥上岸后，找了块平坦的大石站住脚跟，才放我下地。

我解下包袱，放在一边，拉十三阿哥也坐下，亲手取干净的软布帮他擦干受潮的双腿，连脚趾脚底都擦了一遍，放下裤筒，而穿袜套靴的事他不要我动手，都是自己搞定。

刚才在水中玩耍，我的帽子不慎甩掉，顺流漂下，十三阿哥伸手揉揉我的发，毫不掩饰他眼里的宠溺，我对他笑了一笑，他站起来，回身指着东面的一片树林道：“穿过那片树林，我们就算出谷了，等出了谷，我——”他的声音奇异地停顿了一下，然后似乎不确定地道：“四哥?”

我跟着站起，掉头望过去，林中成两队飞马驰出数十轻骑，均是戎装，服色鲜明，一望即知是自八旗京营带出的皇帝亲军，打头的那一个盔竖貂尾，远远看见我们就高抬右手为号。

他们来得极快，转眼便到眼前，我一眼看清当先一马上果然是四阿哥，下意识地往后缩了一缩。

四阿哥跳下马，几个箭步蹿上溪边石块，直冲十三阿哥，张臂搂住。

二人都很激动，一面互相拍背，一面以满语快速地交流着些什么。

我立在后面，看着他们，忽有一种奇异的温暖，在内心的静谧中悄然而生，给我以难言的抚慰：这个世上，还有什么比劫后余生更值得惊喜的事情?

四阿哥极少喜形于色，他的笑在此时看来，竟然打动了我。

看到他疲惫的黑眼圈，估计是连夜冒雨搜寻我们才赶到这里，再想想昨晚发生了什么……我忽感一阵心虚。

四阿哥放开十三阿哥，才想起检查他身上有无受伤，十三阿哥让四阿哥摸了一回，又笑着说了些什么，四阿哥心情很好，捏拳往他肩头捶了一下，十三阿哥打回去，两人闹了一阵，四阿哥忽扭过脸扫了我一眼，我赶紧行了个礼见过。

四阿哥的视线落在我的右手上："昨儿晚上你戴的指环呢，丢了？"

昨晚十四阿哥把那枚铁指环还给我，我戴着进楼，紧接着便出了事，前后不出一个时辰，不料四阿哥竟这般观察入微，一桩小事都不放过。而我对铁指环最后的记忆便是同着十三阿哥坠崖的那一幕，但我宁愿相信那不过是一场幻觉，既然见问，也不好细说，只能硬着头皮答道："指环有些松，不知几时落掉了。"

话一说出口，便觉后悔，当初四阿哥亲手给我戴过指环，松紧如何他很清楚。

仔细想想，我在四阿哥面前好像就没有撒谎成功过，暴汗。

但这次，四阿哥并未深究，只说了一句："你放心，只要铁指环还在畅春园里，我一定求皇阿玛想办法帮你找出来。"

那么小的一枚指环，我一路又跳楼又投湖又挨炮弹又坠崖的，要找出来，谈何容易？

不过这关头，四阿哥肯不找我的麻烦就很好了，我哪敢多话，只谢过了事。

因近午时，四阿哥催十三阿哥和我上马回去拜见康熙。

这次我被挟持又经炮轰，虽然连逃数劫，但昨晚受十三阿哥引动了心思，几乎忘情脱力，再走了这么些山路，着实累了。亲军这时正好牵过马来，我自从今年随驾秋狝，已经练会了上马不踩镫、一跃而骑上，下马不踏磴、一跃而下的功夫。我一时疏忽，按了马鞍，刚要侧身翻上马，忽觉身子一软，一个起势便没做成。

那边四阿哥和十三阿哥都分头上了马，我正打算再作一试，十三阿哥已回头看见，拍马过来一伸手，要拉我上他的马，谁知四阿哥同时从另一面过来，也是自马上一伸手。

我惊讶地抬头，左望望，右望望，瞬间石化。

四阿哥手势一变："老十三，你没穿盔甲，你带她。"

两人共骑一马，自然是和穿着便服的十三阿哥一起比较舒服，四阿哥说完就策马先行。我刚想去接十三阿哥的手，却发现他半侧过脸，神色复杂地望着四阿哥的背影，一转头看见我，也没说什么，微抿一抿嘴，拉我上马，紧追四阿哥后尘而去。

十三阿哥的骑术我早领教过，堪称马疾如飞，却又稳若顺风之舟，但他始终落后四阿哥半个头，不肯并驾而驱。

林中树木往后飞掠，就在我们一行人即将驶出谷口时，天地间忽起一阵大风，众人难以张目，各自急急勒缰，骏马长嘶，踢起一地飞尘。

过了好一会儿，风才慢慢地停下。

我定一定神，发现谷外这一大片平原的尽头有一抹黄尘盘旋扬起，上到高空而散。

以四阿哥、十三阿哥为首，众亲军振臂高呼了一通满语，我渐渐看清浩浩荡荡朝我们而来的军队，竟是康熙御驾亲至。

四阿哥领着我和十三阿哥步行迎上见驾，待到近了，我才看出二阿哥、八阿哥和十四阿哥都在。

康熙下马，搀起十三阿哥，父子俱泣。诸阿哥兄弟也都上来彼此问候见过。

接着康熙向全军发表了一通宣讲，前半部分是满语，我听不明白，后半部分却半文半白，大意是说十三阿哥和我自青螺山危崖坠落，竟得生还，毫发无伤，乃是天神显灵，庇佑大清。

而四阿哥在旁低声给我解释当时我跟十三阿哥坠崖，散开包围青螺山的无数兵士是如何从各方向看到银光刺天、金霞万道的光幢异象，并怎样导致军中传说纷纭。

我暗自苦笑：穿越三百年本身就是天地间第一奇幻了好不好？那个银光金霞说不定就是接我回现代的龙卷风二号，是我死活拉着十三阿哥不放才又一次失败的吧？

“昂阿额顿！”

“昂阿额顿！”

“昂阿额顿——”

人群中爆发出这一潮高过一潮的欢呼，我倒是不陌生。

好嘛，康熙又利用迷信造势了，我对于被包装成萨满教崇敬的天空之女、风神转世来提升人气这一点并无意见，但如果天神真的认识我，可不可以显灵给我点预示，告诉我天空之女婿是何人？

十三阿哥说是没伤，康熙到底放心不下，别的阿哥都令回京办事，只将二阿哥、八阿哥和十三阿哥留在身边，又多滞留畅春园几日。

这晚有外番使臣晋见，康熙在澹宁居跟他们说笑，二阿哥陪着高兴，我正巧轮班休息，便跟畅春园总管太监梁九功说了个信儿，趁夜色出去遛马。

前次我误入紫碧山房，没有看成东岸山岭满山婆罗、万树红霞的美景，这回事先做足功课，按魏珠画给我的小地图一路细细找过去，果见青山红树，瑶草琪花，天时融淑，景物幽艳，水木清华，连岩壑泉石都是极好的。

上山渐陡，因我马术有限，只到半山便觉不支，下了马沿山道且行且赏，忽见右侧搭廊，顺着地势高低，通往一道碧湖，隐约现出湖中朱栏小桥，甚有趣致，牵马拴在道旁，孤身循廊走入。

里面却是个圆形小湖荡，灵沙作底，碧草参差，湖上轻风飘拂，绿波粼粼，青山倒影，而长廊那头建有潭心水榭，曲槛回栏，轩窗洞启，平台曲水，玉柱流辉，我走得近了，不妨一瞥瞥见窗前已先有人在，虽然那人背手望月看不清面目，我却怕多生枝节，也不敢赏景了，悄悄掉头要走，不料那人忽在里头发话：“既来之，则安之。玉格格难得同好，何不共赏？”

我一听便知是八阿哥的声音，头皮不禁一阵发麻，无奈回身进水榭给他请

了安。

八阿哥轻笑道："今日玉格格已非昔时小年子，无需行此大礼。"

反正礼多人不怪，我拍袖起来，一眼瞄见水榭内的小几上置有一套对弈到一半的棋局及一壶酒、一个酒杯，因笑道："玉莹无意冲撞八阿哥雅兴，还望八阿哥恕罪。"

八阿哥在石凳坐下，缓缓饮下杯酒，接着注目于我，斯斯文文地说出一番话来："夏侯惇守濮阳，吕布遣将伪降，径劫质惇，责取货宝。诸将皆束手，韩浩独勒兵屯营门外，敕诸将案甲毋动。诸营定，遂入诣惇所，叱劫质者曰：'若等凶顽，敢劫我大将军，乃复望生耶？吾受命讨贼，宁能以一将军故纵若?'因涕泣谓惇曰：'当奈国法何?'促召兵击劫质者，劫质者惶遽，叩头乞赀物。浩竟捽出斩之，惇得免。曹公闻而善之，因著令，自今若有劫质者，必并击，勿顾质，由是劫质者遂绝。"

想当年，我语文可是学得贼好贼好的，连玩三国游戏还要写个同人呢，八阿哥此时此刻引出《三国志·魏志·夏侯惇》中的这一段，我自是闻弦歌知雅意，又听八阿哥问："四阿哥教过你这一段书吗?"

陈年旧事我哪里记得，只含糊答道："玉莹听说过这个故事，出自《魏志》，说的是吕布派人劫持曹操的大将夏侯惇，而惇的部将又是如何处理这起劫持事件的经过。"

"很好。"八阿哥循循善诱，"我这一出事件你能看出什么道道？不妨说来听听。"

我垂首想了一想，慢吞吞地道："第一，处置的宗旨是维护'国法'；第二，要直接采取激烈的针锋相对的方式，以慑服挟持者；第三，即使挟持者放弃行动，仍严惩不贷……还有，人质的生命安全，无论什么身份，全然不顾。"

八阿哥听了，点首道："果然连说出来的话都是一路。这些想来也是四阿哥教你的了。"尽管韩浩当时对着被执持的主帅夏侯惇哭泣，但将军的生命不得不让位于'国法'。韩浩的这一做法颇得曹操的赞许，认为'可为万世法'，将它制订入法令之中。而《后汉书·桥玄传》又云：桥玄少子十岁，独游门次，卒有三人持杖劫执之，入舍登楼，就玄求货，玄不与。有顷，司隶校尉阳球率河南尹、洛阳令围守玄家。球等恐并杀其子，未欲迫之。玄瞋目呼曰：'奸人无状，玄岂以一子之命而纵国贼乎!'促令兵进。

于是攻之，玄子亦死。玄乃诣阙谢罪，乞下天下：‘凡有劫质，皆并杀之，不得赎以财宝，开张奸路。’诏书下其章。可见桥玄对付劫持的方法竟然与韩浩相同，其不顾亲子的生命，不顾血缘亲情，则更甚于韩浩。国法为上，合击乃是古制，唯有如此，方能‘劫质者遂绝’。”说至此处，话锋一转，“——你既明了各种关节，可知日前皇父为何肯放你一条生路？”

那晚白狼带着我跳下楼，康熙确实有机会下令弓箭手一起射箭，将我们当场置于死地。秋狝时什么飞禽走兽能逃出生天，何况两个大活人？

不过康熙是没让人放箭，他让人开炮了而已……

难道火炮具有比弓箭更高的准确度?！想不通啊想不通……

像八阿哥这般问法，我很难回答，说什么好？说什么都是错。

好在《宫廷必备句型一百句》在关键时刻还是很能派上用场的，我恭恭敬敬地道：“皇上仁爱，泽被天下。”

八阿哥无声地牵动嘴角，我正疑心自己是不是背错了，没想他却换了话题：“明年，你二哥年羹尧就会被正式委任四川巡抚的差使，到时候用得着的地方也必定更多。白狼抓你当护身符，你可想过是为何?”

因这一问，我才想起我几乎快忘了年羹尧长的什么样了，倒有些吃惊：巡抚是从二品起花珊瑚顶子的大官，且四川是数一数二的兵家要地，看来这大半年四阿哥还真没闲着，活动的能量不小呵。但这也没什么稀奇的，康熙这些好儿子们，无非是大家拉帮结派，组成团体，然后互相倾轧。

可是有一点我着实想不通，且慢说上到康熙下到阿哥无人不知我并非年羹尧的亲妹子，按八阿哥刚才的《三国志》举例来看，哪怕白狼挟持的是年羹尧本人，年羹尧也只能乖乖认命等下辈子再当四川巡抚了吧？八阿哥言语中暗指四阿哥要用年某人难道和我有关系么？

八阿哥探手入怀，取出一只金丝纳底的精工荷包，轻掷于近我这边的小几桌面。

我按他的目光指示拾起荷包，也捏不出个名堂，解开绳口一看，里面却是张折得整齐方正的旧纸。

我夹出纸来，先看到背面写了一半的四阿哥的字迹。

四阿哥的一手颜体圆转遒劲、内含连力，入宫前我在四贝勒府怡性斋大书房曾有一段时间伺候笔墨，最是看惯的，因闷头想了一想，忽忆起一桩旧事，心头突地一跳，忙将纸面翻转展开，赫然便见着空白处笔墨描上

的一张漫画人脸，一旁还歪歪扭扭地提了几个字：难得郁闷——正是我的超级霹雳简体字，再无第二人可以仿冒的。

而在我的字迹下面，另有一行陌生妙逸的字体：

情在不能醒

“风雨消磨生死别，似曾相识只孤檠，情在不能醒……情到深后不能醒，若是情多醒不得，索性多情……”

八阿哥起身走到我面前，淡淡地道，“那晚十三阿哥同你在青螺山崖边放出烟花讯号，是我和十四阿哥领着左翼部队率先上崖营救，行至半山突见异光，事后方知你们双双坠崖。经勘探断崖现场，我在崖边寻到这个荷包和画。荷包明属十三阿哥，而这画上所画的四阿哥，却决非出自十三阿哥手笔，我想许是你的，拿来给你认认。”

我不由苦笑一下：“是我画的。”

去年七月十五中元节，十三阿哥跑到四阿哥府带我出去玩儿，当时我正闲着无聊，正在档子房里画着漫画，被他撞见，硬说我画的是他，当场收走了画。事情过了我就忘了，没想到再次见着，竟是如此处境。

八阿哥能看出我画的是四阿哥，十三阿哥自然也看得出。

“情在不能醒”，不知十三阿哥写下这句纳兰诗时，是怎样的心情？

我微觉惘然，顺手把画塞回荷包，挂在腰带上，八阿哥又道：“从这个荷包掉落的地点判断，当时十三阿哥站立的位置远不至与你一起坠下断崖，莫非是你把他拉下去的？”

自从我跟十三阿哥脱险后，不管谁来慰问，我只推说当时受惊昏迷，隔日醒来发生何事全无印象，而坠崖始末统统由十三阿哥一人向康熙直接汇报。相信如何斟酌他自会妥善处理，因此连日平静，并无甚问题落到我头上，而现在八阿哥又冒出来狗拿耗子做什么？

我起了疑心，只循规蹈矩地答道：“当时崖上炮火隆隆，山崩石裂，混乱中玉莹不记得究竟发生何事。”

八阿哥的语气似问非问：“不记得了，还是不想坏人美梦？”

我从容地道：“东坡有一次去一个地方，路途很远，天气又特别炎热，他走得很累了，寻思着到前方树林里休息，可离那树林也还有相当距离，他又饥又渴又累，烦恼不已。忽然，他脑中灵光一闪——眼前何处歇不得?这么一想，他立刻席地而坐，此时清风徐徐，说不出的舒适畅意。无论情深与否，能醒与否，这世间所有经历，都早有人经历，所有心境，都已被写尽。忘不了，就不再勉强，索性多情，大爱无形，岂不美哉?”

八阿哥打量我几眼，微露诧异之色：“在金桂轩戏园，若非老十四应变奇速，你险险就被二阿哥推作挡箭牌，重创于药人毒爪下。你坠崖，老十四急如火焚，连告知我一声都不曾，就连夜带队下山冒雨摸黑搜寻。可惜最先找到你们的是四阿哥——”

我插话道：“换作十四阿哥上了青螺山，玉莹或许不用挨火炮轰击?”

八阿哥的面上并无一丝异样表情：“放火炮是皇父的御令。”

“皇上当时不知十三阿哥业已上山?”

“大家见了烟花才知十三阿哥也在山上，可惜山上第一发烟火发射的同时，火炮攻击的命令已下，来不及追回。后来皇父震怒追查，四阿哥才不得不禀出十三阿哥偷偷上山一事，可见只有他一人和十三阿哥商量过。”

八阿哥的目光一凌，刺进我的眼睛里，我和他对视片刻，彼此都明白对方的意思：

如果四阿哥知道火炮一事而不禀告康熙，那么他就是故意陷害十三阿哥，这么严重的指控即便八阿哥自己也不见得相信，更不好当着我的面直说。

如果四阿哥不知道火炮之事，那么十三阿哥以皇子之身敢犯奇险，想来是逆了皇上的意思，四阿哥既不能阻止，定是想帮他混过去而终不成功。——但为何四阿哥让十三阿哥冒险，他自己却不上山救我?

八阿哥踱到石几旁，拈起棋盘上的一枚白玉棋子。月光下，他修长白皙的手指简直比棋子的颜色还要润泽，我走上前，垂头看他如何将棋子重新摆放。

八阿哥见我眼光飘忽，微微一笑：“四阿哥的棋艺在咱们兄弟中是出了名的三脚猫功夫，跟着他学不到什么。你真想学，老十四可以教你。”

我跟着一笑：“玉莹不懂下棋，但是玉莹学过一句话：观棋不语真君子。”

“想做真君子?”八阿哥侧过身，拉近我和他之间的距离，语带暧昧，“别人或者做得到，你不行。你不是君子，你是女人。一个学不会安分守己

的女人。”

我不为他的挑衅所动，维持住笑容：“像我这样不安分的女人，八阿哥见过几个？”

八阿哥一愣，随即反应过来我这是套了四阿哥在我被封格格前说过的话，他的眼光上上下下移动，似要穿透我，最后他什么答案也不给我，忽然就转身离去。

我目不转睛地看着他的背影一路走出长廊，才反手扶住石几边沿。

要死，刚才八阿哥身上散发的气势压得我的腿肚子直转筋。他再晚走一步，我想不示弱也不行了。

平生不做亏心事，夜半不怕鬼敲门，虽然在飞雷洞十三阿哥和我并未越过雷池，但毕竟发展到那种程度的亲昵，说不心虚也是假的，若八阿哥没把荷包和画交给我，而是给了四阿哥，以四阿哥之精明，还有什么看不出来的？

如今二阿哥形势不明，大阿哥要被至死圈禁，而四阿哥在康熙面前一向不算得宠，十三阿哥是失了宠，横比竖比，从这次康熙让达尔汉亲王额驸班第、新满洲娄征额侍等与满汉大臣合同详议，于诸阿哥中举奏一人的结果便可得知，还属八阿哥党在朝野最有声望，若非康熙护着二阿哥，有心驳回，真还不知怎样！

八阿哥是个聪明人，他不把东西直接还给十三阿哥，是为了撇清自己。这样的东西由我来转交自然最好圆话，但他如此话留三分白的做法，只怕麻烦还在后头……天呐，我要郁闷了。

随驾从畅春园回转紫禁城后没有几日，康熙复封皇八子胤禩为贝勒，荣宪公主接到自蒙古巴林投来的急信，禀过康熙后即择日出京，赶回巴林。

而那天我在畅春园湖边遇上八阿哥，导致下山迟了，又碰上夜里忽降骤雨，大概坠崖后力亏太甚，结果被淋湿受寒，虽有御医给开了药，但终是缠绵难愈，为防过病，直到荣宪公主离京我也没再见着她一面，养了将近半月才好。

自打穿越到古代，我的月事便超级不准，十月到十一月都没有迹象，刚入十二月便来了，正巧我随康熙到南苑，骑在马上就突然“涨潮”，弄得我手忙脚乱，总算上次经验还在，自己随行备有秘制棉垫，没出什么大纰漏。

回宫后不久，康熙说既已封了格格，就要给我在宫中安置一个住处。

二阿哥在场听说后很是起劲，便跟康熙报告，指毓庆宫西殿后有单独隔开的一清幽院落，名为挽琼小筑，邻近日精门，来往乾清宫很是方便，正合我移居。

康熙只说要再看看，就按下不提。二阿哥却并不罢休，每日来给康熙请安，必探问此事。我应付他已快黔驴技穷，忽传来一个消息：

原来太医院院使儿科御医孙治亭前有秋狝期间救治十八阿哥不力，后有彻查一等侍卫左安中毒之事无果，很不受康熙待见，郁郁了月余，竟于日前染了暴疾而亡。

孙治亭是孙之鼎的本家侄子，从来爱如亲儿一般，他一死，祸不单行，孙之鼎江南老家的老母亲收到消息后，也得了重病，等消息再传回京城，孙之鼎还未及做出安排，老太太就已不行了，双重打击之下，孙之鼎四十多岁的人，一夜白发，匆匆操办完孙治亭的葬仪，就跟康熙告了丁忧，辞官回乡。

康熙近几月一直重用前年从南方带回来的另一位院使大夫刘胜芳，本为孙治亭之事连带嫌了孙之鼎，如今见他可怜，念其从前勤勉，却也牵动心肠，施恩赏了不少器物，令他带全家眷风光返乡。

孙之鼎这一行时间紧迫，他在随园典藏的天下医书，就算除去捐入太医院的那些，余下的也无法一次性随行带走，因当初帮他整理医书、分档归类、索引目录的人是我，他便要托我替他照看，待明年开春再派人返京取回，正好随园是我旧日住过的，其又恰恰地处安定门内。

京师九门，北边的德胜门与安定门本是“军门”，因明清时期北方强敌虎视京都，北墙筑得要比其他墙宽厚许多，北边二门的军事设施也最为完备。清军入关以后，八旗军就分掌京师九门中除正阳门外的八门，北边二门由最强大的正黄旗和镶黄旗执掌。遇到战事则由德胜门出兵、安定门班师，正所谓“打仗要德胜，进兵就安定”。

孔庙、国子监、地坛及四贝勒府等都在安定门内，加上最开始随园本是四阿哥名下的产业，几方面因素综合考虑下来比较合适，康熙也觉不错，就允我正式搬入随园，孙之鼎亦将相应的地契转给了我，从此随园算是我的一个家了。

孙之鼎向日虽多在随园看医书、编医典，身外杂物却极少，他生性喜静，园里人手也很是精简，搬出迅速，我自己又是个身无长物的，去年在随园住了一个冬天，一应事项都很熟悉，不需要什么交接，一出一进，统共十余日便尘埃落定。

正值年底，我的年薪也发了下来。

虽然我上岗才几个月，领到手的却是全年的份额：六品格格年俸银三十两、禄米三十斛，加上一等侍卫年俸银一百三十两、禄米六十五石，也就是共银一百六十两。

清制"银每两换钱一千文"，这一千，俗称一吊。

我问了人，九文钱就可以买一斤白面，六两银子能买两只五十斤的猪，或者三只羊，难怪曹雪芹的《红楼梦》里写一名滥施虎狼药的胡庸医为晴雯看病，麝月打发他出诊费，给了二两银子，那大夫居然高兴得抱头窜耳而去。

人活一世，蝇营狗苟，无非忙个衣食住行，如今我吃住不愁，要出门，朝廷给我配有高级的交通工具：御马；穿着上也有现成发的几套制服，连洗衣烫衣一概不用我操心，形势一片大好。

小媳妇熬成婆，我总算找到了一点做一方地霸的感觉，趁康熙现在对我不错，赶明儿向他讨一个圣旨，再想法子捞个良田千顷，招聘一群狗奴才，没事吃饱了撑的拿着圣旨和一上书"我选择，我喜欢"的条幅，带着家仆阿大阿二阿三，让他们分别牵着三大条护花犬（取名四四、十三、十四），在京城最繁华的街道上横着走，横着走嘛原因有二：一标志着咱就一恶霸，二也便于咱看清群众的样貌好下手！总之瞅到小美男就抢，万一碰上了众阿哥，哼，不怕，亮圣旨：四阿哥敢拦就放护花犬十四，十三阿哥敢拦就放四四，十四阿哥敢拦就放十三！

——能达到这样一个幸福恶霸的境界，也算对得起我穿越三百年的辛苦了。

然而现实真够黑色幽默，总掌内务府的二阿哥居然把当初我救十八阿哥时遇到的那个太监毛会光指派来做随园的掌园太监。

毛会光因救十八阿哥有功，事后便被调出御茶房，在十八阿哥身边服侍，当时我入了太医院，在待诊处值班时还见他跟着十八阿哥来过一次，后来听说此人头大脑小，没多久便换了宫里的其他地方当差。我扈从出京随侍十八阿哥的一路上，有时想起，随口问问，十八阿哥也说不知道，我们只猜他是做力气活一类去了，哪里想到这当口又冒出头来。

我第一日搬进随园，毛会光率领一众服侍人来请安，好不唬了我一跳。

毛会光是个老实人，就是长得像打手，不像太监，他是标准的国字脸，即使没胡子，瞧上去还算像个爷们，只可惜天生一副暴牙。

我不歧视暴牙，暴牙很好，暴牙可以刨地瓜，下雨可以遮下巴，喝茶可以隔茶渣，野餐可以当刀叉，暴牙真是顶呱呱！

但偶尔看一眼顶呱呱不要紧，问题是他每天一等我下班吃过晚饭后就准时笔直地站我面前向我滔滔不绝地汇报起码半个时辰的园里情况，近距离看他说话真是严重影响我的消化系统的正常运作。最惨的是我命令他不要向我汇报吧，他就明显失落，连着几天像霜打的茄子似的在我面前转来转去，我看着更难受。

要叫二阿哥换个掌园太监给我吧，他愣是迟迟拖着不给办，还弄得毛会光也知道了，找到我磕头哭了一场，自责办事不顺主子的意，并且一面哭一面左右开工把自己的腮帮子打得通红。

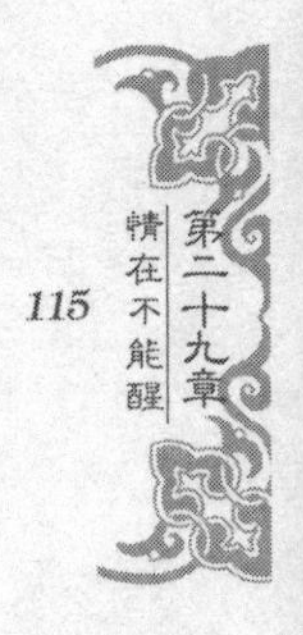





我瞧出二阿哥那里肯定是有话给他，也不忍逼他太过，好在园子里的事七七八八也都办得上了轨道，我渐渐适应过来，也就无可无不可了。

搬进随园后，我仍住在当初住过的后院小楼。

接连下了几场雪，天冷更生倦怠，我每晚只搜罗了一大堆吃喝的玩意待在房里看书睡觉，安心养膘。

住在随园，别的好处不算什么，洗浴倒很是方便，小楼最东边就是一间浴室，房门相通，白炉子是各房都生起的，浴完不用出走道吹风，直接可在楼上几间房内蹿来蹿去。

吸取我去年刚进四贝勒府就差点栽个跟头的教训，不管二阿哥怎么说，我横竖不要宫女服侍，康熙也不来管我这个，于是我随园里的下人都是太监。起初我要洗浴，居然惊现两名小太监在浴房里号称服侍我更衣盆浴，差点没被我左右开弓踹出窗去。发过一回脾气，就清静了，反正热水供应充足，我每隔三天洗浴一次，这日晚饭后又是老规矩洗到戌时末才爬出大浴盆。

水热过了头，我晕乎乎地穿上袍子，一面拿块大布擦着头发，一面走回睡房，刚绕过那面十三阿哥送来庆我乔迁之喜的红木雕花镶嵌绛丝绢绘美人的屏风，便赫然见着我床榻前有一人背对我而立。

——四阿哥?!

四阿哥原本低着头在看什么，听见我的脚步声，才回过身来。

我一眼瞄见他手上捏住那只金丝纳底的精工荷包和一点纸边，心跳立马漏了一拍。

糟了，上次八阿哥把十三阿哥的荷包给了我后，我一直没机会把荷包还给十三阿哥，那幅画还塞在里头呢!

为了怕被人看见，平时我并不把荷包随身带着，只压在房内枕头的下面，而我的睡房是随园第一重地，轻易不准人进的，四阿哥却一声不响地连我的枕头都翻了!

清朝 F4 算什么，四阿哥一个人就是 FBI!

四阿哥见着我，眉头一皱，朝我走过来。

我往后一个踉跄，几乎撞到屏风，幸亏他拉住我，手借机不松不紧地环住我的腰。

我闻到他身上的酒气，心知是他年底应酬多的缘故，正慌着，只听他问：“这画是你作的？”

我点点头。

他又问：“画的是谁？”

我看看他的脸，说不出话来。

“字是谁写的？”

“我写的。”

“我不是说这个，是下面五个字的！”

我汗，十三阿哥的字迹四阿哥会认不出来？还要问我？

果然他的语气变了一变：“老十三送小荷包给你就受，我送的你就送给小太监，唔？”

他一说我才想起那次在畅春园金桂轩戏楼看戏之前，四阿哥在康熙的真人秀集市买了很多玩意儿随手送我，而我嫌带着累赘，统统暗地里送了魏珠。那堆东西里面似乎是有一件小荷包，因不是宫制的，我也没留神，这会子他重提起，莫非是吃醋了？

我从他手里拉出金丝小荷包看了看，装糊涂道：“啊，这是我捡到的。”

四阿哥哼了一声：“字画也是捡的？你画了画，题了题字，偏偏再丢给你捡？”

我刚要说是八阿哥捡的，又怕四阿哥追问坠崖前后的详情，只张了张嘴，没发声，他连我画的人就是他也没看出来，难道要我自己说不成？那他还不以为我在暗恋他啊？我才不要。

相对沉默了一会儿，四阿哥放开我，走出屏风外，把荷包、字画俱放在桌上，拿起茶杯。

我房里都是我自己的东西，相对凌乱，连这一套茶具也给我打破了好些，就剩这最后一个，我爱它釉色滋润青透，也没换新的。此时见四阿哥要喝茶，忙跟过去执壶给他倒上，不小心手一抖，茶水洒在他的手指上，我明知水温不烫，还是惊了一惊，想要帮他擦去，他却不声不响把手指伸到我嘴前。

我眼睫微垂了一下。

他不动。

我把他手指上的水渍一一吮去，然后抬眼看看他。

他抽回手，猛地打横抱起我，回到里间，把我放倒在床上。

我在他的手探入我袍下时颤了一颤，小声地道："不要，外面有人。"

他不理："你不是很喜欢立规矩？谁敢进来？"

我倒是想大叫毛会光来的，但以四阿哥的性子，这种时候被扫兴，一定会把毛会光给宰了的，人家暴牙也不容易，何苦害人？

我一咬下唇，还要找别的话说，四阿哥忽然俯身过来，我啊的一声，扭身不依，可他弄惯我的，一见我有反应，遂不管我如何挣扎，一路亲嘴揉摸，无所不至。

先前我被他问到心虚，一来素知他说狠便狠的，不敢反抗太过，二来因他来得奇怪问得奇怪，吃不准是不是哪儿说漏了嘴，种种想法乱成一团，不知如何是好，及见他动真格的上来，我才着慌起来，再想到要躲，却已晚了。

每到他发起狠来，我便会本能地绷紧神经和身体，根本没办法放松。这次也是一样，我只眨了眨眼，脸上立时凉凉的湿了一片。

他看我实在受不住，略停一停，给我时间适应。

我将手指掐入他手臂的肌肉里，呜咽不止。

他扳过我的脸，吻下来。

他的吻，如羽毛般轻柔。

我也知道他吃了酒，一时兴起不能控力，因不得已，开口求他下次对我轻一些。

而他贴近我耳边，叫我做件事，我先时百般不愿，无奈怕他下手狠了又挨不住，等他再问，我便无奈地答允。

于是他抱我起身，放我半起，头抵床头。

之前我不是没有被他这样过，但时间都不长，也从没有一次哭到这样厉害。

我的哭声由小到大，再由大到小，最后一场爆发过后，连抽泣亦是无力。

他重新抱我面对他，我半转过脸，不要看他。

他的声音柔柔地在我耳边浮起："不是我要罚你。近来你的性子越发不羁了，你知不知道你在做什么，又有多少双眼睛在盯着？"

我半晌不语，拉过薄被盖了身子，四阿哥跟过来，肌肤相触，我的脸上又起了热度。

四阿哥捏捏我的脸颊："还不理人？"

我刚才哭得厉害，其实七分中有三分是装出来的，为的是好让他快点结束，他如今温声细语一来，我的泪早收得差不多了，只不过仍有些不好意思，扭捏着不肯看他。

他的手伸进被里，乱呵我痒痒，我屏不住笑起来，抬脚去踢他，他就顺势半压上身来，从我脖颈一路酥麻啃咬下去，我看了他一眼，正碰上他回视的目光。

还不到午夜，房间的空气中有一种像甜姜似的香味，我又开始发热，但是他让我的手握住的更 hot。

他的声音浓烈得化不开："想不想要？"

咬？还是要？

两样都很汗。

当下终于明白，以装哭来缩短时间，相应的他的体力也保留更多，这下作茧自缚了。

他的手在我身前轻点，同时在我耳边呢喃不休，我渐渐情难自抑，不自觉嘤咛着朝他迎了上去。

我紧紧地抱住他，睁眼闭眼全是他，心心念念都是他。他短暂停顿，我急喘口气，盘缠上他，深深眷恋。

“小千……”他唤我的名，“唤出来，给我听……”

“好……”我呻吟细细，“好烫……四爷，饶我……”

他不饶我，他灼痛了我，他嘶哑了声音：“小千……你是我的……”

我气息如丝，腻上他身：“是……我是……”

纵然千世百劫，也要我是你的，你是我的，永不泯灭。

——这是你欠我的。

四阿哥熄火后，有一会儿工夫，我动弹不得。

他的精力却是很好，稍作休整后，便披衣起身，抱起我，穿堂走过浴室那边。

我向来畏寒，几间房里的白炉子温度都升得很高，穿着单衣，也不觉怎样，而我今晚洗完澡，恰好还剩一缸半的清水在那边，用特制的白炉子热着。

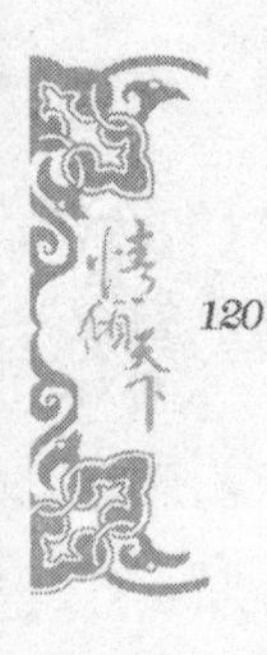



四阿哥见室内地上被我弄得到处是水，不由抿了抿嘴，因地滑难行，便放我下来，除了自己的束缚，让我舀水帮他洗身。

要说技术含量，我可是三脚猫功夫，于是始终离他坐着的中凳半步，在他身后给他搓背。

他几次催我：“换换地方。”

我只管咕哝着：“等一下，还没有洗好……这里、后背要洗干净最不容易了，不过我对这个最拿手，不要急……”

他不耐烦起来，发脾气反手把我拽到他面前，我跌跌撞撞地一下滑坐地上，他怕拉伤我的手，跟着我从凳上跌落，低头瞥下，眼色一变，我跟着看下去，原来刚才披上的底衣，我并不曾脱去，此刻水淋淋地贴紧曲线，半隐半现。

眼看他动手来剥，我赶紧挣开，抬手捏着条澡巾在他身上移来移去：“脖子要擦擦、前面也要擦擦……还有腰、还有……”

我的声音越来越小，他压着性子问：“还有什么？嗯？”

我快速地抬起眼，恍然道：“还有脸，洗脸跟洗身子要分开呢，我再去拿……啊呀……”

他攥住我的手腕牢牢按下，嗤嗤几声轻响，我仅能蔽体的底衣被撕扯得七零八落，他自后探手过来，抚上我前身被他咬出的齿痕印记，我微微喘息，半晌才听他问道：“这儿，除了我以外，有没有别人碰过？”

我没法回身瞧他的脸色，只能低头看他手部的动作。

他在等着我回答，我把手放上他的手背盖住：“四爷，小千……这个名字是你给我取的吗？”

他的手一停：“谁告诉你的？”

我慢慢地转过来面对他，他的神情很温柔。

“猜的。”我说，“还有这个——”

我捧住他的脸，从他的眉骨吻起，然后往下，吻到他的唇。

他的回应很慢，几乎不易察觉。

良久，我们分开，他几乎是不易察觉地叹了口气，静静地注视了我好一会儿，然后渐渐的，一个笑意浮现在他的唇角：“有时候，连我也看不出，你是真的老实，还是狡黠？”

我一向是很老实的，但我也喜欢人家把我看得聪明一点，所以对于四阿哥的问题，我觉得无从作答。

“我和你一样。”四阿哥忽然冒出一句。

我不懂：“啊？什么？”

他看着我的脸，清清楚楚地道：“那天晚上看到你们坠崖，我只觉我这一生算是完了。没想到你们两个都平安地回来。你们发现我以前，我已在对岸高地用千里眼看到你俩在水中嬉戏。没人比我更了解老十三，也没人比我更了解你……”他奇异地跳过这句话，“只要你们能活着回来，什么事我都不计较。”

我听得张着嘴发呆。

他微微地皱眉：“但我不计较，不代表我不生气。我要知道，你的脑袋瓜子里面到底在想些什么？”

“如果不是十三阿哥，换了四阿哥你在场，你会不会跟着我跳下悬崖？”

我突然蹦出一句话，四阿哥的反应倒也不慢：“我不会。谁害了你，我就杀了谁给你陪葬——若换作是我先掉下去，你会如何？”

我使劲地想了想：“有这个可能性吗？”

四阿哥一瞪眼：“当然！”

“我、我先看看十三阿哥跟不跟着跳……”

“我是说只有我跟你——慢着，你刚才说，老十三跳你就跳?”

我小心翼翼地咽口唾沫：“他要是跳了，我再看看还有没有人跳，我不想跳得太早结果落地以后被人压……”

“总而言之，你就是不会跳!”四阿哥下了结论，又补充道，“所以你很震惊于老十三的做法对不对？不过你为何要笨头笨脑地站在悬崖边掉下去?以后不准再这样了，听到没有?”

我挠挠耳朵背，气呼呼地道：“我笨嘛，怎么办？大不了我下次再跳楼跳水跳崖，你们谁也不要管我好了!”

四阿哥有点诧异：“你这是对我发脾气?”

我甩开身，才蹦了一蹦，四阿哥眼睛瞪得更大，我这才想起自己等于没穿衣服，身前两只小兔子这么一动就很活泼，忙用手掩住，结结巴巴地道：“我就是不要、不要！我就要我自己一个人好了，不靠你们我又不会没饭吃……”

我的独立宣言还没发表完毕，四阿哥就冲动起来，上来一把拉住我。

为了捍卫言论自由，我拼命乱扭，不知怎么搞的，一记就倒在他身上，具体地说，是他的腹部，紧接着我感觉到我的眼皮压迫到某处炽热。

山呀崩了地呀裂了救呀我的命!

事发之后，我赖在小楼里整整三日闭门不出，毛会光送来的饭菜也都给我砸了——嘴巴使用过度，酸得要命，吃？吃什么吃?

四阿哥倒很耐心，每晚来找我一次，我不见，他就走，决不啰嗦。

到第四日，我除了水，什么都没进过，简直快饿昏了，倒在床上连话都说不出来，门外下人忽来通报四阿哥到了，我顺手抛出个枕头砸门，结果自己恶狠狠一个倒栽葱自床上滚落地下，紧接着是一声巨响。

四阿哥踹门冲入，外间光线刺痛了我的眼，我七手八脚地爬回床上，拖过被子牢牢地捂住脑袋。

四阿哥三言两语打发人出去，重又关了门，靴声囔囔地过来，坐在床边，伸手扯开我的被子。

我本来无力，给他随随便便拿手一拨，就翻了个滚，仰面朝天，但我拿手背盖着眼睛，就是不看他。

他抱起我，走到屏风外的椅子坐下。

桌上食盒的饭菜还未拿出来，半开了盖子，看得出内容极丰盛，而且香气扑鼻，我望了一眼，本能地咽了下口水，转过头去。

四阿哥仍把我抱在身上："中午皇阿玛刚赐的御膳，我还没动过，来，你陪我用。"

我左右蹭蹭，想找机会挣脱下地："不……"

"不？"四阿哥低声威胁，"打算叫我喂你？"

我捏了拳头捶他，他任我施为，然而我捶到一半，猛然觉察到身下的变化，忙垂下眼，不出所料地看到某处撑起来，便一咧嘴，号啕不已。

四阿哥无奈道："我又没动你，你哭什么？"

我啊呜道："放开我。"

"不行，"他强调，"先吃饭，再谈条件。"

我擦一把眼泪，伸手过去从食盒内抓出一枚象眼小馒头，胡乱地塞进嘴里，顺顺气，接道："行了，吃好了，放开……"

"好了好了，不哭了，"四阿哥扳过我的身子，令我面对他，"难得今日风和日丽，这么好的天闷在屋里做什么，我带你出去玩儿吧？"

我扭扭腰："不去。"

"也成。不去就不去。"四阿哥的气息凑过来，"上回教你服侍人的法子学好了没有？我要验验。"

我面上一热，垂下颈子咕哝了一句，四阿哥没听清："什么？"

我说："出去玩儿……我要出去玩。"

四阿哥一笑，放我下地。

我回里间翻箱取出行装换上，四阿哥跟着进来，抛给我一件紫貂昭君帽和配套的斗篷，我系好披上，却仍觉腼腆，磨蹭着不走。

四阿哥牵我的手下楼，我只见着他的马，没见着自己的，不由愣了一愣。他的手放到我肩后轻推一把，我才回过意来，先一跃身上了马。

然后四阿哥也跃了上来，我们就这么堂而皇之地共乘一骑，一路出了随园。

随园原属四阿哥名下，又紧邻他四贝勒府，因此园里除了几名太监和十数各派职守的看园杂役外，并无额外的保安。

我本不指望四阿哥带我去买年货，尽管满目都是陌生的风景，也并不

着急。四阿哥诚不欺我，今日果然天气明媚，阳光撒在身上暖洋洋的，比闷在屋子里畅快多了，地冻马蹄声得得，听起来亦十分悦耳。

出安定门后大约半个时辰，四阿哥勒马停住，扶我下马，往前走了几步，绕了个弯，忽地眼前一亮，满目流光，不及暇接：

眼前是一大片翡翠般的湖水，缈淼拓阔，在冬日暖阳下漾起粼粼银波，片片碧水绕银山，美不胜收，直衬得湖边的树木一概清淡无色，而空气更是凉沁心脾，令人舒爽不已。

紧挨着我们这边的湖岸，则停憩着一只约有数丈长的画舫，其舱顶为船篷式样，首尾则为歇山式，走近了，看清全舟雕刻着精美的东阳木门窗、隔扇，洗尽铅华的贵气，好不轻盈舒展。

四阿哥亲自搀我上船，我扫了一眼，画舫上荡桨把舵的不过寥寥数人，看腰牌便知均是四贝勒府粘竿处的。

他们在给四阿哥请安，我怕晕船，只管拉牢四阿哥不撒手，别的概不理会。

然而等四阿哥和我入暖舱坐定，画舫缓缓开动，见着桌上铺了满台的点心，我扑上去左手一块“湘妃糕”，右手一条“玉带糕”，状若饿猫扑鼠，四阿哥瞧得好笑，绕过来从我侧面搂住：“皇阿玛那儿我替你共请了五天假，算进今日，还有两天，你陪着我，慢慢吃、慢慢喝，不用着急。”

我差点噎了一下，赶紧扭头瞪他：“皇上那儿是怎么说的？”

他闲闲地道：“也没什么，皇阿玛说让你好好歇着，等过年时再接你入宫玩儿。”

我急道：“你没跟皇上瞎说什么吧？”

他瞅着我，反问道：“你以为我能说什么？”

我愣愣眼，转念一想，也是，他最多说我病了，不可能提到“棒棒”，再者上次康熙也知道了他和我在紫碧山房见面的事，当时康熙的态度已是默许，何况我现住着随园，别的不说，只看四阿哥连日来出入如此方便，至少是在康熙面前半过了明路。问题敏感，他不多说，我也不敢多问，只沉了头儿不响。

因暖舱里炉火预先生得热热的，为防一冷一热染了病，四阿哥和我进来后就分别除了斗篷、大氅，他坐在旁边将我搂住，一只手有意无意就放在我的前襟，我歪身调整了几次姿势都躲不开，一时恼起来正要说话，他却新取过玉带糕来，放在我嘴边喂我吃。闻到香气，我本能地一张口咬下去，忽然想起玉带糕是长的、棒状的，他这样拿在手里喂我，我们的姿势岂不有点那个什么？

动了这个心，我立时不自在起来，连周遭的气氛也觉黏结，瞄了四阿哥一眼，他正似笑非笑地望住我。

我怎么看他都是一副不怀好意的样子，又不好说穿，心一横，闭眼全部咬下去，满想一口包了，速战速决，谁知一下竟咬到他的手指。

他要把手指抽出来，我偏咬住不放，他用另一只手捏住我下颌，才迫我松了口。

四阿哥指上留下一圈小小的齿印，外加零星糕点屑若干，他垂眼看了看，反手擦在我的脸颊上。我磨牙咔咔又欲施铁齿功，但是一下没稳住，斜倒下去，险些一头撞到硬木桌沿，若非四阿哥及时一把将我拖按住，今天我的头部就要二次受创。

“饿疯了么？连我也咬？”四阿哥虽然压住我，却没有把他的重量加在我身上。

我躺在柔软的地毯上，仍感觉得到船体微晃，不禁有些眩晕，睁眼望着四阿哥的脸，记起那天晚上他把那个塞到我嘴里，让我几欲失去味觉。最后，我差不多也就是现在这样的姿势，他探到了我的喉咙。

那时我想了一千遍一万遍要咬他，但估计大家都知道灯泡塞到嘴里的笑话，根本咬不下去……我从没那么狼狈过，真是快恨死他了，可现在又上了贼船，我十足是个傻子。

四阿哥拉松我的腰带，又动手一个一个地解开我衣上的扣子。

我眼睛朝门口方向看了看，他忽道：“放心。这里的帘幕门扇可以隔音，外面听不见，那些都是我的奴才，没有召唤，谁也不敢闯。”

他让我略抬起身，从袖子处拉脱我的外袍、中衣……

当我的肌肤暴露在空气中，我有些微的凉意，然而他的手很快就覆上来，肆意游走。

我喘息着问：“从前也带别人来过这里？”

他摇头道：“那年我跟皇阿玛南巡，回来跟你说了南方的风土见闻，你别的也还罢了，独羡那倾城彩舟，非缠着我为你仿造一座画舫不可，连图样都是我亲手把着你画出来的，因此这船除了你，并无第二人可用，从前的事你仍旧不记得么？”

说着，他抱起我走进暖舱里间，竟弃床榻不用，转而将我放上一张座面为尖菱形、扶手探出的奇怪锦椅。

我才一仰躺上去，怪椅斜拱的躺身木板忽然起伏不已，我惊呼一声，扣住他手臂：“地震！啊不，翻船了！”

他一推右方一根斜伸木杆，那木杆突然下倒，将我身子托高且往外侧移去，止住我下降的趋势，更令我姿势难耐。

“不用怕，一会儿我就让你暗赞这逍遥椅的好处。”四阿哥好整以暇地解脱自己的束缚，倾身深吻我。

我勾住他的脖子，低语道：“带我玩儿，就玩这个？”我一面说，一面暗自懊恼，原来船舱里藏了怪椅，早知道先把四阿哥打昏绑上来实施反“攻”大计了，就不晓得这椅对男人有用吗？万一压塌了，岂不重伤？

“你刚才不是咬我？我就让你咬个够。”有了这张椅子，四阿哥至少比平时省了一半力气，双手只管恣意挑拨着被制在椅上的我。

我被他弄得连话也说不顺：“四阿哥，你……你喜不喜欢我？”



“喜欢。”

“喜欢我……又为什么总是要对我、对我这样？”

“就是因为喜欢，才要这样！”

四阿哥扳了椅旁东、西伸出的木杆数次，每次俱有不同的功用，一切皆在他掌控之中。尤恨他坏手还不饶人，刺激得我全身发烫，渐失自持，什么话都叫出口来。

我胡乱地尖叫着，指甲在四阿哥手臂上一道道抓扣，却一丝借不到力，丢了一回身子，才略微静下来。他把手垫在我颈后，抬高我的头跟他接吻，他的舌头滑入我口腔，每次不经意的一舔，就触到最柔软的部位。

我无法抑制自己强烈的心跳，只能靠积极的回吻来抵消这种冲击。

他的肩膀伏低，坚实的胸膛时不时摩擦到我胸前柔软，而他依然轻一下重一下地发力，艰辛之味始终不懈，实在让我不知自己还能撑到几时。

他不依不饶，我咬紧牙关，好容易缓过劲来，汗已沾背：“四爷……”

“什么？”

“疼我……”

他益发凶猛，不知凡几，令人爽然乐极，几欲昏厥。

事毕过后，他把我抱到矮榻上放我歇息，我偎依在他身前，只觉头目仍森森然，良久不解。

他缓缓抚着我的发，静待我的气息平稳下来。

“四爷从哪里寻到这种怪椅子来整治人？”我一恢复清醒，还是比较关心怎样把适合反“攻”大计的椅子搞到手。

四阿哥把我身上披着的毯子拉高一点，连肩头也细意裹好，我半趴在他胸前，只露出个脑袋在外面，他一点我的额头，轻笑道：“从前你老说怕疼，后来就想了个法子，用逍遥椅借力，多少能抵消苦楚，我倒用不着，还不是全为了你？”

我咧咧嘴，这家伙真会撇清，连我也是第一次见他如此兴奋，明明赚到了，还说“用不着”，可恶透顶！

因我说饿了，四阿哥披衣下榻去外间拿吃的给我，我抓紧时间裹着毯子跑到帘后银盆处倒出清水，将狼藉不堪的身子擦拭了一番。回转身，路过那张怪椅，越看越来气，抬脚猛蹬一记，不料椅子侧面也有机窍，锒珰一声把我的脚踝给扣住了，我不用照镜子也知自己此时摆出的造型名曰“金鸡独立”。

我又悔又恨，勉力拿手去掰，哪里撼得动分毫。

不一刻，四阿哥托了一盘食物进来，骤然见到我这副模样，笑得连盘子也差点打翻，随手搁在一边，口中赞道：“小千儿今日这么乖巧，要好好奖励你才是——”

我躲不得，又逃不得，大大抓狂，乱呼道：“救命呀，欺负人了——”

四阿哥听我叫得有趣，故意多逗了一会儿，搞得我情难自禁，才问我要不要，我死活摇头不肯，他也知我再难承受，便打开机关，放我脱身。

我脚虽落地，却一个激灵，身一软，又趴在椅上。

他明知故问：“怎么了？”

我求他：“手指拿出来，快点……哎唷……R～～O～～O～～M～～”

我促声吟了半日，他才在我 PP 上打了一巴掌，饶过我，把我抱回榻上。一边喂我吃东西，一边问：“刚才叫的什么？很动听。”

我利用狼吞虎咽的间歇解释道：“没有哇。我刚才是在背诵英吉利文。”

“什么英吉利文？”

“Look，this is a room. R～O～O～M～，room!”

四阿哥作势要敲我的头，我早有准备，抱着一堆吃的，噼里啪啦地赤脚逃到外间，他追出来，还没抓住我，我自己先被身上滑落的毯子一角绊倒摔在地上，他跟着下来，狠狠吻我，吻到我喘不过气来了才放开。

有一种我最爱吃的奶油软糕，这时全贴身抱着，都压坏了，前襟上滑腻腻的都是奶油，我随手抹起放到嘴巴里咂咂，他有样学样，一手托在我背后，让我身子略挺高些，好方便他慢慢享用。

我挣扎着伸手扯过散落在地上的衣裳，埋怨道：“袖子这里都撕坏了，等下出去怎么穿嘛？呀，不要……嗯……”

总算熬到他逞完威风，我哀哀推开他，对他怒目而视，他一笑置之：“好了，来，看看衣柜里面的衣裳喜欢哪一套，我们快到地方了——你打算自己穿还是要我帮你？”

男人定律一：他们的欲望旺盛程度与得到你的时间长度成反比。

男人定律二：他们的欲望旺盛程度与别的男人得到你的可能性成正比。

而这两条定律不论反比、正比，对我都是不利的。

我不敢蘑菇，无奈连走路都不稳，摇摇晃晃地溜达到衣柜旁一瞧，里面整齐挂着的有满装，也有汉服，都是女式，以我现在的身体状况，穿花盆底鞋走路是会死的，因挑了一套单色的条纹状红装汉服，另配以同色系的束身腰带和绛色衬裙。

等我回到里间洗了一洗身子，上下焕然一新出来，四阿哥早已自行穿好袍服，负手站在窗边欣赏湖岸的景色。

他听见响动，回首打量了我一眼，露出欢喜的神色，走过来在我脸上亲了一亲，又帮我选了一件大红羽纱面白狐皮里的鹤氅围上，这才挽起手儿带我出舱下船。

我向来最烦一大帮子人前呼后拥，四阿哥深谙我心，船上的人自然留在船上，连我们到的这个小岛上的服侍人等也是请安后就不近前来，唯远远跟从而已。

我见这小岛气派，忍不住好奇，一问四阿哥才知道连湖带岛都是他的私家别苑，不由暗暗咋舌，等以后我下岗了，可以来这个小岛沙滩卖比基尼啊。

几日前落过一场雪，岛上道路虽经专人洒扫，仍有些难行，四阿哥同着我缓缓西行十余里，背湖右趋，又是一条丈许来宽，五色云石铺就的石径，长约里许，两旁尽是松桧干霄，戴雪矗立。

快到尽头，忽闻一股幽香，沁人心脾，走过一看，乃是林边崖顶一条瀑布，下流成一小溪，泉声琤纵，响若鸣佩。溪旁不远，又独生着一树梅花，色作绯红，看去根节盘错，横枝磅礴，准是数百年以上的古树，花光明艳，幽香蔑郁，端的令人一见心倾，不舍遽去。

我贪恋胜境丽色，驻足不前，四阿哥便紧牵我手，领我走到那株单独的梅树跟前，细细观赏。

“相传南北朝刘宋时，宋武帝有位女儿叫寿阳公主，生得十分美貌。有一天，她在宫里玩累了，便躺卧于宫殿的檐下，当时正逢梅花盛开，一阵风过去，梅花片片飞落，有几瓣梅花恰巧掉在她的额头。梅花渍染，留下斑斑花痕，寿阳公主被衬得更加娇柔妩媚，宫女们见状，都忍不住大呼惊艳。从此寿阳公主就常将梅花贴在前额，这种打扮被人称为‘梅花妆’，传到民间，许多富家大户的女儿都争着效仿，以为绝美。因梅花妆的粉料为黄色，‘对镜贴花黄’一语便自此流传开来。”四阿哥轻轻圈抱住我，抵首细语：“你却用不着这样——你是天空之女风神昂阿额顿转世，将来生子，必定贵不可言。”

“四爷也信这个?”

“若非天神庇佑，要如何解释你跟老十三从青螺山断崖坠落尚能全身而还的奇迹?”

当时的事太过匪夷所思，但我本身穿越三百年已是奇幻了，对此事倒没想太多，可四阿哥忽然提到生儿子的话题，难免让我心情一阵低落。

四阿哥并不知原委，只望住我静静不语。

我沉吟半日，抬头看他眉眼——我同他，种种亲密颠倒，仍是看不透他的心。

他曾说过我是那种随时会掉过头去消失不见的女子，如果我被风卷到天涯海角，他不晓得到哪里去找第二个我。

然而我何尝不怕有一日他厌倦了我，留我一人回首向来萧瑟处，也无风雨也无晴?

记得十八阿哥新丧，四阿哥始终陪伴我左右，宽解我心怀，我感觉到

他对我的态度跟我离京前有所不同，但我时时警告自己他不过是把我当作一个可以予取予求的奴才。

尽管后来我对四阿哥、对年玉莹的过去多了一些了解，但再多的温情也无法抵消我对将来的恐惧：历史上笃定有一个为四阿哥生了三子一女的年妃，恰好三百年前这个白小千又改了名字叫做年玉莹，难道说，年玉莹就是年妃，只要我留在清朝，就必须得背负这个命运、跟他那一堆大老婆小老婆争宠一辈子？

“四阿哥，我说一个故事给你听。”我往梅树下走进几步，仰指挑去一缕被风吹在唇畔的发丝，回脸淡淡地笑道，“很久以前，有一个男人和一个女人相爱，他们签订终身，结为夫妇，愿使岁月静好，现世安稳。然而那个男人终究没有给女人安稳。他说他视妻为己，视妾为客，两相冲突时‘克己待客’，宁可委屈主，也不委屈客。”

“天地造化，阴阳有别，世间的男人和女人自然是不一样的。同样的历史，男人会问，英雄一生杀过多少人，建过多少功？女人却会问，英雄一生有过几个女人，又最爱哪一个？”

说到这里，我停下，四阿哥开口道：“你要问什么？”

我毫不迟疑地道：“我做不了‘主’，也不愿意做‘客’。可我还是想问，若我要安稳，你能给我几分？”

四阿哥走到我身前，深深地望入我眸中：“佛经里有阿修罗。阿修罗者，大海中立，水不膝，向下视忉利大。无酒，采四天下花，于海酿酒不成。不端正，惟女舍脂端正。天下弱水三千，我可以只取一瓢。只看你愿不愿意信我，肯不肯等我？”

信？

等？

我不用信，也不用等，他的许诺结果如何，我比他更清楚。

雍正三年，贵妃年氏病危，从宫里搬到圆明园，雍正看望她后又匆匆回宫，并给礼部下了一道上谕：贵妃着封为皇贵妃，倘事一出，一切礼仪俱照皇贵妃行。

加封、表彰并未挽回病情，年氏没等到加封之礼就当月死去。

年氏死后，谥曰敦肃皇贵妃。乾隆初年，使其从葬雍正于泰陵。

——这段历史，是我在现代从一名爱好清史的女友处听得，当时只道听过就算，不料此刻却记忆犹新。

我若是年妃，这便是我可预知的命运。

我若不是年妃，那么在这九王夺嫡的动荡时代，连我能否平安活到雍正三年，尚且是个未知数。

四阿哥握住我肩头，一字一句地道：“我一定会青史留名，而你的名字将作为我爱新觉罗·胤禛最宠爱的女人和我紧密相连，为后人所称颂！这样的答案，你满意么?”

我听过很多很多的情话，但刚才的允诺，我却是头一次听到，我瞪大眼睛看着他，他的眼神是不容置疑的坚定。

我失笑：“以白小千之名?”

他亦含笑：“随你。”

就我所知，史上现存和雍正有关的记载并没有白小千这位好姑娘的名字。

所谓“最宠爱”，对一个古代的男人来说，这就是承诺的极致吧。

四阿哥说，今晚我们就住在岛上，而要到后山住处，最省力的方法就是渡河。

河流，犹以晨曦与夕阳时最美。

我们上了小船，正赶上黄昏时分。

侍者撑船缓行，我同四阿哥并肩坐在船后看夕阳。

微风习习，浆声欸乃，波纹软腻，河滨水草飘忽如玉，蒲苇柔韧若指。

此地水暖，冬日夕阳倒影中，竟时不时有巴掌大的鱼惊悸而起，“泼喇”一声，轻捷的身子从水中跃出，在河面上漂袭而行，荡出一十、二十个浅浅水漂也不稀奇，引得我们相视一笑，情浓景契，神思悠悠。

过完一池秋水，正当一抹斜阳欲坠，小船晃一晃停下，四阿哥先跳过踏板，再拉我上岸。

前山六瓣梅花汪洋恣肆，此处却是另一番气象，别的且不论，单看那白墙黛瓦掩映在柔枝细蔓之间，任人间惊心岁月，又何妨尽蹉跎？

四阿哥说是在康熙那边替我请了五天的假，其实年前别人事多，我的差使却是轻松，近日即便进宫也就是应个卯儿，康熙又一向对我宽容，说是五天，我便再多歇个十天八天，也没什么，反而奇怪四阿哥正当大忙时节，哪里来的空档？

当晚安顿下以后，一起吃饭时，我还旁敲侧击了几回，无奈四阿哥的外交辞令滴水不漏，我不得要领不说，还接

连被他调戏了几次，只好闷声发大财，搜罗了一大盘零食点心躲进房里睡觉。

四阿哥随行的人有带来好几包奏折之类的文书，饭后他就在书房里挑灯夜读，时辰渐晚，听船声响动，似乎另有十数人分批上岸，由专人引入他房中。那些人中有一些我听着称呼像是他府里的幕僚，还有一些却不清楚，想来此处亦是他们常来往之地，其间言语谈笑声隐约耳闻，约近一个时辰，其声不歇，说的什么内容就很难听真。

所谓饱暖思睡欲，既然听不出什么壁脚，我填好肚子，漱漱口，擦了身，便自管吹灭蜡烛扑到床上蒙被大睡。

四阿哥直到半夜才持灯进房，我睡觉向来警醒，何况又有光亮，便翻了个身，揉揉眼睛。

他把灯盏放在外间的桌案上，轻步走到床边坐下，伸手摸了摸我的头："这么晚了还没睡么？"

我朦胧道："别吵我做梦。"

"什么好梦？"

"好多好吃的……别吵，一吵就没了……"

床垫微微沉了一沉，他钻进我的被子，自后抱着我睡。

当他拨开我的发，将第一个吻落在我的颈后，我不自禁地颤抖了一下，又觉身子有些发麻，呼吸也重了起来。

于是他动了一下，把手伸进我的小衣里上下摸索。

忽然的，他就一手把我的双手控过头顶，固定在枕上，一手把我已经凌乱半褪的小衣扯落抛出。

外间有晕黄的灯光微微跳动着渗染进来，我知道这样的光线已足够他看清我的脸，因半闭了眼睛，只夹紧身子，不给他"欺负"。

他好言好语在我耳边说了几句，均告无效，就不再商量，直接用手段欺得我慌神失措，继而乘虚而入。

他的情欲抵上来的一刹那，我忍不住低声唤他："四爷……"

最后一个音变了调、失了声，完全不能阻止他，反而激发了他的狂性。

做到一半，我到底吃不住劲，脸下的枕面打湿了一片。

他松开我的手，低头吻我："不哭……"

"四爷——"

“唔?”

“饶我。”

“乖……说，要不要?”

“不要。”

“要不要?”

“……要。”

次日，阴雨天，山风浩荡，满耳皆是云脚越过山顶时的窸窣声响，夹杂着河水拍岸的低语。

四阿哥出身皇族，为防枕边人行刺，历来养成独睡的规矩，今次却跟我同床到天明。因他起得绝早，我也跟着早醒，但我迟迟赖在床上滚来滚去，声称被他弄得人家香销玉殒了，他拿我没法子，自己一个人出去用了早点。

我趁他走开的功夫，跳下床洗漱了一通，取出新衣裤全部套好在身上，才爬回床上裹着被子继续无赖，四阿哥取了食物给我，对着我衣冠齐整裹着被子坐在床上的模样，是看一回笑一回，还讥讽我:“香销玉殒了? 嗯?”

我没那个夏威夷时间理他，吃东西恢复体力要紧。

为着下雨的缘故，原定的户外活动都取消了，我吃准他安排的室内活动少不了性教育课，只把裤腰带系紧是王道。

一整个白天，四阿哥带着我在书房里也没做什么，无非掷棋写字耍耍玩儿，而他研究文书的时候我则扒在窗前看风景，实在无聊就在房间里踱来踱去，他嫌我晃得他眼花，又叫我拿着纸笔在他旁边的小书案上临摹字帖。

临摹这种事情最累眼力，我中饭吃得过饱，血液全聚在胃部，大脑供氧不足，撑了半个时辰便昏昏思睡，不敢跑到书房里间躺着，只好垫着头一冲一冲地打盹儿，冷不防四阿哥把我的习字纸一抽，我差点掉下一条口水，忙一吸咽回去。

“是受，是受，就是受，一直是受，永远是受，受的身高，受的外貌，受的心理，受的体质，一直是总受，永远的总受，万年的总受，啊呀啊呀呀……”四阿哥一口气念下来，抖抖纸，不解地问，“你写的这都是什么? 受? 总受?”

我跳起来，一把抢回心情日记唰唰唰地撕了揉成一团扔掉："没什么！"

四阿哥搂住我腰身把我抱到他身上，他的座位是大椅子，虽然有空间，但两个人还是挤了一点。

"到底想些什么呢？"他在我脸上啄了一记，暧昧地问我。

我眼睁睁地看着他的手往下去解我的裤腰带，几下没有扯开，不禁咧嘴笑了笑，握着他的手央道："不要了呢，四爷，老是这样，人家很容易——"

我本要说很容易搞出"人命"来，忽的一激灵：这可不是四阿哥把我带来这里的原因吗？

昨天我就该明白了，他分明是故意的！

他嘴巴上说不介意十三阿哥和我在飞雷洞过了一夜的事，心里指不定窝着一团火呢，怪不得昨天一天弄了我好几回，一旦我有身孕，就再也折腾不出他的五指山了！

一旦想通这层关系，我便停住话风不往下说，四阿哥立时留意，抬眼朝我面上看了看："怎么，嘟着嘴做什么？"

但显然他并不需要我的答案，而是直接开始吻我。

我半坐半跪在他膝上，姿势好不尴尬。

老实讲，我对书案这样东西是有点心理阴影的，好几次被他收拾都是在书案上，他也觉察到我的不自在，因横抱了我起身往里间走。

我踢踢腿抗议："不要——"

他一句话驳回："由不得你。"

而他把我放在床榻上，从正面进攻，很快搞定了我的法宝裤腰带。

我越看他越对上我刚才猜的那个意思，心里一阵委屈，扭过头抠着床围上的浮雕纹路不做声。

然而他停了动作，只耐心细致地吻我，直至我有所回应。

"明年圆明园的工程就将开始，我已跟皇阿玛请了旨，建成后我要做的第一件事就是迎娶你。无论你要什么，我都会给你。可是放你野着性子成天在外头晃荡，我也不放心，我想快点娶到你。你不想早些有我们的儿子么？"

我知道在古代，尤其是在四阿哥这种等级秩序森严的封建贵族家庭里面，能够生养儿子就意味着随之而来的地位，妻妾们的所谓争宠也无非是围绕着这个，但是这样的观念我目前还无法接受，他当我疯子也好、傻子也好，这个问题我一定要讲清楚。

“我不……”我半坐起身，蜷在他怀里慢慢地道，“我怕生孩子。”

他抚着我的背，“女人第一次生孩子都会怕，等过了这一关就好了。”

我坚持道：“不，我不想这么早有孩子。”

他把脸抵到我的耳边，昵声道：“你也不想要我‘宠’你么？”

我滞了一滞，在无法避孕的条件下，如果不想要孩子，自然就得避免和他发生关系，否则三天一次跟一天三次的频率比起来，中标的可能性并没有什么区别，若非如此，解决不了问题，但……

他的手又滑入我的衣领，继续往下游走。

我默默地挣扎，拼力气拼不过他，就比人品，绑个大闸蟹也没这么容易吧？何况我还是小强。

缠斗了一回，他忽然失去耐心，甩手下床。

我用偏了力，往后一倒，他的声音冷冷地从头顶传下来：“不想就算了！你回房吧！”

他语气中那种高傲的挥之即去的感觉让我深觉受辱，我匆匆拢好散乱的衣襟，缚带下榻，与他擦肩而过时，他又加上一句：“晚饭我会叫人送给你。”

我忍不住驻足回头看了他一眼，他面容无波：“你放心，我不会来碰你，你不愿意为我生孩子，别的会生的女人多的是！”

“不要把我和你身边的女人混为一谈……”

我几乎是从牙缝里迸出这几个字，他一时没听清：“什么？”

我一扬首，冲他大叫：“不要把我和别的女人混为一谈！你叫我信你、等你，你又可不可以等我长大、等我想生孩子的时候再生？生孩子这么危险的事情不是全由你一个人说了算的！万一我死掉了怎么办？对，我死了，你还有一大帮女人排着队给你生儿子！你现在就去找她们好了！你不管我就别管，我才不在乎！”

他的眼神有了些许变化，但很快地，他猛然抬起手，我料定他又要拿出那套“奴才跟主子说话的规矩”来教训我，索性一挺脖子迎上去。

然而他的手并没有落到我的脸上，他是怎样抬起他的手，还是怎样放下。

他那双黑黑的眼睛，在燃烧过后，只剩下平板的疲乏：“如果不是因为喜欢你，就凭你刚才的那番话，我早下手杀了你。”

四阿哥绕过我，大步走出书房，只听到重重的摔门声，接着外面纷乱成一团。

他叫人牵了他的马来。

他走了。

不管外面阴雨泥泞、山路行走多难，他就这么骑马走了。

我在原地呆站了一会儿，沮丧与受伤的感觉一起涌上心头，如果这中间还夹杂着什么别的，我不愿去分辨，更不愿去体会。

然后我走出书房，径自回到楼上卧房。

不知过了多久，天色暗下来，有侍者上楼给我送晚饭，先是轻轻敲门，说是送饭来，我并不理睬，前后三次，均是如此，最后便听到门外一阵响动，似是将食盒放在了地上。

很长一段时间，四周安静极了，偶尔有些声响，我就会疑心是他回来了，但侧耳再听，又没了后文。

于是在重复的失望所造成的疲倦作用下，我渐渐陷入深眠。

突然，一阵心悸使我醒过来，我睁开眼，一抹黑。

我动了一下，脸朝外，看到床前站着一个人影。

他带着我熟悉的低浅的呼吸站在那里，而沉默如同暗夜一般宽阔。

黑暗中，听得到风和云层掠过天空的声音。

月色仿佛是一点一点移动进来的，我的眼睛适应了这样的微光，我几乎可以看清他柔软光洁、棱角俊美的双唇。

他若是魔鬼。

我就着了魔。

“在我面前，有很多条路可以选，但是不论走哪一条，我都想要有你在我身边。天下之大，只有你是我想要的女人。”四阿哥的声音听来十分安稳，“那天我看到你和老十三在溪中嬉戏，有那么一会儿，我甚至不知该如何上去和你们相认……你小时候只要得了什么小玩意儿，就会独自一人待在院中埋头玩上半天。我喜欢看你自己安静地玩儿，也喜欢看你和老十三闹，可是我忘了从什么时候起，我开始介意……我周围的人都想方设法讨我欢心，只有你从来不会主动关心我，你一点都不温柔，就会惹我生气。你不想生孩子我有怪你么？谁准你咒自己？以后不准说那个字！你笑什么笑？——还笑？”

我半跪在床边，往前扑了一扑，勾住他的脖子，轻咬他的唇角：“你好唠叨……”

“说什么？你皮痒痒了？”

“我说，Fuck the regulation！——嗳，你身上怎么这么烫？这里？啊呀……压到人了……”

次日午后，天色放晴，四阿哥带我上了离岛的船，回去的河道却是另一条，船开动后，我一直待在窗边看新鲜的风景，而船行渐急，我就有些晕晕的，四阿哥瞧我脸色不对，趋近过来，揽我靠在他肩上。

我拨弄着他的衣袖，低低地问：“昨儿晚上你几时回来的，我都不知道？”

他故意道：“我被雨淋得惨了，你又不懂关心我。”

“哦，若是雨下得不厉害，你就真的不回来不管我了？生我的气了？”

“不是生气。”他的手指抚了抚我的嘴角，“当时我只想把你推倒，狠狠地欺负你，直到你跟我讨饶为止。我不走，难道赶你走？”

切，他本来就是先赶我走，我发飙了，他才自己跑路的。

他含笑着注视我，我继续走卡哇伊路线，星星眼～CJ无敌～～他就吃我这一套，俯下脸温柔索吻。

唇舌分开，我搂住他的脖子呢喃道：“其实，我也不是一点都不在乎，你真的不管我了，我想想还是有点难过。”

“有点难过？”

“嗯。一点点。”

他靠坐船舱侧壁，把我抱在他身上，让我和他正面相对，这才问我：“是不是怕我真去找别的女人消火？”

我不置可否，伸手摸索着拉松他的衣领，贴近身子，凑上唇齿在他锁骨下面一点啃出一个微红的咬痕，笑道：“免费盖印啦，过两天颜色褪了，也不准找别人敲？”

四阿哥的手就置在我腰间，见如此说，顺手掐了一把：“光靠盖‘印’

有什么用？你以为人人都像你这般娇纵么？就算有谁看到这个，也不敢在我面前吐露半句不满，还不是一样由着我？——你真要放心，就嫁给我，天天瞪大眼睛守在我身边儿。我是不嫌你烦，你想想如何？”

我一停：四阿哥这话也错，古代社会压根就是男尊女卑，男人风流是天经地义，而女人只能伪为愚者，做出大方的态度，才能被称作贤德柔嘉之妇，何况我现在没名没分，能看得住他什么？

我蔫了，嘴一张，正要叽叽咕咕，四阿哥却扯倒我，压上身来：“且慢，大家讲公道，我也给你盖个四贝勒印。”

四阿哥多方取证反复比划不知从何下口，盖个印盖了足足小半个时辰，等大功告成，船也靠岸了。

我整理好装束跟他下船，他原要亲送我回转随园，因我见他适才在船上起了兴，摇头不肯，他便也一笑作罢，只令一小队亲卫护送我回去。

进了随园门口，毛会光早在我的小楼下垂手候着，见到我优哉游哉地骑马回来，忙迎上禀报：“玉主子，十三阿哥未时来的，等了您大半日，现在清风阁饮茶。”

清风阁是随园的藏书楼，十三阿哥爱读书，平时上我这儿来，也总要翻两本医书看看的，我听说他已等了半日，丝毫不敢怠慢，打发走四阿哥的亲卫，来不及换下行装就直接去了清风阁。

我不准人通报，悄悄儿踏进阁里最好的一间霁月书屋，十三阿哥就坐在靠窗位置下的雅座，手里握着一卷半开书籍，眼睛却似看非看地飘向窗外，不知想什么想得这般出神，我近了他身前，他才恍然发觉。

我一眼瞄见旁边案上食篮里满满盛着的新鲜御贡番外大金橘，喜道：“你刚从皇上那儿来么？又给我带这个，上回拿来许多，我吃不完，都分给下人了——咦，这只很是圆溜嘛，好香。”

“你喜欢，就多吃点儿，上次生了一场病，瞧你瘦的，腰身越发细了。”十三阿哥起身走到我身后，帮我解下银貂风领，扔于椅上，不徐不急地道，“四阿哥没同你一起回来么？”

我不知其意，惊讶地看了看他，他的目光落在我颈部：“这是什么？”

电光石火间，我明白了：十三阿哥看到的一定是四阿哥在船上留给我的吻痕！

我嘀咕道：“啊？什么啊什么？”

十三阿哥捡起先前滚落在地的一枚大橘子，剥开来塞到我手里："你躲什么?"

我不敢搭话，闷头吃橘子要紧。

御贡的橘子汁水特别多，我咬得又急，就顺着下颌淌落，十三阿哥看在眼里，伸指捞了几滴放入自己嘴里："唔，很甜，我也要吃——"

他的声音这么销魂，要求又这么简单，我没有不满足他的道理，随手撕了一瓣橘子送到他嘴边，他啊呜一口，连我手指也咬住。

我看着他的样子，突然之间觉得很是眼熟，紧接着就刷刷刷三道黑线挂下来：我也经常咬四阿哥的手指头，连咬的位置都差不多，难不成这个习惯就是年玉莹以前从十三阿哥身上学来的么?

# 第三十二章 奇葩

腊月十七一过，宫里的小皇阿哥们都放了年学，而为了欢庆年节，各处都开始扫房总动员，连随园也有二阿哥从内务府加派人手来打扫了一番。

随园虽是私宅，厅堂轩馆亦不算少，除去那些空院闲庭之外，总算起来不下数十间，尽管佣仆“各抱一角”，但诸如擦窗扫壁的不用细说，光是那些室内的暗楼、隔扇、栏杆、落地的各色雕花大罩，就足够打扫一气的，何况其上又都有山水、人物、花鸟、虫鱼等等精雕细镂之物，稍不留心，便易破损。

此外还要把那些四阿哥、十三阿哥他们送给我玩儿的八音联奏、开合自如的大小“自鸣钟”，以及瓶鼎彝尊，各色玉件头之类的精细陈设，有的用油擦，有的过清水，且当日必须物归原位，如果没有大批佣人，想要做到晨兴夕毕，是根本不可能的。光我这一处就得兴师动众，费工又费力，最后弄得人人力倦，个个神疲。

因临近除夕，康熙时有召我入宫，进进出出见的人也多，我又过于大大咧咧，不知谁吹的耳边风，他居然叫荣妃指派了钟粹宫的金嬷嬷临时来恶补我一应礼仪规矩，偏偏我最头疼学这些，本来一场大扫除要我照看就够累的了，每日还要跟着金嬷嬷练规矩，真是苦煞人也！

这位金嬷嬷怎么说也有五十好几了，可是就跟吃了脑白金似的，精力倍儿棒，我每日午休，一到未时正，她必然准时出现在我床前扮演人体闹钟，拉我起来操练。

当初入宫选秀，我原也颇为苦练了一些规矩，但一年多放纵下来，早忘得差不多，何况平日出行始终是穿男装的时间多，现在等于一切从零开始，要学习身着满人的旗装，还得脚踩花盆底走路，其难度对于我来说不亚于系上日本女人的和服带子、套上缅甸女人的项圈、或者是穿上西方女人的钢骨胸衣及鲸骨束腹。有了这些规矩，的确是美化了身为女子的姿态，但每一种美化都限制了我的自由，可以说是提供了一段给我设置障碍的路程。我努力学习的结果是迈出的每一步，都得矫揉造作地故作优雅，而我越觉得自己装腔作势，金嬷嬷就越赞我走得好看，还号召一群以毛会光为首的内廷出身的太监给我围观鼓掌加油，若非她是荣妃身边的人，我又怕她在康熙面前打小报告，早就顶她个肺了！

不能发飙的日子是苦闷的，最苦闷的是我新近从金嬷嬷口中得知凡遇年节，宫中必设宴，康熙的那些成年皇阿哥们都会带着自己的正福晋出席。别人也还罢了，我没法想象看到四阿哥、十三阿哥他们两个带着大老婆和我出现在同一场合的情景，因此更觉无聊，借口身体不适，歇了午觉歇下午觉。只不过金嬷嬷实在尽忠职守，虽然管不着我一天睡几次觉，但只要我说睡到几点，到时她必来唤我，丝毫不爽。

我这厢一起身，她那厢马上奉上玉露汤一碗，据说是荣妃娘娘赐的方子，每日一饮，效可养颜，然后便张罗着给我上形体课，花盆底鞋一上脚就足足一个时辰，真是圣斗士星矢也流泪。

这日午歇起来，金嬷嬷指挥着她随身带来的小宫女给我穿鞋，见我仍捧着碗坐在床上发呆，正欲催促，毛会光忽在门外禀报，说是乾清宫来了名内监急召我入宫。我出去一见，却是魏珠，因他来时并未带轿，随园自备的轿子之前又被年希尧的夫人借去未还，正好称我心意仍换了男装直接跟他打马进宫。至于金嬷嬷等人则按老规矩，稍后在酉时正由荣妃钟粹宫的内监接她们回去。

一路进去，沿途只见宫灯高悬，堂花频设，未到除夕，已是年意盎然的气象。

到了乾清宫，魏珠引着我熟门熟路地进东暖阁面圣，二阿哥、三阿哥及四阿哥亦在，一一见过之后，康熙命小内侍捧上一件物事呈于我看。我定睛细瞧，却是一枚大如鹅卵的玉琢暖手。

康熙似乎心情很好，笑道："冬寒频以炉火烘手，必致十指燥裂，唯这玉暖手其质极薄，上开小孔，可注水令满，更有螺旋式为盖，使不渗漏，投滚水内，有顷取出，不离袖则暖可永日。你试试看如何?"

我掂在手中，其中已灌满热水，果然很是温暖，便笑嘻嘻地揣入袖中，一忽儿左袖，一忽儿右袖，试个不停。

四阿哥瞅着我不说话，二阿哥却抿了口茶，向我招招手道："小莹子你别忙，还有这玩意儿呢，也过来试试——"

我过去一看，却是一檀木琢为珠、大径寸而匾、如算盘式的奇怪物事，珠约有六数，钻小孔贯以铁条，折条两头合之，连以短柄。

二阿哥抬起一臂，示意我以手执柄在他臂上按捺，珠动如车轮，倒也好玩，他又朝康熙笑道："皇阿玛，前儿听闻喇嘛治病，凡骨节作酸，有按摩之具曰'太平车'。有此推车法，今亦其具也。"我翻过"太平车"，看到底部刻的字样，方知是远在蒙古巴林的和硕荣宪公主所制的进贡之物，想起前些日子她在宫中时，也曾提及这个，说是要亲制了送给康熙使，但她提到过三件物事，玉暖手、太平车都在这儿，怎的还少一件？我游目四顾，果在康熙的坐榻边发现一物，却是锦缎制的小囊，絮实之，如莲房，其下缀以柄，微弯，似莲房带柄，即"美人拳"是也。

康熙说到高兴，自己手执"美人拳"反肘轻捶，见我注目，便含笑令我代执而捶之，以此物捶背，果然轻软称意，比我从前单纯靠手劲调节轻重力度容易多了。

二阿哥忽起身离座亲自拿着"太平车"给康熙的左右肩关节、肘关节由上而下分别按摩，口中还殷勤问道："皇阿玛，太平车跟美人拳哪个好使?"康熙斜瞥他一眼，笑道："这些均属荣宪手工亲制，千里迢迢从蒙古送来，每样只得一份，除玉暖手是荣宪指名托朕转赐玉莹外，其他都是朕留着自用，紧着问好不好使，又想打什么主意么?"二阿哥嘿嘿地笑了一声："儿子不敢。只是儿子也爱这物儿灵便，寻思着跟皇阿玛讨个样儿回去督人仿造，不过这美人拳非得美人执有才成一画，儿子自恨只配使一使那太平车罢了。"

二阿哥一面说着，我一面从旁偷瞧康熙的神色，康熙虽不答他，眼里却是一片暖意洋洋。

唉，二阿哥一撒娇，地球抖三抖，就连我帮康熙捶捶背，他还要来争个宠，同样的话换了别的阿哥来说，怕早给康熙啐了回去。

说到执美人拳的美人，众人都朝我身上看了看，康熙转过脸来问我：“听说你穿男装穿惯了，很有些别不过劲儿来?”

我支支吾吾，答不上话，二阿哥插口道：“岂止别不过劲儿，小莹子打小就在四阿哥府里爬树爬大的，当初连四阿哥管束她都不知费了多少气力，何况只一个金嬷嬷?”

康熙目光移向四阿哥：“果真如此?”四阿哥在原座上微一欠身，回道：“的确是三天不打、上房揭瓦的性子。”

众人皆笑，独我十分郁闷，讪讪地掩在康熙背后。“既如此，玉格格这几日就住宫里罢，”康熙笑道，“朕倒要看看乾清宫的瓦你还能不能揭了?”

只为今年闹出了废二阿哥之事，牵连甚广，大伤父子君臣之情，康熙就格外要把这个年过得比往年还热闹，所谓花好月圆，示家，也示国，因此放了年学后，颇有几位小皇阿哥被接到了乾清宫的侧院来住，热闹归热闹，想来是又要找我做陪玩儿的了。

虽然住在宫里绝比不上随园自在，但康熙金口一开，我哪有不承的份儿，当下憨笑应是，只不过听他声气，料定接下来几天少不得日日旗装上身、乖乖做我的玉格格，我 BH 的心情不由一去不复返了。

等真正搬了行装住下来后，我才晓得当初只料对了一半：金嬷嬷依旧跟了过来，继续从早到晚给我穿旗装收骨头。

而到乾清宫里来住的众阿哥，只有十七阿哥胤礼贵为皇子，其他均是皇孙，一来辈分比较乱，二来各有专人照拂，并不让我同他们掺和一道。

不知是我听错还是金嬷嬷说错，住进宫里我才闹清楚原来今年的除夕宴是定在腊月二十六开设，即我入宫三日后就到了正日子，时间既紧，我受训的难度就更大，几乎两个晚上都没睡好，满脑子塞满硬背下来的规矩条框，即使做梦，也是梦到穿着花盆底鞋走路走歪了然后被四阿哥抓过去打。这样下去，还没到过年我就得翘辫子了，真是天若有情天亦老，我只怕我等不到。

好容易到了腊月二十六当天，金嬷嬷一大早就带着小宫女去钟粹宫给我取宫制新衣，我听小太监说乾清宫的丹陛上早早安设了万寿天灯，且丹陛下还安了两座西洋进贡的天灯，极之好看的，我便得空溜出门儿去瞧瞧新鲜。不想半路远远见着康熙年前最后一次御门听政的圣驾回转，吓得折回去绕道侧殿，却碰上一干小阿哥们领着太监、婆子在院中打雪仗。

因我早起图方便只穿着侍卫服就出了门，小阿哥们最喜欢跟侍卫闹，我在御前侍卫中又算身量最小的，他们一见来了软柿子，忽地群涌而上将雪球往我头上、身上招呼。我没穿花盆底鞋，闪躲比以前还灵捷，居然一个雪球也没中标，小阿哥们更起了劲，群起将我围追堵截，就算有认识我的太监直呼“这是玉格格、闹不得”，也没人能听进半分。他们玩得兴起，嘴里吱吱哑哑地叫着满语，有的连路也没走稳，啪地摔一个屁股墩儿，在雪地上滑出老远，反正冬衣穿得多，个个裹得跟小肥鸭子似的，摔不疼，也不哭，爬起来抹一把脸上的雪，继续追着我闹，把一众太监、婆子们慌得踮脚躬腰撅屁股满口叫着“小祖宗”赶个不停。

我看得直笑，不住捏了雪球在手里跟他们对攻，没想到他们打雪仗也有章法，到得后来居然左三右四把我包围起来，谁也占不着便宜，大家头上、脸上都挂了雪染的风采。他们玩到小脸通红，我也背心微汗，一场玩闹搞得响动大了，还是乾清宫副总管太监邢年奉旨出来把我们撕掳开，带到康熙面前跪见。

适逢大节，康熙又喜欢孩子，也不拿乾清宫的规矩来压小阿哥们，只令我们在西边小书房以“咏梅”为题，一人写一首诗，限时限韵交稿，连我也得写，做完统一交给邢年呈上，到时一起在康熙面前由本人诵读，看诗作好歹，赏罚轻重，另有定论。

四阿哥还说我三天不打、上房揭瓦的性子，这些小阿哥才是真正的会折腾，进了小书房先是分别由人服侍着擦脸洗手，然后各案写诗，先写完的就拿后写完的闹，揉纸折笔泼墨拉手，无所不为。还好，我有压箱底的宝贝早早写完交稿，笑眯眯地闪在一边叉手看热闹。弄得兴奋时，金嬷嬷突然颠着脚儿带了两名小宫女找到小书房来，一见我这模样，急得跌脚道：“哎唷，这不成，玉格格，您这头发还得重新洗过，赶紧的——不然开了宴这可怎么见人呐——”嘴里噼里啪啦地说了一通，一阵风似的撺掇着我回去收拾。

我跨出门口，还听十七阿哥打头带着好几个小阿哥趴窗台上冲我喊：“玉格格！回头再来玩抓阄儿，谁输了谁钻桌子——”

金嬷嬷的脸黑得像锅底一般，我忍笑不答，只反手朝后挥了挥，算是约定好了。

跟着金嬷嬷回房关门洗头，又是好一通麻烦，她只怕时间不够，又要干净，不免洗得急，把我的头发拉得痛得要命，我是敢怒不敢言。

满人贵族的冠服制度：喜庆日后妃及公主、格格要戴钿子，如此一来，脑后再垂发辫就不合适了，于是要梳两个横长髻，形似小姑娘梳的两个鬟髻，这样戴上钿子便十分稳固，摘下钿子，这种鬟髻式的发髻也可作家常打扮。

这种发式平分左右，各扎一把，被称为“小两把头”，而小两把头是用本人的头发梳成，低垂几乎挨到耳根，发髻松，稍碰即散，无法戴分量重的金银首饰，一般只戴鲜花，少佩首饰，又因汉语中的“绒花”与满语中的“荣华”近音，戴绒花即有荣华富贵的意思，清宫后妃也有戴绒头花，以求吉祥的习惯。

我看到金嬷嬷和宫女头上戴的大朵葫芦绒花，实在是吃它不消，强烈拒绝一切花花草草，只叫她帮我把头发分成左右两把，交叉绾在发架上，中间横插一金錾花扁方，然后用针把发梢和碎发固牢，再将后面的耳边的垂发梳成扁平状，末端用发带束起，微微上翘，形似燕尾，这样就不愁捉不住首饰了。金嬷嬷梳头梳得多了，原说发架只适合头发稀疏的人使用，好撑得起形状，我做未必好看，不料发尾束好之后揽镜前后一照，轮廓亦极清爽简洁，这才无话可说。我用手试了试扁方的稳固程度，对镜吐了口长气：好在这是清初，要落到慈禧太后那时代，动辄头上梳一“大拉翅”，好好的姑娘，顶着巨无霸麻将牌走来走去，那可不是太有才了么？

因扁方两端露出的点翠花饰已足够艳丽活泼，除了用以装饰发髻必不可少的勒子、钿花、疙瘩针、老鸦瓢等满族的特色首饰，其他物事我一概不用，只加上一件羽毛点翠的红珊瑚蝙蝠云头宝石坠角串珠流苏，戴在发髻顶端，特意在扁方一端的轴孔中垂下一束珠穗，试在室内走了几步，一步一摇，行动有节有韵，总算合式了。

帮我上完西蜀御贡的补鬓油和润面油之后，就到了最为重要的面部上妆，金嬷嬷先将胭脂与白粉在手心调和，使之变成檀红，一抬手就要往我面颊上抹。

我闻着香味太浓，吓了一跳，把金嬷嬷喊停，细看粉色，又嗅了一嗅，问她这是何物，她居然不无得意地告诉我这是掺有龙涎香的滑石铅粉，色彩统一，敷色均匀，乃是荣妃娘娘最常用之物。我听了差点没厥过去，铅粉有毒的好不好，还常用？不毁容也早衰啦！还有什么龙涎香，名贵是名贵了，但那是抹香鲸的消化道分泌物，没事拿来涂在脸上？会得疯鱼病的吧？

既是荣妃娘娘爱用之物，当着金嬷嬷的面，我也不好过多表示，只推说这粉太厚我不习惯，又问明盛在玉盒里的胭脂膏的成分乃是红蓝花、重绛、石榴及苏芳木等天然原料，便自己动手用细簪子挑出少许，合水化开，仔细拍在脸上。上回游岛时四阿哥给的可以浴后涂身香肌利汗的十盒香粉饼子还未用完，便调粉近于清新透明的肉色，轻轻罩在面上，使得胭脂之色透出肌肤，望来有若桃花飞霞，真正吹弹得破。

年玉莹的五官本身底子就很好，我连眉型都不用修描，刷睫毛也省了，敷完面，又连挑几次胭脂膏子，每次一点儿，以多层花瓣式样点染红色，再小心蘸取透明木樨香油当作唇彩，沿着唇线内、唇膏的外边缘薄薄地涂抹一圈，奠定山水画般的晕染效果——最炫目的樱桃小嘴出炉！

金嬷嬷在我身边十几天，从未见过我描眉涂唇，此时眼瞧我丝毫不要旁人服侍，就将这一套施为做下来，惊得目瞪口呆，连两名执镜捧水的小宫女也目不转睛地只管盯着我看。本来要说化妆的水平么，哪里轮得到古代人来教我？读大学时为了扮靓，我连左眼戴绿色隐形眼镜，右眼戴紫色都尝试过，现在不就是要化个过年妆么？虽然古代的化妆品是天然了一点，用具也不够专业，但难我还是难不倒的，康熙四十八年春夏季清宫彩妆的流行趋势就交给我来发布好了。

这一场忙碌后，已临近午时开宴，小太监魏珠早从康熙那边过来连催了几次，而我坐得也乏了，从椅上站起，由金嬷嬷细意服侍着穿上了格格旗装。

换衣时，我一眼瞧见衣摆的锦织丝绒饰纹还泛着崭新的光泽，甚觉刺目，本来丝绒衣裳一定要半旧不新才有那份贵气妖娆，但过新年穿新衣也是硬道理，没得挑剔，何况我的注意力全耗在维持一双花盆底鞋的平衡上，相形之下，别的细节也犯不着太计较了。

从头到脚整装完毕，金嬷嬷又在谆谆教诲我待会儿入席的注意事项，我这两日早有预备，提早把夜宵吃足了，打定主意横竖豁出去拼它个一天不吃不喝也算不得什么。不管金嬷嬷说多少话，我只管漫应着声儿，不一会儿魏珠又来了，乍一见我，竟然在门沿就绊了一跤，摔了个高难度的前滚翻，逗得屋里人都笑起来。

我问魏珠这提早开锣唱的是哪一出，他扶着帽子爬起来，笑道："玉格格冰雪精神，容光摄人，奴才不曾预备，失仪之处，求玉格格勿怪。"魏珠为人伶俐，近来在康熙身边接送多了，碰到场面上也颇能说得几句，我置以一笑，复查一下容装，就要跟他出门——临出门并不忘从床边柜里拿出事先封好的赏银分别塞给金嬷嬷和两名小宫女，无论如何，她们也算服侍了我几日，等下还要回钟粹宫复命，过了今晚，就算我还能见到她们，也是新年了，趁早打赏有利无弊。

果然三人接下赏银，一颠在手里便知是超过一两的大赏：一个六品格格的年俸银才不过三十两，我一出手给她们的加起来就超过三两，就连金嬷嬷是荣妃娘娘钟粹宫的老人，眼皮子不算浅的了，也很能看上眼哩，如何不欢喜？

金嬷嬷带着两个小宫女给我行礼谢了赏，魏珠素来深知康熙给我的种种打赏，向日也没少在我这儿得好处，对我出手多少有数得很。我这边在给金嬷嬷她们银子，他很有默契地又在旁边添了几句话，引得金嬷嬷还要行礼，却被我拦下，双方把宫廷万能句型对答了几个来回，也算一笑泯纠结。

在宫里混，想要登上好主子排行榜，想要麻烦不上身，慨于赏钱就绝对是必杀技之首选，反正随园那么多花瓶古玩，现在我又是一园之主，没钱了尽管抛一样出去当掉，不愁没银子进门，只要给银子的、收银子的皆大欢喜，其他都是后话。

除夕这天，帝、后、妃、皇子、皇孙以及王公贵族都要带上全家在乾清宫举行盛宴，但满人习惯一日两餐，重头戏是在晚上，中午不过走个场儿热闹热闹。像我这种没有小家庭小团体的，无非康熙到哪我就跟到哪，因眼下这时辰康熙和已经进宫来的阿哥们还没去西殿宴所，而是都在东暖阁聚着，魏珠便一路引我往东暖阁走去。

我跟魏珠沿路缓行，还从没见过乾清宫里冒出这么多人，且个个都是皇亲国戚、天潢贵胄，时不时需停下行礼。等踩着花盆底鞋跋山涉水走到房间门口，才在门挂的杏黄色棉帘前站定，侍立帘子两端负责将缠扎杏黄绒绳卷放的小太监初初将帘一拉起，我连他们的唱号也没顾得上听，只觉里面的腾腾热气夹杂着鼎沸人声一起扑面而来，济济一堂，满目皆是按品级煌煌穿戴的宗室男女。

骤然间，我觉得自己此时出现在这里简直太过突兀，到底是人家的家宴，与我何干？但帘已拉起，没有回头路好走，我微垂眼，深吸口气，正要进去，一抬头，忽然发觉整个房里不知何时已安静下来，认识的、不认识的，无数目光投注在站在门口的我身上，在我面前是一条长长的通道，通道那头，是端坐在屏风宝榻上的皇帝——康熙。

虽然我离康熙还有一段路程，但从他微微转头的动作，我能感到他也在看向我。就像我第一次在御花园见到他一样，他的注视无比轻盈又具有无边的力量，可以看穿一切不安也可以安抚一切彷徨。

——我要做些什么？

直接走向他就好了。

短短的路程，因了房间里的出奇安静，显得格外漫长。

我着意维持着步态、刻意收拢了目光、故意不去听自己鞋底踏在毛毯上的声音，然而行到一半，从身后门口传来的一声唱号直接刺入我的胸膛："四贝勒到！四福晋到！"

在我意识到之前，我的脚步已停了下来。

四周由轻到重渐渐响起一片嗡嗡声，不管是汉语还是满语，我捕捉不到任何的信息，亦无法集中心思，只知这一耽搁，如果继续往前走，四阿哥就不得不在我跟康熙行礼时等候在一旁，而这将成为我最失仪的行为，但如果我回头——

怎么回头？

我身后的人，一个是四阿哥，一个是他的正妻，我要怎么回头？

四阿哥熟悉的脚步声混在我的心跳声里，千钧一发之际，我想起金嬷嬷教过的碰到这种情况的最佳解决之道，因原地侧身退过右侧，面向通道，载展敛容，恭禋肃礼。

《礼记》有云：夫礼者，自卑而尊人。先把自己置于相对谦卑的位置上，那么别人就算想计较也不能失了身份，以退为进，即不进不退，足以保住双方的体面。

满礼讲求女主"静"，行肃礼必须微屈膝、微低头，双手扶左膝，屈右膝，右手压左手，由不对称中求平衡姿态，达到“雅”、“微”二字，方为上流。这套规矩我学得挺好，但鞋不合脚，撑不了多长时间，我正纳闷四阿哥他们为何走得这样慢，视野就花了一花。

只见男左女右，四阿哥朝服腰间饰猫睛石四东珠金衔玉方版带，随脚步微微摆动不止，在他同我之间隔着四福晋纳拉氏的香色片金海龙缘绣文皇子福晋冬朝服，而石青袖中伸出一只棉白素手，悠悠地伸在我眼前：“玉格格请起。”

我收礼、端身，抬眼看向四福晋，她的样子和我入宫选秀前所见无甚大变，配合盛装淡扫蛾眉，仍是没点棱角的圆润面容，近三十岁的女人，说不上美，也说不上不美，平平中见雍容。

而她与我对视了一眼，竟然露出浅显的笑意，轻挽我手：“来——”

众目睽睽之下，我无可能甩开她的手，也没时间考虑，只好走在她身边，跟着四阿哥一起来到康熙宝榻前，分别就着预先设好的明黄拜垫行跪拜礼，口颂“年年吉庆，瓜瓞绵绵”。

行礼时我不敢逾越，只跪在四福晋稍后的一点位置，将她裾后开、领后垂金黄绦杂饰的朝服又仔细瞧了一遍。



康熙赐下黄色小荷包，各人一份，缠在腰上。

我看到荷包口露出的“小如意”，不由愣了一愣神，荷包内包有如意，乃是“殊荣”赏赐，除皇家儿女宗亲及特殊的有功大臣，外人绝难沾着边儿。我虽名为格格，到底分属收养宫中，并无皇室血脉，现得了这种赏赐，如果光用康熙宠我一说来解释，恐不尽然。

而联想到魏珠引我来东暖阁及四阿哥四福晋进场时间之巧合，再加上四福晋刚才的举动，我更是疑窦丛生：

虽有年玉莹年方四岁就被抱进四贝勒府抚养这层渊源在，但在这种公开场合，我跟着他们夫妻一起给皇上贺年、领受赏赐又算怎么回事？莫非、莫非康熙是要趁此机会表明将我指给四阿哥的态度么？

但接下来康熙并没有让我和四阿哥、四福晋坐到一起，而是像平日一样仍旧侍立在康熙身旁。

念头数转之下，我有些走神，坐得离康熙最近的二阿哥忽朝我侧了侧身，而八阿哥、九阿哥、十阿哥、十四阿哥恰在此时齐齐携眷走入，引起房间里一阵骚动。

我见二阿哥嘴巴翕动，没听清是什么，总不能叫他重复一遍，百忙之下，奠出万能法宝，朝他微微笑了一笑，不料二阿哥也拍膝冲我一笑，倒唬了我一跳，别过眼想从康熙那看出端倪，康熙却正带笑留意我们，见我看他，因问："二阿哥刚才说的话你听懂了么？"

我彻底没了辙，老实摇摇头。

于是康熙看了二阿哥一眼，又笑道："很好。以后二阿哥的话你都不要去听就对了。"

二阿哥便将位子一挪，更加凑过身来，不依道："皇阿玛，我夸小莹子好看也不成么？"

"不用你——"康熙忍笑道，"你不夸人，人家照样美得很！"

得到康熙这般赞美，我就算没虚荣心也能立马生出两个来，何况我这人一贯爱慕虚荣好吃懒做百毒俱全？当场也顾不得矜持，咧咧小嘴就喜滋滋起来。

二阿哥没话好说，又问我："小莹子，你脸怎么红了？要是热的话，我这儿有扇子。"

他手一动，当真从背后抽出一把扇子来。

哪有人大冬天带着扇子到处跑的，我凝目一瞧，却是一把女人用的精致粉色的舞扇。不过本来也听说过他是走到哪都带着舞姬的，不算稀奇，只是他一本正经身着白锋毛皮褂、辍绣两正两行圆形五爪金团龙石青色亲王补服、头戴红宝石顶珠三眼孔雀花翎秋帽、手里却款款捏着这把脂粉气极重的舞扇，真正令人啼笑皆非。

康熙刚刚按流程赏赐完八阿哥他们，一回头看我们这边还没歇下来，因用手将我一拉，令李德全和我换了个位置。李德全原先正好站在一块地龙出热的砖上，房间里又是人多气闷，他一张脸早红得像才做完桑拿的澳洲龙虾，难得二阿哥有扇子送，正求之不得，哈了腰才要接下，二阿哥对他一虎脸，"啪"地收扇坐好，徒留李德全的脸上被拍了一层扇风带起的香粉，静静地散发出一阵一阵的香气。

这一场小插曲虽然当事人说话声音都极轻，但康熙身边的人却瞒不过去，尤其八阿哥等方才就在此拜见，乃是众人注目所在，有眼明心亮的见二阿哥吃了个软钉子，少不得赔笑凑趣，二阿哥本非真恼，回过脸来同大家哄着玩儿，又有许多笑话可听。

我站的位置正好有人替我稍微挡住四阿哥、四福晋那边的视野，我定一定心，略一转脸，却不期然对上一双妙目。

自我进入这个房间，就知自己的一举一动有很多人看，但还没有谁能够像这双妙目的主人一般成功地抓住我的视线。

八阿哥身侧那一堆人里至少有四名差不多打扮的贵族女子，而八福晋是最突出的一个，连十四阿哥带来的侧福晋舒舒觉罗氏也被她比了下去。

十四阿哥因正福晋完颜氏常年缠绵病榻，不能出府，他就带了侧福晋舒舒觉罗氏进宫过年，这是预先报了皇上和内务府知晓，我也听说过的。选秀女时我曾和舒舒觉罗氏同进同出过一段时日，印象颇深，此刻见年方及笄的她认真打扮起来亦称得上荷粉露垂、杏花烟润，但与八福晋那一种肌映流霞，娇艳尤绝，行止间若还若往的风流秀曼态度一相比较，立时就看出差距，人说皇子福晋中的满蒙第一美人八福晋果真名不虚传。

即便十四阿哥的正福晋完颜氏到场，才不过是一个从二品官员侍郎罗察之女，八福晋却是赫赫有名的安亲王岳乐的外孙女，娘家既有势力，又有蒙古血统，可谓有权有势有貌有财，唯一的缺憾是嫁给八阿哥后至今一无所出。就苦了八阿哥的小妾，在八贝勒府里生个儿子都得战战兢兢的，八阿哥在外是贤贝勒，在家碰到恃美行凶的女人么，也只好扮演贤夫了，夫妻两个你有张良计、我有过墙梯，唱一出绝代双娇罢咧。

八福晋肆无忌惮地打量着我，连带她附近的十阿哥、十四阿哥也都扭头朝我看来，十阿哥抬肘捅捅十四阿哥的手臂，脸朝我的方向，意思在说些什么。

近月余没见到十四阿哥，他的桃花眼还是那么销魂，我转眸投向舒舒觉罗氏，她迎上我的目光，笑得有些紧张，我想过去说话，忽听门口唱号道："十三阿哥到——"

十三阿哥却只身一人前来，我不觉有些奇怪，只见他也穿着朝服，戴缀朱纬的顶金龙二层十东珠薰貂朝冠，这时辰，他到得算晚了，想是来时路上赶得急，面色还泛着红。

康熙格外多问了十三阿哥两句什么，他们说着满语，看来交谈甚欢，依样赐了如意小荷包，李德全引他入座，再加上先前到的三阿哥、五阿哥、七阿哥、十二阿哥等等，成年阿哥们差不多都齐了，康熙这才命人将其他小阿哥们领进来。

同来的还有内务府管事处领衔，其向东暖阁内各人敬奉着小攒盒，盒内有红枣、栗子、柿饼和花生之类，攒盒中央放个苹果，上插包金的“小如意”，如意上刻有“平安如意”四字，取其“岁岁平安”之谐音。

另有回事处专人向康熙呈上红单帖，称作“喜神方位单”，上面写着某年正月初一子时，喜神、福神、禄神、财神、贵神和一个所谓的凶神“太岁”所在方位，主要是为迎喜神，由康熙御览后一一圈定认可。

我也得了一个小攒盒，可惜这些都是吉祥物，能看不能吃，只交由一边的小太监代我收到后头桌上摆起。

一时李德全又领着人在康熙屏风宝榻左右放置二高二矮的小方几，左摆苹果一盘，右置方口大瓶，内插三镶如意，如意下端的朱红穗子垂露瓶外，谓之“平安如意”。

左右二矮方几上，各置香炉，焚化檀香。条案上面，增添吉祥摆设，如一盘冻柿，上插小如意，名之曰“事事如意”；一盘盛有面制的桃子、石榴各二，上插绒花蝙蝠，谓之“福寿三多”；一盘盛着黄白年糕两块，上插红绒金鱼，叫做“年年有余”。

一番铺陈完毕，大房间内才算得宝篆香浓，玉堂春满。

而我来路上已看到宫里众多小苏拉太监怀抱大捆芝麻秸，随走随撒，依次撒遍各个院落，且撒碎且使人行其上，发出咯吱咯吱的声音。悄悄问了魏珠，方知这是“踩岁”，其义有二：一有踩住不放的守岁之意，二因“岁”、“祟”二字北方同音，有踩碎一切邪祟之意，以保来年吉利。

所以除了小太监，小阿哥们也可以领着人一起帮忙踩，多踩多好，而他们进来之后自然要向康熙汇报“踩岁”成果，大家比一比谁踩得多。

小孩子叽叽喳喳起来，室内立刻其乐融融，康熙儿孙满堂，看看这个，瞅瞅那个，笑得合不拢嘴。所谓皇家天伦，一年到头也仅有此刻最接近民间习俗。

冬日天色暗得早，外面“撒碎”告毕，邢年亲自带了上穿红青色对襟褂子、头戴红缨帽、足穿棉靴的太监小分队出门。每人随身携有大批蜡烛，将乾清宫屋廊、影壁以及粉墙、游廊等处各式灯笼迅速点燃，从窗口望出去，阖宫诸灯皆然，凝辉焕彩，过年的气氛跃然而起。

下午康熙同阿哥们到西殿去举行辞岁仪式，全体女眷则悉数留在东暖阁闲话不提。

待到酉时前后，康熙他们回来，因除夕夜晚饭推迟已成定例，但谁也不能饿着肚子等吃团圆饭，总算有御膳房送进点心，品种无非是各种细馅包子和炸金钱合子，以及小碟冷荤年菜，不过花样倒还很多。

食毕，众人洁面清手，重新聚坐一处欢叙天伦，说笑开心，康熙又令邢年把上午小阿哥们打雪仗受罚写的咏梅诗作拿出来分给各人当众自吟，以作评比，并消遣取乐。

我饿了大半日，早把上午的事忘了个精光，现在一看小阿哥们真的一一领了自己所作的诗篇站在场中面对康熙摇头晃脑地吟诵起来，而且果然每一人读完就由康熙命诸年长皇子评价一番，再定出优次，分别行赏，我的冷汗哗啦啦就往脑门子上直蹿：谁想得到康熙会在这种场合叫人念诗？早知道我宁可交白卷也不写半个字了！这下我可糗大了！

还算我上午交稿交得早，压在十数诗篇底下的位置，我不止一次给邢年使眼色，盼他把我的诗稿放过不念，谁知康熙早等好了，前头四、五位小阿哥朗诵完之后，不等邢年念出下一位领诗稿者的名字，他直接就问："玉格格的诗稿还没到么？"

众人一听我也有与小阿哥们为伍被罚写诗，无不相顾隐笑。

邢年从下面翻出我的那张诗稿，似模似样地将纸一展，捏声道："玉格格请——"

我哪里容他说完，往前一扑，就要夺下诗稿另作打算，不料十阿哥动作比我更快，起身一把从邢年手里抢过，展卷看了一眼，张开河马嘴大笑道："果然是玉格格署名做的诗，妙哉妙哉！咦，玉格格不好意思了？来来来，让我代你念念如何？"

我目瞪口呆地望着他，半晌结结巴巴地憋出一句话来："多谢十阿哥，不过、真的不用了、请还……"

十阿哥其实问我也就是走走过场，不等我把话说完，他一清嗓子，大摇大摆地绕过我，走到场中站定，就举着我的诗作势要念。

我瞅准空档，啪地一跳，飞手去夺，不料十阿哥对我早有防备，飞快地闪身躲开，大笑道："玉格格，眈眈视人何为？"

我恨得暗暗磨牙，正打算横竖横跟他拼鸟，康熙忽然发话："邢年，给玉格格赐座。”

邢年立马在康熙榻边设了一只圆面小锦凳，我悻悻地过去坐下，只听八阿哥在对面悠悠道：“玉格格无需介怀，天子脚下就数这儿最讲公道，所谓诗如其人，既是玉格格作的诗，必然灵秀，万一被老十念坏了，自有人代你罚他，何愁之有？”

八阿哥给我拜年，能安着什么好心？我还没开口，二阿哥却伸出头来抢道：“不错——”他还想说什么，被康熙瞥了一眼，只好咂咂嘴，喉头一滚，把下面的话都咽了。

连二阿哥都“赞同”八阿哥的意见，康熙也不反对，还有谁敢阻拦？

于是十阿哥抖擞神气，朗朗读出标题：“卧～～梅～～”

“好！”二阿哥大喝一声，带头拍手造势，众人亦附和着噼里啪啦地来了一阵。

事已至此，我别无选择，唯有强挤笑容环视一圈，以示小的承蒙错爱，不胜铭感。

康熙呷口清茶，吐出一个字：“念。”

十阿哥大声接道：“卧～～梅～～”

这回无人作声，只有二阿哥若无其事地照样击掌叫道：“好！”

十阿哥一口气被打断没能顺好，不由脸色发青，仍强撑道：“卧梅～～”

不出我所料，他又被二阿哥打断：“老十你怎么念来念去都是标题？”

十阿哥恼道：“玉格格所作的咏梅诗的标题就是开篇第一句的前两个字，不这么念怎么念？”

二阿哥摇摇头，摇摇折扇。

几乎就差没听见他也摇摇尾巴就是了。

康熙轻咳一声。

众人要笑，又不敢笑。

十阿哥方要继续，特意先停顿了一下，庄严地扫视四周，确定无人打扰后，才放心地将血盆大口一张，认认真真清清楚楚地念道：“卧～～梅～～又～～闻～～花～～”

康熙听了，侧目将我一望，我也望望他，相对无言，唯有心情好似手牵手一步两步三步四步望着天、看星星一颗两颗三颗四颗连成线。

这时正当好男儿十阿哥气宇轩昂地念到第二句："卧～～只～～绘～～中～～天～～"

听完这句，座中还不明白的几乎是没有了，纷纷匿笑不止。

十阿哥只当众人笑我好文采，兴致勃勃地读出第三句："邀～～吻～～卧～～石～～水——"他居然还在这句之后有意制造了一个停顿，成功引得大家对他瞩眸，连一票小阿哥们也瞪圆了眼睛，屏息静候下文。

接着十阿哥忽地一下正面对向我，此时此刻，我能做的只是虚弱地抬起手，用手绢儿擦擦额上的冷汗。

就在我小爪子一抖的功夫，只见十阿哥极富戏剧性地猛一跺脚后跟立正，右臂直直伸出，气沉丹田，爆发最后一句高潮："卧石答春绿！——"

不仅是我，所有人都被十阿哥的全情投入深深地打动了。

在一个意味深长的沉默过后，全场才正式开锅：

花枝乱颤、各有其妍的女眷且不去说，只看那些男人们就够热闹的：厥倒者有之、喷茶者有之、抽搐五官者有之、翘起辫子者有之……

二阿哥是早早就抽出他那把粉色舞扇连头带脸地掩住，任他狂笑之声如何大作，外人只能看到羽毛扇面不住颤抖，分外香艳娇嗲。



八阿哥正侧过脸去，假意关心八福晋的状况。

九阿哥跟一旁的三阿哥比拼君子定力尚未分出胜负，且大有同归于尽之势，这两位还算撑得住些的。

而笑瘫在后面的十四阿哥索性就豁出去了，只忙着扯过舒舒觉罗氏手中的帕子擦眼泪。

四阿哥则一手捧住半盏茶，往后靠在椅背上，半扬起脸，微微张开嘴，以一种景仰中夹杂着惊艳的眼神久久地凝望着十阿哥。

和四阿哥隔开一个位子的十三阿哥半侧了身，一忽儿瞧瞧四阿哥，一忽儿看看十阿哥和其他人，脖子扭得不亦乐乎，脸上也是眉飞色舞、精彩纷呈。

康熙把十七阿哥搂在怀里，笑得指了我半天愣没说出话来。

李德全站在康熙身后龇牙咧嘴地给他捶了好一会儿背，他才回过气来一迭声道："速速将玉格格的诗稿拿来与朕看！"

诸皇阿哥中汉学最差的就是十阿哥，而汉语、满语中一些特殊含义词语的发音大不相同，以他的眼力，只能看出我的诗作毫不押韵、狗屁不通，因存心恶作剧非要朗读出来给众人听笑话儿不可。及至众人开笑，他仍当作大家是在笑我的歪诗，也从众假意大笑，连八阿哥一路冲他悄悄摆手都不曾看见，到如今才嚼出味儿不对，正凑在灯下念念有词地重新研读全诗。光凭一个邢年哪里够分量从他手里取过诗稿，最后还是小乖乖十七阿哥跳下地，摇摇摆摆地跑过去劈手夺下我的大作，回去交与康熙。

康熙只扫了几眼，就笑着甩给二阿哥，二阿哥逐字看完又传给诸阿哥，好歹等一圈转下来，十阿哥阒然醍醐灌顶，气势汹汹地朝我作河马跳脚状："好哇！玉格格你这是存心——"

我施施然起身谦虚道："玉莹才疏学浅，自知陋作绝难匹配十阿哥的金玉之声，奈何十阿哥盛情难却，玉莹惭愧、惭愧。"

众人又是一阵哄笑，十阿哥眼睛血丝密布，脑门上青筋毕露，我相信如果是夏天，他的脚上还会汗毛直竖。

不过我的守则之一便是没事不找事，有事更不怕事，况且康熙和四阿哥两代皇帝还统统在场，十阿哥能奈我何？敢奈我何？

十四阿哥入场拉十阿哥下去，十阿哥尤有不甘，气咻咻地扭头再要对我发话，康熙恰时截断道："玉格格的大作念完了，你们也传阅了原稿，谁来评点评点？"

康熙说着，目光却直接落在三阿哥身上。

三阿哥坐立不安，犹疑片刻，还是无奈地在众人窃笑声中咳咳咳地发表了一通评论，一来我没好意思仔细听，二来他满口都是四个字四个字的华丽文言文词藻，我还不如选择性失聪，不过他最后一句用回了大白话，我想不听都不行："……纵览《卧梅》全诗，玉格格对一个简简单单的'卧'字之运用已臻化境，实乃奇葩一朵，儿臣真心认为皇阿玛需找诗词造诣更高的人来品评。"

康熙向天地间一奇葩——"卧"看了一看，令人将瓶中的红梅折了一枝给我，半调侃半认真地道："既如此，朕就命玉格格限时重做一首三阿哥能品评的咏梅诗。做不出也可，从今儿起，你每日到十阿哥府正门口朗读《卧梅》一百遍，或者罚抄《诗经》三百遍，任选一样。"

三根黑线竖着从我眼前垂下来……

唉，早知道康熙最护儿子的了，现在我写这种诗，间接害十阿哥被耍：这不是谁对谁错的问题，总之十阿哥自称大蠢驴，康熙又成了什么？驴爹？

能给我好果子吃那就奇了怪了！连其他阿哥也没一个能站出来给我说好话的。

君无戏言，康熙说得出，就办得到，万一真叫我每日到十阿哥府门前站岗，我怕撑不过三天他那个体型很魁梧的正福晋就会冲出来给我个“早乙女流熊猫拥抱地狱”送我回老家，而用毛笔字抄《诗经》三百遍？谢谢，谢谢，比较恐怖。

盘算来盘算去，摆明只有现场作诗一条活路可走，我就更加懊恼。

讲明做咏梅诗，诸如“鹅鹅鹅曲项向天歌”、“锄禾日当午”这些我的强项自然派不上用场，真是急死我了，也顾不得先回康熙的话，只管闷着头苦想不已。

东暖阁里书案笔墨都是现成的，一会儿工夫，已有人铺陈开来，只待我就位。

亦舒说过，不管做什么，最紧要得姿态好看。一片鸦雀无声中，我一步一蹭，以凛然就义的姿态走到书案后。

天晓得，我早被四阿哥弄出了书案恐惧症，这种超大的书案原来不是用来行房而是用来写字的咩？

我腿软手乏，提笔蘸墨，又神经质地一甩笔，在旁帮我服侍笔墨的魏珠脸上顿时多了一条耐克标志。

我慌忙冒出一句：“Oh，I'm sorry.”

魏珠也呆了：“嘛？”

康熙见我实在不行，摇摇头，一笑正要说话，忽然那边椅子一阵响动，十三阿哥离座起身，倜倜傥傥朝我走过来：“玉格格今日穿的新衣裳这么整齐漂亮，可别被墨弄脏了，这样吧，你口述，我来写，可好？”

话音未落，他已绕过来，接下我手中的毛笔，我再想不到他这样大胆，侧首和他的目光碰了一碰，走到书案另一边，手指抚过刚才放在案上的那枝折梅，正有些恍惚，只听康熙发话道：“这也可以，不过十三阿哥一不准和玉格格商量，二不准润色，否则即使作成了诗，也不能算数。”

唯恐天下太平的二阿哥马上接口道：“对！我们要看‘奇葩’！”

众人又笑，而十三阿哥似听未听，只微侧了脸，轻抬眼睑，换了笔架上的另一枝新笔在手，舔毫分墨，凝势以待。

"啪"的一声轻响，是窗那边的邢年应十七阿哥要求剪下一枝梅花给他拿在手里，我将邢年那一剪子下去和十七阿哥低头把玩的模样看在眼里，突然来了灵感，却听十阿哥响亮道："十三阿哥真正好耐心，难道指望玉格格七步成诗不成？"

一语既出，举座哗然。

七步成诗的典故出自三国，曹丕和曹植都是曹操之子，且都为卞太后所生，是真正的同胞手足，因曹植才智高于其兄曹丕，曹操曾一度想立其为嗣，后曹丕登基仍忌曹植之能，加以迫害，命令曹植在七步内做诗一首，做不成就杀头，结果曹植应声咏出一首《七步诗》："煮豆持作羹，漉豉以为汁。萁向釜下燃，豆在釜中泣。本是同根生，相煎何太急。"不仅在咏诗中体现了出口成章的非凡才华，而且以萁豆相煎为比喻，暗示兄弟本为手足，不应互相猜忌与怨恨，晓之以大义，令曹丕"深有惭色"，使自己成功地避过一劫。

而"本是同根生，相煎何太急"一语双关，千百年流传下来，早已成为人们劝诫避免兄弟阋墙、自相残杀的惯常用语。

十阿哥此时莫名抬出此典，简直是人头猪脑，就这么一句话，一方面正好打中康熙的软肋，另一方面连自己的兄弟均有嫌疑。何况今年出了几起大事故，二阿哥一听之下勃然变色，其他人也是各有想法，唯故作镇静撑个场面暂时安稳，且看康熙如何反应罢了。

我不用看康熙也知道：大过年的，他总不可能把十阿哥拖出去，上面砍喽砍喽下面也砍喽砍喽，大发作不行，还能怎么办？想办法圆场啊！

在这种尴尬时刻，除了我超级霹雳BH无敌情倾天下之神勇小金刚之年度优秀金牌小强白小千还有谁够能力够人品够IP、IC、IQ挽狂澜于既倒？

十三阿哥对十阿哥的话充耳不闻，我则款款向前一步："十阿哥见笑了。曹子建思捷而才俊，诗丽而表逸，什么煮豆子啦、煎包子啦，真正可谓天才流丽，誉冠千古，反观玉莹，只得'卧梅又闻花'之奇葩一朵，我可拿什么跟人家比？"

见众人均在静听我发言，我便有意拖长尾音，半侧脸给了十三阿哥一个眼色，接着悄转尾指，将手中一枝红梅悠悠凌空一划，忽然走出一个小边，在近康熙身前的位置虚手做一伸萼式，张檀口，浅吟清唱："真情像草原广阔——层层风雨不能阻隔——总有云开日出时候——万丈阳光照亮你我——"

康熙注目于我，神色略微和缓。



我轻巧转身，接上三阿哥前段评价里用过的"真心"二字继续清唱："真心像梅花开过——冷冷冰雪不能掩没——就在最冷枝头绽放——看见春天走向你我——"

因穿着旗装，我没法做过多的动作，连步伐也只能在有限的范围内挪移，然而奇异的是，身体上的限制反让我的心思无比安宁明晰，平日很难代入情绪的高潮段落一下就拿捏妥帖，自然而然地唱了上去："雪花飘飘北风啸啸——天地一片苍茫——一剪寒梅傲立雪中——只为伊人飘香——我行我秀无怨无悔——此情～此情——长留～长留——心～间～"

本着做人要低调的原则，唱完一个高潮段，我就要收手，但为了照顾从我唱出第一句就开始奋笔疾书的十三阿哥，我还在犹豫要不要把后面可能他来不及听清的段落多唱一遍，角落里却忽起了一阵悠扬的笛声。

那笛声正配合我的曲调，恍若残雪庭阴、轻寒帘影，却又仿佛看见来年野花闪亮、流水光耀，似出尘未出世，缥缈空灵，把我的躯壳、我的灵魂在瞬间带回寂寞此人间、正我逍遥处。

时光荏苒，往事依依，再回首，人是物非，唯有此心依旧——此心此意更与谁人说？

如果说十三阿哥挥洒书字是在倾吐着什么，十四阿哥的笛声就仿若伤感背后的那道光亮，然而我们共同演绎的故事里没有人物，也没有线索，只有绽放着平静之美的一剪寒梅。

“雪花飘飘北风啸啸——天地一片苍茫——一剪寒梅傲立雪中——只为伊人飘香——啊啊啊啊无怨无悔——此情～此清——长留～长留——心～间～”

最后一个手姿停住，笛声亦止，纸笔分离。

康熙率先轻击掌心，道出一个字：“好。”随之满室内艳羡喧哗声四起。

十三阿哥上来将墨迹犹鲜的卷轴呈给康熙御览，康熙召我同看。

我眼风瞄到十四阿哥含笑将手中的玉笛交还给他身后的十六阿哥，便也不再看四阿哥的神情，自己微微垂下头去。

待诸阿哥将我的“歌词”统统传阅一遍后，康熙仍命三阿哥做点评。

三阿哥的态度却与上回不同，特意站起身，连气也不带喘一口就说出一大篇话来：“好！好一首《一剪梅》！玉格格此曲意境当是化自南宋易安居士之‘红藕香残玉簟秋，轻解罗裳，独上莲舟……’一词？易安居士此词之妙，前在虚实，后在词工，上片一句‘云中谁寄锦书来’甚妙，不然，‘玉簟’、‘西楼’俱无所借力。下片‘才下眉头，却上心头’，把相思写得有模有样，有动有静。遍观古今词，只有李煜的‘剪不断，理还乱，是离愁’堪敌；然又不如，剪不断理还乱的是纷线乱麻，有形而无意，有静而无动。反观玉格格新作之词，寒梅一剪两残香，调声幽雅，百转千回，平实中见不凡，颇得梅花之清雅高节，冠冕群芳之真韵，尤其最后一句‘此情长留心间’，正合我大清年年吉庆，瓜瓞绵绵之兆。妙绝，妙绝！”

康熙乐呵呵地听完这一席话，众人总算见到他再露笑脸，立时纷纷扬扬什么马屁都拿出来大拍特拍。

我也没料到三阿哥的扯淡功夫居然如此高明，摆明是见康熙高兴，就顺杆子往上爬，给我头上连扣七八顶高帽子，当然最高的那顶还是献给了“大清”，也就是康熙。

总之上下嘴皮子一翻，什么好话全给三阿哥掰光了。

忽悠，就忽悠吧你！

反正话已说到这份儿上，我这次肯定是涉险过关了，至于其他的细节，管它个小鸟鸟哟！

这首歌四两拨千斤，甚得康熙欢心，还额外给十三阿哥、我、及刚才意外友情出镜的十四阿哥一人多赐了一个如意小荷包。

哦也，两个如意小荷包！连二阿哥现在才只得了一个呢，殊荣，绝对殊荣！

因我接受赏赐时跪在最边上，十七阿哥过来拾了我放在身边地毯上的那枝红梅，同他手里的并在一起甩着玩儿，不妨他腰间的唯一一个小荷包缚带松了，掉落在我膝旁，我便顺手捡了亲自给他系上。

谁知刚刚给他系好，他又一眼看到十三阿哥把新赐的小荷包系在衣襟上，就嚷嚷着要学十三阿哥的样，而我给他打的结太牢，匆忙间也解不开，干脆就把自己新得的小荷包二号扯下来给他系上。这下他在众阿哥中是独一份儿拔尖的，可欢喜狠了，搂着我的脖子吧唧亲了一下，并且声音极响亮，逗得周围的人都笑了起来。康熙让邢年把他抱回榻上，同他用满语笑说了几句，又给了他一个冻柿饼子玩儿。

我穿着花盆底鞋，需魏珠搭我一把手才能下跪、起身，这些行动规范金嬷嬷都有教过，对我也不算难事，正半起时，只听三阿哥在一旁笑道："十七阿哥好运气，可也别这么眼巴巴地看着十三阿哥呀？十三阿哥的小荷包那可是要拿回去分给你十三嫂的，到了明年这时候，指不定又有一大胖小子管你叫十七叔了！"

十七阿哥听了，眨巴眼问道："十三阿哥，十三嫂有喜了么？"

他小孩子说话天真，旁人又在发笑，我却如坠冰雪天地。

我慢慢地抬起头，看到十三阿哥转向我的脸，故作微笑道："恭喜十三阿哥。"

三阿哥奇道："十三福晋已经有喜一月有余，玉格格今日才知么？"

"恭喜的话哪里会嫌多？"我仍然笑着，解下自己腰间仅有的一个小荷包，双手递送给他，"请十三阿哥代玉莹转致福晋，祝福晋一双两好，平安如意。"

二阿哥大力一拍十三阿哥的肩膀，假意惊喜道："不得了！收了玉格格的如意，这回一定生个大胖儿子！"

一片笑语中，十阿哥咂咂嘴，大声道："玉格格，你就当真这么不稀罕皇上赏赐的小荷包么？别看这会子大方全送了人，等下回去可千万不要想想心痛，又闷在被子里哭呀？"

虽说我将皇上赏赐的“殊荣”全送了人，但对象都是康熙的亲儿子，我放一百二十个心都担不到罪的，不过十阿哥今晚三番两次地对我挑刺，我心头一厌，直视他道：“多谢十阿哥的关心。玉莹只知身为子民，得慕圣颜，即是天大的赏赐。心中有平安，自能平安。心中有如意，无事不如意。有胜于无固然好，若无，亦未尝不可观作有。敢请教十阿哥，玉莹得之所在？失之所往？”

十阿哥被我问得张口结舌，眼珠乱转。

三阿哥望住我，抚须不语。

只有二阿哥笑道：“玉格格究竟是四阿哥府里出来的人，老和尚念经听多了，说话都铿锵有力，好大的木鱼味儿！”他一边说一边将手虚摆出敲木鱼的模样，口中还念念有词，“敲木鱼，哚、哚、哚，多发财、财气冲天、才华出众……”

谁都知道诸皇子中只有四阿哥最爱学佛论禅，一时大家都笑歪了，均把视线投向四阿哥。

四阿哥放下手中的茶盏，站起身来，面向康熙和二阿哥，先微微一笑，方缓缓道：“修身养性一朝悟，频敲木鱼可休闲。《唐摭言》有云：‘一白衣问天竺长老云：僧舍皆悬木鱼，何也？答曰：用以警众。白衣曰：必刻鱼何因？长老不能答，以问卞悟师。师曰：鱼昼夜未尝合目，亦欲修行者昼夜忘寐，以至于道。’和尚必要敲木鱼，而倘问和尚为什么敲木鱼，则连和尚自己也说不清楚。但若是学了二阿哥的法子，真可谓‘生财有道’，只怕天下爱财之人都要争先恐后地在家里供上一位和尚，请和尚替他敲木鱼了。”

四阿哥一番话，说得众人俱含笑点头。

二阿哥瞧瞧四阿哥，又瞧瞧我，冲四阿哥咧嘴道：“得，我说不过你，也请不起你这尊大佛帮我敲木鱼，我自己来还不成么？哚、哚、哚……”他一转身，继续比着手势“哚哚哚”地往自己座位走，康熙暗使十七阿哥下地跟在他身后学他动作神情步趋步随，很快又被二阿哥发现，指挥自己的儿子们跟十七阿哥闹成一团，惹得满室欢腾。

四福晋起身走近我，抬手替我抿抿鬓角，因我头上钿子有些松了，便牵着我向康熙告便出门整妆。

过节期间，皇上一天里换衣服的次数比平日多很多，女眷们亦不例外，在乾清宫里也有特设各皇子府女眷专使的房间，康熙应了，四福晋便带着我走出去。

走在过道里，我一路六分心灰三分木然一分失落。

十三福晋有喜，月余。将来会不会又轮到四福晋？

正走着，角落里奔出一名小太监，我看他面熟，却并不记得其名字，他下跪、请安、说吉祥话，连同四福晋命贴身侍女打赏给他的动作，都好像慢半拍的皮影戏一般，是没有鱼也不会冒水泡的池水，无奈又无味地裹紧我、让我窒息。

“……此辈需及时更换蜡烛，照管灯火，直到元旦之晨，旭日东升，方可离开职守，亦云苦矣。”四福晋又开始说话，我只听到下半句，中间有一段又失神错过，只捉到最后几句而已，“……他说你唱完歌时拈花一笑，脸上波澜不惊，眼睛却如杏目含春；后来你说话，却是脸上在笑，眼里殊无欢愉。”

他说？

哪个他？

她又想说什么？

在这里的每一个人，说话都是要猜的。你以为他真，他却是假。我以为我是假的，却原来已成真。

重重的疲惫淹没我，我正要借辞一个人待会儿，眼皮一抬，只见走廊那头由一群宫女簇拥着走过两个人来，一色的嫡福晋服色，一个颀长袅娜、娇声巧笑的正是八福晋，另一个却是十福晋。

她们是在我刚演完《一剪梅》后就相约了出东暖阁的，看行从来处，想必是刚净了手转来。

我垂眸让过一边，想这帮人快点走过去，不料她俩人行到近前同四福晋打过招呼后，十福晋先上下打量了我一眼：“老远就看到四福晋在跟哪位格格说话，八福晋和我还在猜是哪位娘娘的公主，结果谁都没料中。不过一想也是，正经格格、公主们这时辰都在慈宁宫陪着皇太后、贵妃娘娘喝茶说话儿呢，哪里会这么不合规矩地提早出现，更不会学了戏子又唱又跳。”

“也不能这么说。”八福晋接口道，“人家的娘好歹也是当年孝懿皇后身边的红人儿，哎呀只可叹心比天高、命比纸薄，否则时至今日，你又怎知人家现在是真格格、假格格？”

八福晋的话当然是冲着我来的，至于孝懿皇后身边的红人儿？——难道是说婉霜？

换作平时，我一定会追根究底，但此时此刻，我只求清净，越快越好。

见我沉默不语，八福晋与十福晋相视得意一笑，正打算擦肩而过，四福晋忽静静开口道：“玉格格乃是今年八月间皇上秋狝期间御口亲封的格格，当时八阿哥、十阿哥亦在场亲睹，欲知真假，两位福晋大可回府细问。而玉格格之母白夫人于十二年前辞世之际，曾得皇上亲笔挽联，追封一品夫人诰命，满朝皆知。如今八福晋在乾清宫内以如此语气谈论白夫人，就不怕传入皇上耳里么？”

八福晋听到一半，粉面已憋得通红，反唇相讥道：“怕？我身边可没什么小人奸徒，我怕什么？”她不可一世地从鼻子里哼了一声，又道，“我也不像有些人，女承母志，乔张做致！”

四福晋听了，不动声色地比手示意，令在场的随行宫人全体退下，这才向八福晋走上一步。

十福晋见势不对，忙带笑挤眼过来要做和事佬。四福晋瞧也不瞧她一眼，眼神里只跳出一抹硬气，低声却清晰地道：“八福晋，刚才的话我就当作没听见。不过，我绝对不希望再有第二次。”

八福晋一愣，随即怒声道：“这话是什么意思？”

“所谓意思。”我懒懒地迈前一步，站在四福晋身边，“意思就是我们都不明白八福晋的意思。八福晋如果对这个意思不满，那么我就只好拿八福晋这话去问皇上，问个明白意思，这样够意思么？”

“你！”八福晋再无话可说，秀眉一轩，银牙一咬，扬手就朝我的脸掴下来。

我的身高本来跟八福晋差不多，论起条件反射，我却要比她快那么一点点，她肩头才一晃动，我眼也不眨，一抬手，攥住她右腕。

几乎是同时，四福晋和十福晋迅速互换位子，一前一后面东屈膝为礼。

我并不回头看，只暗将手劲略松一松，八福晋顺势抚上我左耳的红宝石坠子，妩媚道：“玉格格这对耳坠真衬你这人。”

我侧过首，滑指欣赏八福晋佩在腕上的金镶三龙戏珠长镯，十分爱娇：

“哪里，八福晋的玉腕佩上这镯子，才叫做宝焕珠辉。”

这时八福晋跟我距离极近，因贴面在我耳边轻道：“这当然，我有的，你一辈子也别想跟我比！”

我同样低笑回道：“彼此彼此。”

就这么三四句话功夫，刚从东暖阁行出来的康熙带着二阿哥、三阿哥、四阿哥及八阿哥等人堪堪走到我们身前。

于是八福晋和我分开，跟着另两位福晋向皇上福了一福。

二阿哥笑道：“玉格格在跟八福晋说什么悄悄话呢？一出门就见你们两个亲热得要命，老八远远看着，心里可着急得紧，要快快走来看个究竟。”

“非也，非也，”三阿哥摇头道，“既是悄悄话，二阿哥又怎可当众询问内容？真想知道，应该回头悄悄儿问四阿哥、八阿哥、十阿哥，三处分别套词，水落石出又有何难？”

三阿哥难得说俏皮话儿，偏偏一出口却不伦不类，二阿哥眉头跳了两跳，也只能白瞪眼罢咧。

而走在最后的四阿哥忽然别过脸去，我就知道他在发笑了。

因康熙问我们几个出门没披风冷不冷，四福晋趁机请辞要同我行礼退下整装，却原来康熙他们也是出来换礼服的，一时大家分头办完事，回东暖阁才歇下没多久，皇太后就带着宜妃、荣妃、德妃、公主及以下郡主、县主、郡君、县君、乡君等大批皇家格格后宫女眷到了乾清宫。

我夹在迎接人群的靠后位置，一齐行大礼参拜，只见皇太后是个满头银发，生得慈眉善目，神仪莹朗的老婆婆，手里还拄着一根龙头杖。

宜妃有一张尊贵的长脸，细狭的眼睛，薄薄的嘴唇，就是中国历代帝后像中嫔妃的标准相貌，她始终扶持皇太后左右，仪态较为端穆舒缓。

荣妃则是人高马大，像这她一路美人原最不禁老，大体是要靠气质弥补。

而我最为留意的德妃，虽然一样年过四十，但一双眼睛风韵犹存，想来年轻时亦是上等容貌，无需刀枪剑戟忙个半死，一个媚眼便能杀人无数——我总算知道了十四阿哥那桃花眼的由来。

这几位皇妃当中，翊坤宫宜妃郭络罗氏是五阿哥和九阿哥的生母，钟粹宫荣妃马佳氏是三阿哥的生母，永和宫德妃乌雅氏是四阿哥、十四阿哥的生母，而同属于康熙当今五妃的景仁宫惠妃纳兰氏和延禧宫良妃卫氏都没有出现。

惠妃是因今年大阿哥被圈禁之故伤心成疾仍在休养，良妃却据说已经连续几年不曾出席除夕家宴了，至于什么原因我尚不得而知，但当初我第一次去延禧宫给良妃送药时，在白梨花树下看到的那个习惯只留淡淡秀雅侧影示人的女子，仍让我记忆鲜明。

之后皇室近支的王、公、贝勒亦告到齐，除夕宴于亥时正式在乾清宫西殿开场。

即席，满座顶戴翎然，翠凤明珰，粉黛云从，酒蔵雾霈，玉碗金瓯，光映几案，让酒数行，众皆豪饮，一举十觥，掷令作乐，比之下午又是另一种热闹。

按尊卑，我原该跟下面的乡君们坐在一桌，只因幼时被抚育在四贝勒府之故，康熙特命内务府将我安排在四阿哥、四福晋那一桌。

我的坐处背后正巧是一只大高金鹤香薰，麝兰散馥固然没什么不好，久之却觉难耐。无奈宫里规矩大，不得随意行动松散，我也只得食不言而已。

朝廷里的春节晚会，重头节目是看戏作耍。

为庆佳节，二阿哥掌管的内务府早跟康熙请旨，特发五百两帑金，在西殿驾高台，命畅音阁梨园演《目连》传奇等剧本，共为宴乐。

名伶“文武昆乱”，出尽百宝，看戏的王公贵戚们则坐在红缎绣花的楠木戏桌前眉飞色舞，笑逐颜开，不时指点评论，见演至方寸妙处，则轰然叫好，兴奋鼓掌，活脱一副副追星族的老祖宗的嘴脸。

而席上的这些王室宗亲子弟不论年纪，个个善饮，连四阿哥也基本不坐在位子上，时不时离座应酬，细看下来，诸皇子里居然要数大胖子九阿哥最能拼酒。

四阿哥跟十三阿哥看着不在一处行动，可是他们两人不论哪一个陷入劝酒包围圈，另一人就准保会过去把对方捞出来。

相形之下，总是在八阿哥身边的十四阿哥跟四阿哥之间就毫无和谐可言，而二阿哥又有二阿哥那一圈。我正暗暗观察这些阿哥们乱中有序的行动，魏珠忽到我身后，悄声请我移步到十七阿哥座旁。

因十三阿哥没有带福晋来，他那边看戏视野又好，十七阿哥便凑在他一桌同坐，我跟着魏珠过去一看，才知是他系在衣襟上的小荷包松了，他

嫌小太监们给他打的结不够美，所以叫魏珠唤我帮忙。

我侧身坐于十七阿哥身旁，帮他系好小荷包，他顺手从桌上拿了一个红色大金橘递与我吃，我看到这个，想起前不久在霁月书屋和十三阿哥分吃一个橘子之事，不禁愣了愣神。

十七阿哥却以为是我指甲上涂了蔻丹不便剥食之故，遂叫过一人："陈煜哥，来帮忙！"

乍听到煜哥哥这称呼，正跟我听起来同音，又是汉人名，我一时好奇，抬首跟着十七阿哥呼叫的方向看过去。

从前看亦舒写的小说，有一句描写我一直纳闷，那是写一个男性角色的出场：一看就知道他是那种长得英俊可是不晓得也不在乎的人。

——什么叫做"长得英俊可是不晓得也不在乎"的人？

当穿着崭新的一等侍卫服色的陈煜转过身、朝我们走来的时候，我明白了。

最近我不在康熙跟前混，倒很是新进了些高质素的侍卫么。

"刀借我用用！"陈煜一走近，十七阿哥几乎是扑上他身，从他腰间夺下刀子攥在自己手里。

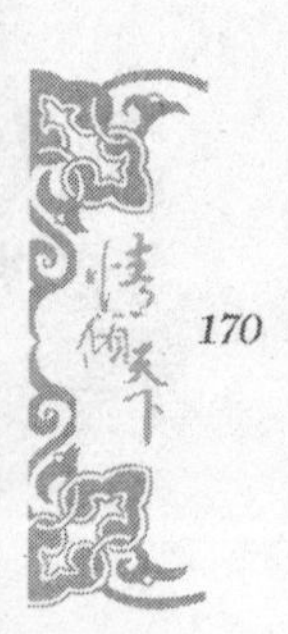



十七阿哥拿的牛角把小刀外观只能称作精巧，但一拔出来，刃锋气寒，雪亮森然，可映须眉，端的是把切金断玉的宝刀。十七阿哥大材小用地拿它来剖橘子，换作别人，不知怎样心疼宝刀，可陈煜看在眼里，一概无动于衷。

十七阿哥跪在椅上，将橘子剖开齐整的八瓣，先让了一瓣给我，又向陈煜道："陈煜哥，这刀好使，送我吧！"

陈煜摇摇头，不说话，目光转到我身上。

我刚要招呼，一眼瞥见十三阿哥正从陈煜身后走回来，就没开口，也没吃橘子，帮忙把十七阿哥帽子上的翎羽拨正了一下，就起身离座，还没走到四阿哥那桌，就听那边起了一阵喧闹，驻足望了一望，却是众人起哄要二阿哥"彩衣娱亲"。

所谓一流佛祖二流仙、三流皇帝四流官，儒家讲究读书人要博学多才，一切学习只是为了治国平天下，或是为了修身养性，如果用于他处，特别是用于谋生或获利，就难免让人鄙夷。比如某个达官贵人将琴棋书画、或者钻研医术作为爱好，那么他会是受人称赞的大才子，但如果一个人是专职从事弹琴绘画、唱戏行医，并以此为生的人，那就是下贱的营生了。

不过因为康熙喜欢看戏，京城各王府的主要成员，多少能票两出戏，学戏颇有成就、演技娴熟为人称道的亦不在少数，又赶上这个除夕盛宴，二阿哥要票戏，谁不起劲？

一时间，也不管二阿哥答没答应，众人已纷纷推举了许多人选给他配戏，大家都在伸着头笑看二阿哥的动静。

二阿哥吃酒吃多了，也是兴致高涨，直接在康熙座前大着嗓门嚷嚷道："禀告皇阿玛，儿子票一出戏绝无问题，只是帮儿子配戏的人难选，比儿子唱得好的，显不出儿子的好来，要是比儿子唱得还差的，又怕这出戏大伙儿简直没法听呐！"他拉过旁边一名红带子觉罗贝勒，"他们硬要推荐德如演旦角来给儿子配戏，可是儿子寻思，德如嗓子是不错，也有名声，但皇阿玛您瞧，德如脸长得长，这扮相一出来，不就是一活脱'驴头旦'么？这叫儿子怎么看着他对戏？"

大家一看，德如一张脸果然是正常人的1.5倍长，果真有点像"驴头"，个个都爆笑起来，也有经历过下午"卧梅"事件的人，在不住地偷眼瞧十阿哥的神色。

我一看十阿哥的表情，就知他现在对"驴"这字眼超级敏感，但这话是二阿哥说的，十阿哥也奈何不得，只瞪着眼生闷气。

而那名叫做德如的觉罗贝勒却是个实诚人，居然也红着脸笑，向二阿哥连道："惭愧、惭愧，不敢、不敢"，惹得众人更加乐不可支。

康熙好不容易停了笑，指着二阿哥道："就你会贫嘴！自个儿唱得好了不行，差了不行，还要挑剔别人的扮相！要这么着，连朕也没法给你找人，你想找谁给你配戏，趁早说！"

二阿哥等的就是康熙这话，他顺溜溜地一回身，指向我所站立的方向，朗声道："我就要——陈煜！"

二阿哥……要陈煜……？

这话……怎么听着那么别扭呀？

我顺着众人的目光慢慢转身，看到陈煜不知几时已站到我身后："你忘了拿这个。"

"有劳。"我犹豫一下，还是道了谢，摊开掌心接下那一瓣连皮的橘子。

陈煜绕开我，向二阿哥那儿走去。

二阿哥跟陈煜掩在一旁低声商议了一会儿，公布他们决定演一出《空城计》，二阿哥自荐扮演诸葛孔明，陈煜则饰司马懿。

《空城计》出自《失街亭‘空城计’斩马谡》，又称“失空斩”，乃是一出与诸葛亮有关的戏，故事取材于小说《三国演义》第九十五回——“马谡拒谏失街亭，武侯弹琴退仲达”：司马懿乘胜取诸葛亮驻地西城。因精锐部队俱被遣出，西城空虚。在万分危急之中，诸葛亮定空城之计，令将城门洞开，只带二琴童自坐城头，抚琴饮酒以待司马。司马懿兵至城下，见状生疑，素知诸葛谨慎，怕中诸葛埋伏，不攻而退。及至探明西城确是空城，立即回军，诸葛亮已调来赵云，惊退司马。

我近几月跟在康熙身边，着实看了不少名戏好戏，外加前不久在畅春园金桂轩戏楼刚看过这一出，也算得熟悉。

二阿哥果然很会挑戏，“诸葛大名垂宇宙”、“功盖三分国，名成八阵图”、被誉为“三代以下第一完人”、集“三达德”——立德、立功、立言于一身的诸葛武侯，千古风流、羽扇纶巾、有美兼备，书中描写其相貌又是“容貌甚伟”、“面如冠玉，飘然有神仙之态”，什么好处全给二阿哥占光了。

反观司马懿一角，诸葛亮生平对手前有帅哥加天才的周瑜，后有欺骗曹魏三代君臣的大阴谋家司马仲达，虽然史称其“天姿迈杰”，比之诸葛孔明可就是生儿子没屁眼的奸人一个，真是陪二阿哥读书难，唱戏更难。

康熙十分高兴，因场内戏装什么都是现成的，先催二阿哥、陈煜分头到里面上了扮相出来亮一亮给他看，却引得众人哄堂大笑，原来他二人不知在里头捣的什么鬼，化妆服饰都对，只是耳朵上挂的胡子错了套儿。

京剧里男子一到三十岁以上，就都戴胡子，也叫“髯口”。“胡子”很讲究，名称也很多，比如只有三绺的“黑三”、“白三”，还有“白满”、及胡子繁密不分绺的“黪满”等等，陈煜的司马懿是花脸，也还罢了，可二阿哥扮演羽衣纶扇的诸葛亮，却戴了司马懿的胡子，叫人如何不发笑？

他俩对望一望，当场把胡子摘下来换了，偏偏二阿哥又嫌诸葛亮的胡子不合他尺寸，宫内专掌戏乐的南府总教习太监给他连取了几副胡子试戴，均不满意，只好令人专程跑回后宰门南府去取存货。

但一来一回要费时间呐，二阿哥总不能就这么光着嘴巴上台唱戏吧？不唱，又怕冷场。结果还是陈煜聪明，建议在《空城计》开头，孔明一角就由专业演员扮演，演至登城时，始换为二阿哥，两全其美。

康熙亦无异议，于是胡琴、三弦、锣鼓响，好戏正式开场。

别人指着看这戏心思许是十有八九要放在二阿哥身上，不过我对二阿哥不敢恭维，反而处处格外留神陈煜。

唱孔明的专业老生吐字行腔皆极锤炼，而陈煜不过是十七八岁的少年人，光看他的勾白粉脸，相对司马懿应有的扮相而言，已是过于漂亮了，实在很难想象他要怎样演好行内以“铜锤”代表唱功、以嗓音洪亮著称的花脸司马懿？

我在这空捏一把汗，却不料陈煜才一登台，一亮相，一开腔，霎时就得了个满堂彩，他的声音跟他的人简直没法对到一块，十分高亢，却半点也不刺耳，且一唱一念、一举一动，俨然有范。

京剧唱腔节奏可分为板眼，强拍为板，弱拍为眼。一般票友只知弱拍起唱，“眼”上张嘴、眼起板落，陈煜却可做到“踩味儿不踩板眼”，并非简单地被节奏约束、被音乐“拿住”，不仅将每每转板过程中起承转合所需要的先“撤”后“催”，未快先慢之法度拿捏得恰到火候，更难得连一代奸相司马懿的唱腔的劲儿、味儿、气儿、字儿均表现得淋漓尽致，这样的硬里子真正不晓得浸淫了多少功力灵气。

冷眼旁观，连四阿哥也听得异常投入，手指暗暗在桌上击节打拍，我惊艳之余，倒生出兴趣想看看二阿哥如何才能配上戏而不至于塌台。

唱到第十五场，大锣一击，台上众演员将官齐道一声“有!”。

二阿哥戴好新胡子，从后台悄悄儿上来，换了城头的演员。

陈煜正演到司马懿为诸葛孔明所惑不敢进城的一段，闪锤，唱四分之一板“流水”：“听老夫一令！坐在马上传将令，大小三军听分明：哪一个大胆把西城进，定斩人头不徇情!”

当司马懿唱完四句“流水”之后，理应二阿哥唱“慢板”：“我本是卧龙岗……”司马懿再接一小段“西皮快板”，便是《空城计》中诸葛孔明的经典唱段《我正在城楼观山景》。众人总算等到此刻，正翘首以盼，谁知胡琴拉了两个过门，二阿哥仍不开腔，只管目视楼下的司马懿，连连摇摆羽扇。

司马懿一见此情此景，忙招手示意，口称：“老丞相请下城来!”

待诸葛孔明红头涨脸下得城来时，司马懿便说："有劳丞相！你我挽手而行……"

二人只踱着方步，进入城门。

台上乐队刚反应过来，随之"换了锣鼓"，二阿哥这出戏居然就算"票"完了。

台下人有相顾莞尔的，也有捧腹大笑的，等二阿哥和陈煜卸了装出来，康熙才亲自招招手，唤他们过去，问二阿哥刚才是怎么回事。

二阿哥笑嘻嘻地道："皇阿玛有所不知，儿子原不知陈煜竟唱得那样好，苦苦寻思了半晌，也只能用到'无声胜有声'这一招罢咧。"

我听得一乐，其实二阿哥是看陈煜的扮相太过入神以至忘了词儿吧？

二阿哥的我型我SHOW居然以无声告终，大家空自给吊起了胃口，哪个咽得下这口气？一时众说纷纭，要康熙罚他，满语、蒙语、汉语夹杂齐上，混成一团。我也听不清楚，自管低了头慢慢在掌心搓松子吃，忽听四阿哥跟坐在我前头的四福晋低声说道："刚刚老十三府里来了人，说兆佳氏有些不大安好，老十三这就要赶着回去瞧瞧。我叫高永安同着老十三一道回他府里去，高永安媳妇颇精妇人生产安胎之道，你叫春喜跟着高永安去，顺路把他媳妇接出来也到老十三府里陪着，我才放心。"

四福晋应了"是"，点手叫过一个白白净净的陪奉大丫头来，低声交代了几句，不一刻那丫头果然带了两个婆子，跟着高永安悄悄地出殿预备去了。

兆佳氏？

兆佳氏不就是十三阿哥的正福晋么？

我茫茫然地转首朝十三阿哥那桌瞟了一眼，他正半侧身跟人吩咐着什么。尽管瞧不见他的脸，我的心头还是有如虫噬蚁咬，待发作，又无从发作。

忽然间，二阿哥那边的众人不知何故爆发一阵大笑，二阿哥拉着十四阿哥大声道："好好好，这是你说的，按这法子罚我，我认——不过现在七弦琴是我的，筝由你来，陈煜也领了琵琶，却还缺一名吟唱之人，又待如何？"

二阿哥口中在问十四阿哥，眼睛却明显地转过席间朝我看来，引得众人目光齐集。

我大约明白了二阿哥的意思，因别过眼看康熙的神色，康熙含笑望住我，并不说话。

甚少言语的陈煜踏前一步，向康熙提请道："皇上，臣久闻玉格格歌舞双绝，惜从未有缘亲见，眼下难得二阿哥和十四阿哥愿共演弦琴古筝，臣亦有幸以琵琶相合，不知可否请到玉格格赏面同列？"

今日我以格格的身份出席盛宴，陈煜竟然敢有此一请，实出乎意料之外，连四阿哥也转目深深瞧了我一眼。

二阿哥若无其事地笑道："陈煜这话可就谬了，上回在畅春园金桂坊我还是拉了四阿哥当说客，一起在皇阿玛面前磨了老半天嘴皮子，玉格格才登台唱了一曲，好看，也够好听。但别怪我不提醒你，我用过的法子你再用就不灵了，玉格格赏不赏你面子，你还是得问人家，净跟皇阿玛讨情可有些悬。"

陈煜也不答他，直接掉转身就朝我这桌走来。

四周泛起一阵窃窃私语声，令我感到气闷。

十三阿哥停了说话，回头看向我们，十七阿哥忽地跳下椅子笃笃笃跑过来，一把拉住我的手，摇摇道："玉格格，你要答应陈煜哥可没那么容易，得叫他将牛角把小刀拿出来换！"

满人崇武，往往把刀枪不离身的人视为好汉子，十七阿哥是小男孩，心心念念想着陈煜那把牛角宝刀，想来无非是要在同伴中炫耀，也不难理解。本来我可不计较他的话，但他那小胖腿，那紧绷绷圆鼓鼓的小肚子，还有他瞪得圆圆的亮晶晶的眼睛，一下就让我想起了十八阿哥，瞬间头昏脑涨起来。

正难决断间，陈煜干净利落地解下腰间的牛角把小刀，拍在我面前的桌上："不管答不答应，玉格格，这刀是你的了。"

十七阿哥眼明手快，魏珠在后面都拦不住，他只一跳就摸过桌上的小刀，紧接着往自己怀里一揣，这才扭头欢喜地问我："玉格格送我好么？"

他越是这般娇纵，我就越愿意宠他，伸手把他衣襟拢紧，轻笑一笑道："好。"

收了陈煜的刀，也就代表我认可了十七阿哥提出的孩子气的交换，陈煜还站着，我也不好意思坐着，起身让魏珠把十七阿哥抱在我的椅上坐好，十七阿哥扬头问我："玉格格，你答应要唱歌了么？"

我冲他微微点头，并不看四阿哥的脸色，径直转向陈煜，坦然道：“承蒙抬爱，玉莹恭敬不如从命。”

这话众人都听见了，二阿哥嘿嘿地笑了两声，却被康熙断在他前面说道：“好。不过玉格格务须记住，不得学习二阿哥‘无声胜有声’的唱法，否则朕可要重罚你们四人？”

我面对康熙，施施行礼：“玉莹不敢。”

二阿哥接口道：“对，她不敢！”

众人皆笑。

我身上穿着旗装，且是礼服式样，唱歌跳舞多有不便，因先行告退，由二阿哥的侍女陪着转到殿后换装。

就在我拐过弯儿的一刹那，我的眼角掠到十三阿哥起身绕桌向康熙那儿走去，料到他是要跟康熙请辞回府陪伴兆佳氏去。

我收得回目光，却收不回我的心，哪怕他日人前风光再增百倍，也无法抵消我心头此刻的酸楚滋味。

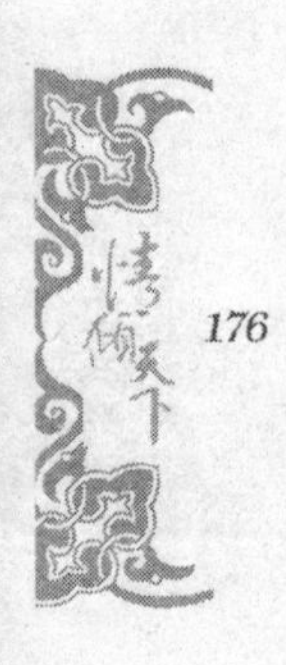

答应陈煜唱歌，或许只是因为我不想眼睁睁地看着十三阿哥离开。



我终于明白，我期盼的完整，其实根本不存在——即使是我自己，我也给不了任何人一个完整的我，自己都做不到的事，又怎能指望别人为我做到？

浑浑噩噩地跟了进房间，我足下一软，油然升起一阵虚弱感，赶紧拣地方坐下。

侍女们在妆台边帮我挑服饰，最终选定几样拿过来给我做抉择，我本无心于此，略扫了一眼，想起四阿哥曾赞我着大红色好看，就随手点了与淡胭脂色锦织衬服搭配的那一套红面紫里对襟绣花衣裙。

二阿哥身边的侍女中不乏舞姬出身之辈，本身皆容貌可佳，为我换衣装扮亦是轻快灵巧，极为称心。补了一回香粉胭脂，另外重新梳了与舞服相配的云髻，别好珠串流苏，她们替我举过西洋镜子前后一照，只见镜中人粉铸脂凝，娇波流慧，长眉入鬓，似嗔如笑，再加上霓裳霞裙，罗袜朱履，果然娉娉婷婷，细柳生姿，媚丽欲绝，甚迷人眼。

我试伸手触摸镜中我的脸：魔镜，魔镜，告诉我，如何可以没心没肺地活到老，一生不知爱情苦？

在众女云从下，我再次踏入大殿，却见殿内宝炬荧荧，檀烟袅袅，与外面明月朗照，积雪清辉之情景相映成趣，而场中早已铺垫茵褥，置诸种弦乐器，以备选用。

二阿哥和陈煜是先前唱戏时就换了便服的，十四阿哥为弹筝起见，也摘了礼帽，换了一件宝蓝色的便服，因筝弦不易松弛，唯同别器合奏时，琴柱容易易位，必须预先张紧，他正独坐那边低头调整弦线。

此时尚属准备阶段，康熙还在宝座上和邻桌几位蒙古亲王笑语交谈，我挥退侍女，自管走上前看十四阿哥调弦。

十四阿哥把基调调至一调后，刚要试弹，一抬头看到我，愣愣神，隔了一会儿，却也不说话，先试奏了一曲，这才问我："好听么？"

我没来得及说话，二阿哥忽然横刺里杀出："不好听，像驴叫。"

这一整晚，二阿哥老是驴啊驴啊的挂在嘴边说个不停，不由惹得我掩袖一笑，十四阿哥啐道："二哥，你说我这是驴叫，真的驴叫你听过么？什么样的？"

"那还不简单？驴叫就是——"二阿哥一伸脖子，方要模拟发声，被陈煜在他身后一拉，猛然醒悟，瞪眼道，"好啊老十四，酒壮胆了不是？敢给你二哥下套？瞧我不踹你！"

十四阿哥憋笑憋得脸泛桃花，抱筝一跳躲开。

刚才我不在的工夫，二阿哥不晓得又跟人灌了多少酒，一脚抬出去，完全没有准头，踉踉跄跄地转了个圈儿，倒像是独脚虎在跳康康舞，慢说邻近诸侍从相与以肘示意，窃笑不已，就连康熙也转过头来，用满语高声问了一句什么，二阿哥跟十四阿哥分别用满语答了，全场又是哄笑，只陈煜面上无波，悄回头问我："玉格格想好唱什么曲子了么？"

我转过眸子，不留神对上十三阿哥那桌的空位，心里也跟着空了一空，没顾得上答话。

陈煜靠近一点儿，低声道："莫非这么多人看着玉格格，玉格格紧张得忘词了？"

——难道有很多人在看我？

我要看的人已走了，至于其他人，我却不在乎。

罢罢罢，不为无聊之事，何遣有涯之生？

我的目光越过陈煜，落在侧着耳朵听我们说话的二阿哥面上："这就开始了么？"

二阿哥咧嘴一笑，打了个手势，一名生相清秀的小太监走出来，二阿哥看着他给我奉上一把长约一尺二的八宝红珊瑚髹饰漆骨半绸绢面花边舞扇："你拿着，待会儿用得着。"

我揣测着莫非是我选了这套衣裙，二阿哥才给我这把同色系的扇子，堪堪舒手接过，二阿哥忽低吟道："今夜有女如玉，堪观处丝幕牵红，恰正是荷衣穿绿。”

二阿哥这话一听便是什么戏文里套出来的轻薄言语，但他声音极轻，而十四阿哥刚被八阿哥叫去说话，左近除了没文化的小太监，只得陈煜一人。陈煜又深谙非礼勿视、非礼勿听之真谛，正仰头做标准四十五度角参详天花板图案之状，我正眼一瞧二阿哥的面孔，张了张嘴，想说，终是无语，好女不与痴汉斗。

一时十四阿哥走回，也问我打算唱什么。

托二阿哥赠扇的福，我倒是灵光一现，想好了要唱什么，可是没有一个曲牌名，说出来他们也一定没听过，还在踌躇间，二阿哥却拍胸脯打包票说不论我唱什么，他们只管伴奏就是。虽然我对此毫无信心，但他们三个均无异议，我也无话可说，就这么定下了。

于是以康熙宝座为中轴线，众人各归其位。十四阿哥鼓筝，二阿哥奏七弦琴，陈煜弹琵琶，为琴筝伴奏之签笛则命南府乐人吹奏。

二阿哥、十四阿哥、陈煜分别试了乐器的音调之后，随着康熙一声轻咳，全场均静寂下来。

我单手打开折扇，右手心朝外，扇口朝左，以羞扇式起，眼波幽幽移向与扇口相反的右面，接一个小定，方开口唱道：“狼牙月～伊人憔悴～～”

转腕变为新月扇，画出弧形线：“我举杯～饮尽了风雪～～”

这一举手是先“流”出来，莲步才跟着一投、再投：“是谁打翻前世柜？惹尘埃是非？”

二阿哥的七弦琴率先拨动，声在五、六调之间，奏响时机卡得极巧妙，与琵琶律调合奏，音色亦是艳丽妩媚。

“缘字诀～～几番轮回～～你锁眉～哭红颜唤不回～～纵然青史已经成灰～～我爱不灭～～”我在康熙面前转身扇接上一个拨云扇，恰恰对着西边端坐的四阿哥，每一个无语凝视都是耀眼瞬间，亮过划过，“繁华如三千东流水，我只取一瓢爱了解，只恋你化身的蝶——”

磨步斜行，虎口夹扇，手腕为轴，滚扇、抛扇、指转扇三个姿态变化，一气作出自上而下的“三道弯”绚烂转扇：“你发如雪，凄美了离别，我焚香感动了谁？”

我倒拈扇柄，抛到左手，自下而上如蝴蝶反向翩然掠起：“邀明月——让回忆皎洁——爱在月光下完美——”

十四阿哥所弹之筝在他器止息间悄然透出音调，妙不可言。

斜身含远意，顿足有余音，我的脑海里却重叠了两个人、两段话。

——“我不想走了，就要你，这么和我一辈子。”

——“天下弱水三千，我可以只取一瓢。只看你愿不愿意信我，肯不肯等我?”

“你发如雪，纷飞了眼泪，我等待苍老了谁?”我的视线微微模糊，然而声线却坚定拉高，“红尘醉～～微醺的岁月～～我用无悔～～刻永世爱你的碑～～”

我合扇交回右手，倒卧虎口，换手指出，用扇指点，寻红数绿，用戏腔念白过渡：“一曲伤悲，弹尽尘世泪，胭脂碎，染尽了凄美，浊酒半杯，藏尽愁滋味，画圆月，不想月憔悴，今夜一过又多岁，爱成绕指柔，情难却，青丝俱成灰，故人一去画尽湿，呀，一声轻吟惹是非，无奈花多情，秋风一叹半池泪。”

琵琶畅情，音色如练，弦琴爪音亲切，反拨鲜悦，我痴痴复唱：“狼牙月～伊人憔悴～～我举杯～饮尽了风雪～～是谁打翻前世柜?惹尘埃是非?缘字诀～几番轮回～～你锁眉～哭红颜唤不回～～纵然青史已经成灰～我爱不灭～～繁华如三千东流水，我只取一瓢爱了解，只恋你化身的蝶——”



“蝶”字余音未落，我后迈一步，借力助起一个大跳，身体跃起的那一刻，把手臂的线条向上伸长同时加快转扇的速度，高高上抛，舞到绽放，谁不是乘风欲去、天上人间?但又恐琼楼玉宇、高处不胜寒。

“你发如雪，凄美了离别，我焚香感动了谁?”我飘然空手落地，一个背身反腕准确地截住刚刚打旋坠下的舞扇，扇柄一顶收回开合，身形宛转，眼神飞荡，若俯若仰，若来若往，“邀明月——让回忆皎洁——爱在月光下完美——”

仍是云手开扇，旁转绕花，几乎唱到泪眼蒙眬：“你发如雪，纷飞了眼泪，我等待苍老了谁?红尘醉～微醺的岁月～～我用无悔～刻永世爱你的碑～～”

“你依依不舍，白发印苍月，我不忍，风逝青春褪，十指伤离别，你不悔，长袖难挽东流水，美好坠，红烛冷窗对，织不完相思，望不断容颜，不知天涯路难尽，哀伤淡淡追。”伴着我第二段念白，十四阿哥的筝音从吕调转到律调，诸乐器皆随之变调，清澄纤妙，雅丽传神，仿若缓慢流光，酝酿此生不渝。

弦乐穿插整场，都受浓酒一般歌词的牵引，仿佛中了不可解脱的爱的迷毒，陷入放浪又令人心碎的生死纠结。

“你发如雪，凄美了离别，我焚香感动了谁？邀明月——让回忆皎洁——爱在月光下完美——你发如雪，纷飞了眼泪，我等待苍老了谁？”

我飙到最高音：“红尘醉——微醺的岁月——我永无悔——”

最后一句尘埃落定前，我突然一个停顿打住，弦乐未撤，却又卷舌压喉音，一捻折扇唱道：“啦儿啦啦儿啦啦～铜镜映无邪～扎马尾～你若撒野～今生我把酒奉陪～啦儿啦啦儿啦啦～铜镜映无邪～扎马尾～”

唱及至此，我折腰应两袖，一手兰花指捺出，一手以扇托腮，回到最初开场含羞未出之守势：“——我若撒野——今生谁把酒奉陪？”

乐止音散，一片安静到可听见自己轻浅呼吸的沉寂中，康熙轻轻地一拍手。他的右手拍打在左手掌心，发出清脆的声音，然后全场的掌声赞誉声一下从四面八方潮涌而来，连离我最近的十四阿哥也离筝站起身为我鼓掌。陈煜则斜坐于青色镶锦边茵褥上，一手扶琵琶，一手持拨子，微微扬首，神色复杂地望望我，又望望一旁的二阿哥，二阿哥把膝前的七弦琴推置边上，慢慢地站起，陈煜亦跟着起身。

我收回目光，扇交左手，右手压左手，施施然向正走下宝座的康熙恭礼。

“好。好歌，好舞，好器乐。看来今次朕是罚不到你们，你们告诉朕，想要何赏赐？”

康熙含笑走到我身前，虚抬手令我起了，二阿哥他们也聚了过来，聆听康熙问话，面面相觑了一会儿，仍由二阿哥嬉皮笑脸地道：“皇阿玛欢喜，就是大赏赐、是儿子的福气——不枉咱们的一番卖力，总算逃了皇阿玛的罚，求赏赐不敢，倒想跟皇阿玛讨首诗回去张贴在书房里学习。”

康熙一笑，背手略踱了几步，所有人都屏息静气，预备洗耳恭听。

“今夕丹帷宴，联翩集懿亲。传柑宜令节，行苇乐芳春。香泛红螺重，光摇绛蜡新。不须歌湛露，明月足留人。”康熙且行且吟，不一刻就道出一首颂扬今日家宴的盛大和喜庆的五言绝句，诗情才艺果然出众，

众人交口称赞中，早有笔贴式以丹砂底色金云龙纹丝绢纸笺誊写好一式四份，小太监恭恭敬敬地双手捧着上来，分交我们四人。

接了御诗，男的要磕头谢恩，而我深深福礼即可。

康熙呵呵笑着，十分高兴。

二阿哥他们都有随身跟班的小厮接去御诗收好，只我身边无人，仍捧在手里，二阿哥看我一眼，自己一拍脑门，大声道：“对了，玉格格那儿可用不着书房罢？且要如何张贴御诗？”

一语既出，场中诸人都看我如何作答，康熙本已回身要走，也停下了脚步。

我并不看二阿哥，只抬眼望着康熙一笑。

康熙也知我平时待得最多的地方要么是卧房，要么就是吃饭的地方，因摆摆手，一笑道：“随玉格格贴在哪儿，朕都准了！”

我笑道：“今儿下午小阿哥们做咏梅诗时，皇上曾赞十七阿哥的诗品上佳，不如玉莹就将御诗送给十七阿哥，祝其新年新学问，更上一层楼，好么？”

康熙自然是再无不允的，于是魏珠领着十七阿哥上得场来，我亲手将御诗妥帖交与他。

十七阿哥今日又得荷包又得小刀又得御诗，可谓新年大发财，开心得满面放光，跪地给康熙叩了个大大的响头，砰的一声，倒唬了康熙一跳。

魏珠赶紧扶起十七阿哥，我帮他揉揉额头红晕处，二阿哥在旁嘴不饶人：“仔细着，仔细着，一会儿头上鼓起个大包来。十七阿哥走路向来比人慢一拍，这回可好，成了个寿星公，只一颗大头一伸就比人多行半步，也算补回来了，阿弥陀佛，阿弥陀佛——”

寿星公明明是道教的天上二十八星宿之一，二阿哥却跟着念起佛号，且有意学了四阿哥平日的神气，我看在眼里，不禁抿了嘴闷笑，就连康熙也难耐啐他。

二阿哥转过脸，冲西边座位上的四阿哥笑问：“老四，玉格格一曲《发如雪》艳惊四座，刚才我看见连老八、老十都在拍手赞好，怎么说玉格格也是你府里教出来的人，你为何动也不动？别说是看傻眼了？”

四阿哥不紧不慢地站起身，答道：“二哥佛号正宗，我便也来说说佛教的一段公案，有所谓一尘举，大地收；一花开，世界起。只如尘未举花未开时，如何着眼？”

二阿哥一下卡住，扭头看看陈煜，陈煜竖起一指，代二阿哥开口：“会也恁么去，不会也恁么去，高也恁么去，低也恁么去，是也恁么去，非也恁么去。四阿哥可是想说，一尘才起而大地全收，一花欲开而世界便起，都是为了世间有那女子？”

二阿哥拍手笑道：“好个天龙一指禅。一处透，千处万处一时透；一机明，千机万机一时明。老四，这回你可算被难倒了罢？”

四阿哥扬眉，眸中轻藏傲意，而他望向我时，眼中却波光粼粼。

我静静地回视他，然后他举起桌上的酒杯，对二阿哥道：“是，我真是被难倒了。这杯酒，我自罚一杯。”他说着，一笑，一饮而尽。

我若撒野，今生谁把酒奉陪？

——这就是他给我的答案么？

“呜，痛……”

我的嘴唇干得要命，翻个身，伸手去够床边的水杯，不料触手处是实的，似乎还有人问我：“哪里痛？”

我呓语：“心痛——”

没有回音。

我仍觉口渴，手又一扑，不料还是实的，这才真正惊醒，慢慢地睁开了眼，于是看到了床边的四阿哥。

四阿哥背靠床头而坐，右手还握着一卷书，我看着他，他也看着我。

我移动视线，只见床上被、褥、枕头、炕单都是锦缎丝绣，色彩艳丽，且头顶罩着绣花丝绸夹帐，帐内挂有装香料的荷包和香囊，整张床几乎是我随园那张床的两倍大，并不晓得发生何事，又见四阿哥和我身上穿的都是寝衣，便有点慌神，怯怯地问他：“这是哪里？”

四阿哥倾身拧拧我的脸颊：“怡性斋。一年多没来，就忘了么？”

四贝勒府的怡性斋？

我一骨碌爬起来，结巴道：“怡、怡性斋？以前这里没这个大床的！”

四阿哥似笑非笑地道：“特意备的，你不喜欢么？”

“皇上不是说要让我在宫里过年么？”

“除夕晚上皇阿玛赏酒，你一喝就醉了，净在那儿发酒疯，连过节的烟火都没看，谁还敢放你在宫里？何况除了去年，你年年都是在我府里或年家过正月，有什么可奇怪的？”

“我发酒疯了？”

“你看你发得多厉害，自己都不记得了！”

我讪讪地抓起枕旁的小鸭形铜薰炉捂在手里：“那现在是大年初一？什么时辰了？”

四阿哥道：“刚过了子时，现已经算作是初二了。你不要张嘴，大年初一在床上睡了一整天的人就是你，满北京城找不出第二个这样的。”

我张口结舌：“这么晚了，为什么你会在我的床上？不是，为什么你会在你的床上？不是——为什么我会在你的床上？”

四阿哥大感吃不消，打断我道：“哪来那么多‘为什么’？今儿至亲官客来府里拜年的人多，送往迎来，不甚其繁。我一天没正经吃过东西，你也饿着吧？过来，陪我。”

他不由分说地扯过件披风给我系上，抱起我绕到屏风后，室内满地铺着毡毯、炭盆，因是贝勒府，还有“地龙”取暖，倒的确是比随园的条件好多了。

我一看餐桌上除了荤素饺子之外，还有各种冷盘年菜，另摆着素咸食，炸芝麻条，香菇焖面筋，芥末火敦山鸡丝炒甜酱黄瓜丝，山鸡丁炒果子，肉丁榛子酱，酥肉等四素四荤热菜，及其他山珍野味，都用暖[illegible]热着。光是看一遍就要流口水了，深感饥肠辘辘又一春，因挣着下地入座，霸过一套小碗筷就开动起来。

四阿哥拣了两个大白胖饺子放入我碗里：“年节里多吃些清淡的，较不伤身。这煮饽饽是全素馅，以胡萝卜、大白菜为主，配以香菇、冬笋、芝麻、面筋、油条，以及其他素食，用香油搅拌，并非出于饭房，而是由里边亲自制作，上下主仆一齐动手，以示‘井臼同操’，别有滋味，你尝尝。”

我知道他说的里边是指内院的万福阁，说不定还是福晋纳拉氏亲手包的，也不作声，埋头吃了，才问：“还有三、四个时辰才天亮呢，四阿哥不上里边去么？”

四阿哥道：“你一整天都睡不醒，我放心不下，过来看看。”停一停，又反问我，“你想要我上里边去么？”

我这时已看出来这间房是怡性斋所在跨院的西厢房，格局和我从前住的东厢房差不多，也是前后两间，但要大上许多，怪不得里头放着一张大床，那么大的床，四阿哥若是一个人睡，用得着弄得那么香喷喷的么？哼！

“你哼哼唧唧的做什么？”

四阿哥忽然开口，吓了我一跳，赶紧回道：“没什么，煮饽饽好吃，还要——”

四阿哥又拣了两个给我，我觉得老是自己一个人猛吃也不好，拣出一个放他碗里，他笑眯眯地吃了，又从盘子里挑了两个大的蘸了醋补给我，看着我吃完。因我不能喝酒，他就自斟自饮，有一搭没一搭地跟我说些闲话。

我只是宿醉过了头，肚子有点空，这一餐慢慢进了约摸半个时辰，也就饱了，而房里除了四阿哥和我，没有一个服侍人在，反正清水器具什么都是现成的，我洗手漱口，又擦了把脸，精神大好。

吃饱喝足之后，最想做的事当然是好好睡一觉啦，我情绪饱满地跳进里间，忽一回头，发觉四阿哥也跟了过来，原地一呆，方想起他刚才说的话不对：金嬷嬷说过宫里的规矩是大年初一晚间，窗户一上，众皆就寝，没有例外，贝勒府的规矩想必也跟宫里一样，四阿哥若只是因为放心不下我，总不见得事先穿着寝衣从里边一路过来吧？而先前他还靠在床头看书，那书都卷了一半了，可见在我这已有一段时间。那么他的打算如何，早就呼之欲出了……

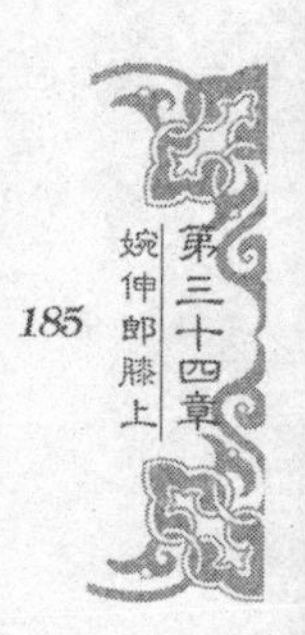



我一想明白，极是懊恼，早知一睁开眼看见他在床上，就该闭眼继续装睡的，混到白天就没事了呀，现在可怎么办？扮弱智可行么？

四阿哥见我赖着不肯上床，早知何事，顺手拾起抱我下床前带落于地的小鸭形铜薰炉，随口吟道：“却爱薰香小鸭，羡他常在屏帷。”

他把小鸭抛上床，我眼前一晕，已被他连人抱起，放上床。

“星火横幽馆，夜无眠，灯花空老。向睡鸭炉边，翔鸳进屏里，羞把香罗暗解……”四阿哥反手撩下绸帐，十分熟练地解开我腰间的缚带。

我半点也插不上话，只好仗着刚刚吃饱饭，死拽着裤腰带不放，他却早有准备，嚓嚓几下把我裤脚撕成数片扯开。

太荒谬了，怎么可以这样啊？

没有裤子的裤腰带有什么用？

他动作很快，我立马就身无寸缕，唯趁他在脱自己衣服时尽量往大床里挨，却被他一把按住，拖回身下。

“不要，”我说，“没准备好……”

“我准备好了。”他说。

他是准备好了，可他今天晚上好像特别彪悍，格外让人害怕，我苦不胜任，屡乞休止，他只是不听。

我面对着他，双手撑牢他肩后的床架，蹙眉重重地轻吟了一声。

“还疼么？”他低低地问我。

“嗯……”我垂眼往下看，“刚才很疼。”

“是你太紧张了。”他用手把住我的腰，慢慢施力。

他越发狂乱，我扣紧手指，只觉一阵一阵地痉挛。

他亲去我额角沁出的汗，接着往后靠了靠，我跟着向前稍稍一倾，忽然偏首，将嘴唇贴上我的左襟心口处。

我身子不由剧震了一震，四阿哥立时察觉，抬眼看我。

我看着他的脸、他的眼，然后凑上去吻他的嘴。

他积极地吸吮我的舌头，手也没有闲着，或用两个指头掐着我的柔软一点稍往上提一些，或用拇指顶着嫣红处画圈，不一会儿，我嘴里的气就简直要被他全部吸光了。

他似乎屈起了膝，我被牢牢禁锢在他的身体包围中，喘不过气来，嘴又被堵住，只能闷哼不已。

我也不知是要死、还是要活，他抚着我的前襟，不时低头亲一亲，咬一咬。

他下手很重，我有点痛，却又希望他不要停。

“四爷……”

“什么？”

我央他：“四爷要出身了么？”

“出身”这个词还是四阿哥在性教育课堂上教会我的，他坏笑着俯身问我：“还叫不叫疼了？”

我只连绵轻吟不已，惹得他性起，又凶猛了一阵。

我娇声媚气，婉转莺啼，好歹挨过这一轮，他突然慢慢停下来，不知道怎的一刮一擦，我张口咬住枕头一角，双眸合紧，颤抖不已。

四阿哥搂紧我战栗的身子，把唇贴在我的背上，过了一会儿才真正脱开我。

我的腰简直快断了，一丝半点也动弹不得。

四阿哥披衣下床，我听见水声也想跟过去洗洗，奈何心动身不动，等他回来，我仍俯卧在原位，忽觉身后一温，却是他手里握着块半湿皂巾轻轻为我擦拭。

之后见我好过了一点儿，他才抱我入怀一起休息。

我手脚还在发麻，他心情靓极，居然哼起歌来："……繁华如三千东流水，我只取一瓢爱了解，只恋你化身的蝶……"

尽管是清唱，他的音准、乐感、节奏都是出乎我意料的精准到位，尤其音色，性感得很。

不过想想也对，他跟十四阿哥是同父同母的亲兄弟，音乐方面的天赋自然也遗传得差不多，何况《发如雪》的曲调编排本来就适合男声来唱，而他只是前晚除夕宴上听我唱了一遍，此刻还能一字不漏地记得，着实令我触动：这还是我第一次听他唱歌呢，难道专门唱给我听的？

我静听了一会儿，别过脸，隔着衣服将嘴唇贴住他肩头亲了一记。

他用两根手指抬起我的下颌，令我看着他："你笑起来的样子真是好看！"

他说得倒很认真，但一对眼珠子早不晓得往下溜到哪里去了。

我忍不住又笑一笑，我一笑，他便伸过手来将我胸前温软满把盈握，一面加以力度，一面贴耳低喃："宿昔不梳头，丝发被两肩。婉伸郎膝上，何处不可怜？"



"唔……"我微微喘息着，双手勾住他脖子，跟他亲了一回嘴，可他的手往下游走，我心里又怕，遂夹紧了身子，他也不强我。

"这两天，我都住在府里么？"

"对。"

我想一想，要说什么，却欲言又止，四阿哥也不点穿，扯过单被裹住我半露的身子："你累了就先睡，白天恐怕得不到空儿。昨日皇阿玛已向我问过你的情形，我回说你一直昏睡不肯醒，大家都不信，皇阿玛几乎就要派御医跟我回府看你呢。"

他说着，想起什么，因笑了一下，起身换上一套家常便服，待要走时，我滚了个身儿，压住他衣袖，他欲行又止，笑道："想'赚得郎君留片刻'么？"

我眼巴巴地望着他。

他摸摸我的脑袋："就快天亮了，我现在才去安福堂那儿，你还有什么不放心?”

我也知清宗室规矩，像四阿哥这样的皇子们在大年初一至初三的晚上理应与嫡福晋同房，至少早上得从福晋屋里出来，才是体面，他方才跟我痴缠许久，已经算作格外怜爱逾规的了。

我自顾爬过床头，翻出一管药瓶，旋开盖子，倒出一些蜜色半透明的玉膏于指上，然后背靠床板，稍稍侧身向里，纤手细细涂抹，不免又想到四阿哥之前对我的肆虐情形，渐渐身热心跳，气息失稳。

不一刻，我只听得四阿哥的呼吸声也沉重起来，又听到一阵琐碎的声响，朦胧了眼儿转头看时，他已除了衣衫上得床来，用他的手指取代了我的手指。

我才遭他重创不久，此刻只是被他用手指几下撩拨，便觉不堪，唯咬唇忍受而已。

“须作一生拼，尽君今日欢——留我下来，只怕你未必就承受得了罢?”四阿哥抽回手指，但我分明看到他的身体语言跟他的口头语言完全是两回事。

于是我半坐起来，将身贴上他。

我不介意天亮之后走出房门时其他人怎样看我，我只知道我开心，要有人陪我开心。

我跟他搂在一起，他抱我下床转到后面隔间，略作清洗，又把我仰面置于小绣榻上，亲手替我上了药膏。我颇感难耐，不免怨他适才狠心，他又软语抚慰了一番，带我出去，两人均换了新衣。

我帮四阿哥系好腰带，无意中一眼扫见床脚半摊了一卷书册，知是初初醒来时他坐在我床头看的那本书。一时好奇，捡在手里看了封面，却是一套唐人元稹所作的《会真记》，随手翻处，恰好写的是张生、崔莺莺的西厢会，那“将这钮扣儿松，把缕带儿解，兰麝散幽斋，但蘸着些麻儿上来，鱼水得和谐，嫩蕊娇香蝶恣采”一段。

四阿哥凑首过来同看，见我翻得妙，便低笑出了声。

我道这厮大过年的还在学习什么呢，原来是雪夜闭门读亵书，啐了一声，刚要将书合起丢过，四阿哥却按了我的手，指住一句“今宵同会碧纱橱，何时重解香罗带”，问我写得如何?

我哼哼搪塞："不过尔尔。"

四阿哥非要我讲出道理来："如何'不过尔尔'法？"

我半着恼道："此类传奇角本，无非公子多情，小姐痴心。就拿张生来说，他一见莺莺便惊为天人，央红娘传情书，虽求得莺莺抱枕而来，结果还不是为了前途另娶显赫官员之女，对莺莺始乱终弃？最可恶的是还要说什么莺莺乃是'尤物'，'不妖其身，必妖于人'，他自己又'余之德不足以胜妖孽'，所以'忍情'弃舍，世人反倒赞其是个'善补过者'。却忘了当初娇娥几多媚，娇娥几多亲，只是不得见，空自气煞人，恨不得天爷你睁眼，赐下风火轮，一轮劈裂墙，二轮如飞奔，百事皆不管，先会小娇娥——呸！那会儿怎的不生半点儿羞？"

四阿哥听了，笑了一回，又道："张生原型乃是唐代才子元稹，为悼念亡妻写下'曾经沧海难为水，除却巫山不是云'之名句，照你看又怎样？"

我移步到镜前，举梳顺发，漫漫言道："写诗归写诗，元稹写完诗，一掉头，怕他不仍旧再娶新妇么？"

说着，我的手忽地一停：不好，穿帮了！在古代像《会真记》这类书就相当于现代的禁书，连男人也不见得能光明正大地摆在书房里看，遑论女子？刚才四阿哥眼瞧着我不过翻了一页瞄瞄而已，纵然我再自吹有"一目十行"之本领，又怎可能一气将所有情节说得环环相扣？亏我长篇大论一通，简直是搬起石头砸自己的脚，砸完左脚砸右脚！而且我的观点恐怕也太现代了，不晓得四阿哥会怎么想？

正暗自思量，四阿哥已走到我身后，我从镜中瞥见他的脸色，僵住呼吸，一动也不敢动。

他扳过我身子，让我面对着他："我说过，你是我爱新觉罗·胤禛的，有生之年，我绝不会放过你。我对你，断然没有始乱终弃这回事。"

我垂下首儿，捻着他腰间的佩带，脉脉不得语。

他环手揽住我，温和的声音继续传入我耳中："不等圆明园开工了，这个年过完，我就正式提请皇阿玛将你许给我——你愿意伴我一生么？"

——你愿意么？

这四个字压在我心上，重如千钧。

我抬起头，窗外天色将明，升起的阳光不打招呼就晃晃荡荡地照在他的脸上。

我凝视着他，宛若初见。

他的眼睛变成深邃晶莹的琥珀色，仿若独照着旖旎却始终平静的深潭，而那种底色简直可以映出我小小的面孔来。

我忽然有一点心悸，同时又感到一阵阵的荡漾。

明知不能白头相守，这一生，却要为他画地为牢，我在牢里慢慢变老，可以……说愿意么？

从初三至初五，四贝勒府无非是白天迎客，晚上张灯，至戌末就寝，没有其他重要的活动。

从初六到灯节之前，各王公府的福晋、奶奶们，在太监、仆妇、使女们的陪同下，乘马车往京城各王公府第拜年。这些日子，四贝勒府万福阁内的“堂客”络绎不绝，登堂拜见，请“蹲安”，道新禧，事寒暄。

堂客拜年，没有久坐的，也没有留饭的，如蜻蜓点水一般，出了这家，再进那家，到处磕头，说套话，开赏钱，送往迎来忙忙碌碌，惯例而已。

而在此期间，宫里也是三天两头曲宴不断，往往散宴之后那些宗室子弟还要相约玩耍，四阿哥也有通宵在外头吃酒的，但只要回府，除了怡性斋书房，从不在别院过夜。

我要补回前阵子因荣嬷嬷的超强度地狱特训欠下的睡债，每日白天至少要在西厢房的大床赖到午后才起，连怡性斋所在的跨院也不太踏出，一般等四阿哥回府进书房了，我才吃当日的第一顿正餐。

经常是我吃饱喝足，看四阿哥还在书案旁夜读，闲着无聊，就专门将他收藏的禁书翻出来玩味。

这些书有个共同点，就是一个个男主都被写得犹如圣斗士星矢下凡尘，生平首要得意之事乃是自己那件物事之型号尺寸，俗称“比大小”，以及如何如何御女无数。

比如一本《＊＊缘》，写一个女子先是被卖入青楼 XXOO，然后误入寺庙被方丈诱奸，再跟方丈的几个娈童小和尚 NP，被人告发，让县令给收用了，又和县令雄壮的马夫私通，被赶出。其后碰到乞丐，先被乞丐 QJ，之后乞丐良心发现，自知养不起女主，就和她商量了把她卖到男主家，这个男主和他表弟搞断背，表弟又和男主的妹妹腻在一起，同时又“欺负”了女主，后来又为了情节需要买了几个漂亮丫环，大家一起 NP＋断背。后来遭了强盗，表弟被驴弄死，男主出家，丫环和女主被抢到山寨，还好男主的妹妹之前就装成男子，被当成太监给抓了献给某将军先当“男宠”、后当小妾，最后将军做了皇帝，妹妹就做了皇后，再把女主和丫环救出来一起进宫，继续……

当然，最重要的定律就是越在后面出场的男性角色的那个什么就越大，直到大无可大，再写就要写出驴、马来了，作者方肯收笔，最后再来两段警世恒言声明一下以宣淫来戒淫的良苦用心。

此类一本正经的艳情描摹，每每看到妙处，我必笑翻不可。

四阿哥见我这么寻乐子，劝我说书看多了伤眼睛，又不晓得从哪里搜罗来许多春意儿摊给我看，有一看就是价值不菲的五色套印、二十四幅页的配诗词木版春戏画册，有《风流绝畅图》、《鸳鸯秘谱》、《繁华丽锦图》、《江南消夏图》等工笔绣像插图，也有底部刻妖精打架图模的精致鼻烟壶。

这些图画雕刻，我第一次入眼愣是半天没寻着关键的物事画在哪里，在四阿哥的指导下才看明白，反复端详揣摩了半晌，因提了毛笔给那些光着 PP 的男士一律涂上一条打上 CK 标签的倒三角形黑色内裤并且戴上黑客帝国限量版的墨镜，这才觉得产生了三维立体感并且够品位够大牌。

而四阿哥瞧了我的杰作，就把这些画儿器物统统送与我，一件也不肯留了。

四阿哥不愧是信佛的，连欢喜佛也有供奉在府里，亦单独带我去看过数次。

按他的解说，密宗供奉欢喜佛乃是一种修炼用的“调心工具”和培植佛性的“机缘”。观欢喜王和明妃合抱之相，欢喜王的凶恶面目不仅可用来吓退外界妖魔，更主要的是用来对付自身内孽障，而与看似残暴的明王合为一体的面目妩媚的明妃，是明王修行时必不可少的伙伴，她在修行中的作用以佛经上的话来说，叫做“先以欲勾之，后令入佛智”，以爱欲供奉那些残暴的神魔，使之受到感化，然后再把他们引到佛的境界中来。

明妃手搂欢喜王，足绕其腰，正是所谓“大乐”的形式，它也寻求解脱，但不在来世，而在此生，男女在极乐中融为一体，体验个人灵魂与宇宙灵魂合一的情景，凭借此种“轮宝供养”的形式达到“以欲制欲”之目的。

而我观形鉴视多尊欢喜佛，并无太多的感受，唯一的体会是四阿哥充分借此为媒达到同欢之目的。

为了从前的事，就算四阿哥把我抱到膝上了，我也不肯在他夜读的书房里同他要好，他倒是不迫我，只一到榻上就加倍欺负我。

我亦知他是为我没答应他的“求婚”才故意折腾我，可我若答应了他，万一做落跑新娘还不被他剥了皮？因此在确定心意之前，我宁可不说，也比说了做不到来得平安。

转眼到了元宵节，我下午看小苏哈们试灯看累了，忘记四阿哥说过会提早回府，没乖乖待在书房迎他，被他寻到我在暖室盆浴，好不把我收拾了一顿。

我吃不住他发狠，求他他又听不进，弄得我真哭了一场，闹着要回随园。

四阿哥随我捶他，只默默地抱着我不肯撒手，待擦了我满面的泪痕，才忽然问我道：“你总是容易痛，会不会另有原因？”

他问我这话时，表情比较凝重。

我一吓，止住了哭：原因？能有什么原因？我莫要是有了吧？

然而第二日一早，我的月信就来了。

我总算放下一颗心，四阿哥却大感郁闷，对他来说，欢爱的最高境界就是做人——做人失败，叫他如何不恼？

隔了四五天，我的经期过了，四阿哥避人叫来高永安媳妇李氏替我诊断。

李氏出身稳婆世家，年纪三十不到，圆盘脸儿，举止十分沉稳知礼，本来一些必要知道的房中情形由这妇人探问，相对而言也不会很尴尬，但四阿哥坚持在场旁听，导致我回答问题始终如蚊子哼哼，且极度语焉不详，往往需要他在旁指手画脚，李氏才慢慢得以摸清要领。

李氏取了纸笔将我这一年多的经期时间标注出来，一看统计我自己也吓了一跳，原来穿越后的十七八个月内，只有最近三个月基本是每月一次，其余时间则跟停经无异。

又将我这几月经期是否有延长、增加、痛经与否等情况一并了解之后，李氏沉吟半晌，其神态似甚难开口。

四阿哥看我一眼，叫李氏但说无妨。

李氏断症我所得的乃是女子经病，只因经行期间未有好生修养，宫城开启，本来气血不足，肝肾偏虚，冲任内伤，导致血气错行，轻则月经不调，重则崩漏，如今行房期间虽偶尔十分情动尚可忍受疼痛，但血络已致损，时日久了，经期间隔时间或长或短，难以及期而行，终不免成疾。

又说十三福晋兆佳氏也是因前年三

月生产一女之后，疏忽调护，经行入房，引致受孕艰难，发现后虽百般养身，却也直至月前才怀上第二胎。

盖胎元始肇，一月如珠露，二月如桃花，三月四月而后血脉形体具，五月六月而后筋骨毛发生。十三福晋眼下之所以害喜严重，固胎不稳，亦全是因此弱疾而起的后患。

不过好在我现在只是经期不定，发现得又早，尚未到崩漏地步，还算好治。女子以血为本，从此刻起即可每日按时服药调理，以养其血，尤其经行之时，最宜调护，苟能调理得宜，得其常候而无病，但调护期间禁忌房事乃居其首，至少两月之内不得男子沾身。

四阿哥还不放心，后几日又不事声张地请了几位妇科方面的老名医，给我隔帘诊了脉，其结论均与李氏所言不相出入，这才真正信了。

此病若瘀摁留内，极可能导致我日后不孕弱疾，且即使受胎，也难免滑胎或生产困难之后遗症，四阿哥极度紧张，自此而起，每晚必定准时回府，不论多忙，都要亲自把药吹凉哄我当面喝下才准我上床睡觉。

这些时日，我虽住在他府里养病，但作息时间既与众不同，自然无需常与府里女眷照面，又兼身份特殊，非主非仆，连晨昏定省之类的琐礼都与我无关。怡性斋成了我的小天地，而四阿哥空下来时只陪我闲敲棋子落灯花，纵使同居一室也分榻而眠。

此病只需按时服药，暂禁房事，其他正常行动均不影响，我仗着四阿哥的溺爱，越发好吃懒做。他最近的确是脾气好到极点，唯独有一次我实在受不了中药苦味，趁他一掉头的功夫偷偷吐到床脚，结果被其发现，把我按在床沿、拉下裤子啪啪啪地打了一顿屁股，事后又在我床头贴了一张条幅，上书“吐一罚十”，后面还写着“外加一顿毒打”。吓得我哆哆嗦嗦地拎起小裤子，趴在枕上扯着他的袖子擦擦眼泪擦擦冷汗，从此再不敢在吃药的问题上招惹他半分。

过年期间，康熙照例要给皇亲国戚们发放红包赏赐。

关于年终奖的问题，我一早就打听得很清楚，康熙不搞平均主义，同是皇子，有受封与未受封之别，赏赐待遇也就不一，按级别对应的赏赐银数分别为：亲王级，八千吊钱；郡王级，即受封贝勒级，七千吊；贝勒级，六千吊；未受封皇子级，四千吊；贝子、公、爵级，三千吊。

此外皇帝身边的内大臣、侍卫们要么出自宗室，要么与宗室沾亲带故，也有一百吊的红包可拿。

按一吊银可够白米一石折算，单是我一人领到的一百吊钱就足够一个平民吃五十年的饭了，何况康熙大撒把地撒银子，赏赐面之大、赏赐额之高，如果折合粮食，就是差不多两座国库的量。

本来轮到我领银子时已是三月开春，但我闲着没事干很想数钱，一月二十刚过，便央请四阿哥进宫领赏时，顺便到内务府把我的那一份红包也支了出来。

一百吊钱可沉着呢，我大早起来，等了一上午，才巴巴地盼到四阿哥带着人扛了小箱子进书房。

我又是六品格格又是一等侍卫，两项的年俸银加起来只不过一百六十两银。而一吊钱即一千文，可换一两银，这一百吊钱等于一百两，一个红包就抵了我大半年的年薪，到时带回随园，我的小金库就能翻倍增长，离我将来买田地做恶霸的日子又近了一步。一念及此，我心里好不欢喜，打赏给下人，叫他退出去，自己坐在小箱子旁，搓着手乐呵呵地直笑。

四阿哥换了便服回房，见我这副德性，奇道："发什么花痴？"

我缩头关上箱盖，拍拍手道："没什么，我见钱眼开呢。"

四阿哥端坐椅子上，喝口茶，我一飞扑至其身上，问他的六千吊钱（足足六个大箱子）是如何扛回府的，他说他今儿领的是八个大箱子。

我一愣，四阿哥道："除我以外，三阿哥、五阿哥都领了八个箱子，而七阿哥跟十阿哥则领了七个。"

我心如电转：八个箱子是亲王，七个箱子是郡王，太子地位超然可以不算。大阿哥原本是直郡王，现被圈禁；三阿哥从诚郡王升到亲王；四阿哥、五阿哥均连跳两级，从贝勒爷升为最高一级的亲王；七阿哥与十阿哥则当上了郡王。若说按长幼排序，中间偏偏却又跳过一个八阿哥，是何道理？

虽然康熙已经赦了二阿哥，并让他住回毓庆宫，但至今还没有正式复立他为太子，如此看来，二阿哥的好事就在眼前了。

"……是么？"

我瞥见四阿哥的嘴唇在动，忙凝神去听，却已晚了，只捉到最后两字，因问："是什么？"

四阿哥看我傻傻的，也知我这几日吃药吃得人有些呆了，便不计较："我说正好我定了今年要迎娶你，你一进门就是王爷的妃子，到时仪仗风光都是头一份儿。虽说你今年六月已满了十七岁，晚是晚了些，谁知却恰恰赶上好时候，可不是你运气到了么？"

王妃？

四阿哥说话还真是委婉，他封了亲王，自然只有嫡福晋纳拉氏才称得上真正的"王妃"，就算我嫁给他，侧福晋和侧妃有什么实质区别？

四阿哥搂我过去，在我脸上亲了一下，轻声道："封王之事，总要在今年九、十月间才能完成，到时正好迎你过门——皇阿玛已交代宗人府，不日将有一道诏令给你，赐名年佳玉莹，不仅转籍入正黄旗，连这个姓氏，年家满门也只你一人能用，以示区分。明儿我还要带你进宫谢恩。"

我抬眼瞅瞅他，他也正看着我。

我醒悟过来："你已跟皇上说了么？"

他点头："日后你的名字入宗人府玉碟，李氏尚且要排于你之下，这是皇阿玛特赏的恩典。"

四阿哥府里现在除了正福晋纳拉氏和侧福晋李氏外，另有三名通房格格宋氏、耿氏及钮钴禄氏。

纳拉氏生过唯一一个儿子，只养到八岁，已在四年前病亡；李氏育有三子一女，第一个儿子两岁不到就死了，另外两个儿子一名弘昀，一名弘时，今年分别七岁和五岁；而宋氏养过两个女儿，都是在一岁上出天花早夭；除此之外，其他侍妾并无所出。

也就是说四阿哥的妻妾里面只有李氏为他生养最多，而他也亲口说过李氏服侍他十几年，直到生了弘时才得以报宗人府入宗籍为侧福晋，如此看来，我一嫁进门就能跃居李氏之上，不管在谁眼里都的确算得殊荣了。

只不过这份"殊荣"我实在消受不起。

我拨弄着四阿哥的衣襟纽扣，闲闲地道："又何苦跟皇上求这恩典？我本是汉人，换了满族的姓氏，我还是汉人，反正是改变不了的事实，硬要强求得来，有何滋味？"

他哑然凝视着我。

我还要接着往下说，忽然瞥见小书几上还斜斜摊着前日他写给我的诗：

丹唇皓齿瘦腰肢

斜倚筠笼睡起时

毕竟痴情消不去

湘编欲展又凝思

想起这几日他陪伴我，百般温存的情景，我的心不由软了一软，抱着他柔声道："什么都可以分，丈夫却如何跟人家分？"

他牵起我的手："执子之手，与子偕老。我做得到，你做得到么？"

我欲开口，却终至哽咽：我该怎么跟他说？说我即使成了他的年妃，我和他最多也只有十七年的相聚，而这十七年间，年妃为他所生的三子一女还是生一个死一个？

我的眼泪滴在四阿哥的手背上，他温柔地吻我。

他用嘴唇轻抚着我的眼皮，仿佛他的气息和拥抱，就是我唯一的幸福。

"你想想，还有半年你就十七岁了，总归是要嫁人的。我答应你，你进门后我只专宠你一房……像我这样的相公，你提着灯笼又上哪儿找去？快点抓住相公，不然错过了可要后悔哦！"

四阿哥一面说一面笑，逗得我也扑哧一笑，嗔道："谁说你是我相公了？"

他抓住我的手，贴在他的胸口："汉人习惯叫相公，那我自然就是你的相公。普天之下，只你一人可以这样称呼我，谁也不能分享——是不是啊，娘子？"

他一声"娘子"，叫得我心头一荡。

他又凑过来，深深吻我，几乎夺走我的一切呼吸和思考的能力。

我听到他在我耳边低语："叫我。"

"相公。"我轻唤。

"再叫一遍。"

"相公……"

四阿哥担心亲热过头，伤了我的身子，便停下来，把我抱到靠窗的香妃椅上半躺着。可他说是帮我整理散乱的衣襟，一沾了手就又往里探，我全身发烫，娇喘细细，忽然想起一事，因问："四爷当真从今往后只专宠我一房么？"

“不错。”

“那假若我将来无法生养怎么办？”

“只要你好好地听我话，调养好身子，一定不会的。”

“如果会呢？”

“……不管将来你能否为我生养，我都会保证你在王府的地位不变。”

“好。”我转身向他，“我就跟四爷要三年的时间，三年之内，我若不能为四爷生下一儿半女，别说宠幸他人，四爷哪怕再娶十个、八个女人进门，我也绝无半点怨言！”

四阿哥见我突然转性，喜中带疑：“三年？”

“是，三年。”我一笑，“不过这三年之内，王府里的其他人若抢在我之前为四爷传下子嗣，我可不依！”

“哦？如何不依法？”

“也不难，我要四爷割良田万顷给我，我——我出家当姑子也好当什么也罢，四爷不准管我！”

四阿哥今年封了亲王，每年的俸禄便能从两千五百两一下提至一万两，此外更少不了粮、银庄和瓜果菜园四十余座，这还不包括同时赐拨的所属佐领下户人和炭军、煤军、灰军、薪丁等按丁配有的田土，以及带地投充人、给官地投充人的田土、王府口外滋生牧场、采捕山场等。再怎么算也合田地八九万亩，所以我提出“良田万顷”的分手费还是符合他的经济实力的。

果然四阿哥听得发笑，使坏在我襟前拧了一把。

我呻吟一声，却逃不开他的手，连连求饶，他才罢了：“你这个小醋坛子，倒会算账。三年就三年，我答允你了！”

我就知道四阿哥会答应，一年三百六十五天，三年的时间，他若不能让我受孕，照他想来绝不可能，但我是谁？

吾丶乃丶天丶地丶间丶金丶牌丶小丶强丶白丶小丶千丶是丶也。

穿越我最大！

历史上的年妃，到底是哪一年为四阿哥生了第一个小孩我记不清楚，可我看过电视剧《戏说乾隆》，纳拉氏和李氏共为雍正生了四个儿子，不过李氏所生的第一个儿子未满两岁便夭亡了，连行次都未排入，因此钮钴禄氏在康熙五十年八月生下的弘历在雍正的阿哥中排行老四，也就是将来的乾隆皇帝。

既然我是年妃，就无论如何不可能在钮钴禄氏生下弘历之前为四阿哥产子，那么这个赌约我是做定庄家，稳赚不赔，看四阿哥如何赢我？

按亲王礼制，必封一名正福晋、两名侧福晋，我今年年内嫁进王府，少不得占掉另一个侧福晋的名额。先不说李氏会是何心态，原本有望评上侧福晋职称的通房格格宋氏、耿氏及钮钴禄氏肯定磨牙霍霍，而正福晋纳拉氏为人藏而不露，比两个八福晋还厉害，这三年我的小日子也未必好过。

不过四阿哥一言既出，什么马都难追，三年后我得了良田万顷远走高飞，总比现在困守京城、卷入几帮阿哥党的纠纷来得好。

我一路想，一路奸笑，爬起身在四阿哥脸上吧唧亲了一口："明儿进宫谢恩，我穿什么好？"

第二日一早，我被一阵异响吵醒，披衣起床趴在窗口一看，却是四阿哥在书房庭院里打拳舞剑。

我洗漱完毕，站出门口，在廊下看了一阵，四阿哥收了势，调息片刻，把剑抛给一旁的小苏拉，走到我身前："这套剑法小时候我教过你，你还记得么？"

我刚才光顾着看他的脸和身材了，压根没留心看剑，哪里答得上来，不过也知其是长年伏案赶写奏折，练剑活动腕力而已，难道还练辟邪剑法不成？随手替他将卷起的袖管放下，胡乱应道："太极剑？"

谁知他大赞一声"聪明"，我汗一个，又问他何时表演胸口碎大石给我看，结果他差点没一掌把我给劈喽。

四阿哥练罢更衣，早点也送了上来，难得我和他一起进餐，他先让我空腹饮了一杯和气血、辟外邪的苏合香酒，然后什么马蹄烧饼、油炸果子、炸糖果子都叫我吃了一些，而我独爱一种黏性面熬成的甜酱粥，一气喝了两大碗。

四阿哥看得直了眼，问我待会儿进宫骑马就不怕颠着了？

我问什么骑马，不是坐轿子么？

他便看着我笑。

我想起数日前有一夜跟他缠了半晌后，起身揽镜自照，忽然发觉自己艳横眉梢，春透酥胸，若说从前扮起男装还称得上雌雄莫辨、俊逸脱尘，如今的身段模样却完全是异样风流态度，娇媚得多了。等到天热起来只着单衣的话，怕是无论如何也扮不像了，当时颇有一番争论，他硬说是得了他的滋润之功，我偏说是服药之效，没想到他现在还记在心里，拿我逗趣。

而自从除夕夜宴我献舞一场后，四阿哥就恨不得把我藏在家里窝着。如今更是以养病为借口，连宫里也不让我走动，很殷勤地帮我跟康熙多报了好多天的年假，今日要进宫谢恩那是没有办法，当然希望我装束越简单越好。

不过穿男装虽然骑马累点，但总比踩着花盆底鞋走路强，我也不反对，用完早点就进屋更换发式衣裳。

将一身上下打点好，我手拎了两顶帽子，绕出屏风，问四阿哥哪顶好看。他挑来挑去，偏选了一顶最难看的，我不依，他就咂咂嘴说我没眼光，搞得我起了疑心，对着镜左顾右盼，比不出个究竟，正在发急，戴铎却在门外求见。

四阿哥叫戴铎进来回话，他进屋先给四阿哥请了安，又给我行了礼。他手里捧着一盆点翠盆景，禀道：这是工部侍郎年希尧进的，共有六盆，此刻人在外厅候见，请四阿哥吉祥，另请玉格格吉祥。

我走近细看，只见这点翠盆景乃是掐丝珐琅长方形盆，盆壁以湖蓝色釉铺地，盆中以玻璃铺地，上植铜镀金枝干，点翠叶，以及用芙蓉石、玛瑙、松香瓣制作的小石榴树和什锦花草，称作事事如意榴开百子点翠盆景，叶上的金色叶脉和宝蓝色光泽的翠羽尤其鲜明亮丽。

四阿哥手捧刚刚沏好的香片小叶，略饮了几口，随意瞧了盆景一眼：“这般手笔，想来是年羹尧办的，他大哥年希尧不过是跑个腿。东西也还罢了，俗气了些。我和玉格格今儿要进宫，不见他了。叫他回去再做盆景，树身子不必用铜挺子，做翠树身子，再做点翠竹挺子、竹叶子，象紫竹林款式。改明儿叫年羹尧自己来送。”

戴铎一样一样记清楚，又捧着盆景退了下去。

我问四阿哥：“什么叫紫竹林款式？你又玩儿人了。”

四阿哥一笑，走到我身后，扶着椅背从镜子里看我：“年羹尧是我门下的奴才，还不满三十岁，新年迁了内阁学士，不久就能升任四川巡抚，做个封疆大吏，慢说一个款式，我便叫他给我搬一座真的紫竹林来，他也得照办。”

我细揣他语意，心知今日年羹尧没亲自登门要倒大霉了，四阿哥这是怪他失礼呢，年希尧吃了闭门羹回去，只怕年羹尧下午就得赶来请罪。

他们男人间的手段，我也懒得管，只撅着嘴挑剔："到底哪一顶帽子好看啦?"

四阿哥带着我进宫，正当末时正，李德全立在门口看御膳房的太监们依次把洋漆花膳桌撤下去，见我们来了，忙不迭地引进去。二阿哥、七阿哥、八阿哥、十阿哥及十二阿哥都在里边闲坐着说话消食儿。

我跟在四阿哥后面，给康熙行完礼，他指了榻旁的一张小凳子给我坐，又赐了先前用膳间未动过的一品折叠奶皮给我。

我才谢恩坐下，一掉头，却见穿着一身崭新一等侍卫服色的陈煜带了两名御医进来。

这两名御医我很觉面善，却记不起名字，估计是从前在太医行走时见过，只约摸知道一个是伤寒科的，一个是针灸科的。听康熙和他们问答了一番，才明白他们俩就是给铁狮子胡同醇王府那位蒙古阿亲王看病的主治大夫。御医说话所用的敬语、术语都很多，还啰啰嗦嗦夹杂着这个脉那个脉的，我不耐烦细听，假装端庄地坐在那里眼珠子乱转往天花板上看，忽然耳边康熙的声音暴涨，吓了我一跳，转过脸来，只见俩御医跪在地上拼命磕头，左边的一位哭丧着脸颤抖道："奴才该死，求皇上息怒——实在是阿亲王吃什么拉什么，奴才们试了不少法子都束手无策，求皇上恕罪。"

我听得暗暗皱眉，这倒霉蛋的《宫廷常用句型一百句》用得不够华丽呀，居然会冒出"吃什么拉什么"这种话?

果然康熙连骂也懒得骂他们了，只比了个手势，二阿哥正要开口叫人将他们拖出去打板子，十阿哥忽地插出一句："为何不让他吃屎?"

十阿哥此语十分"寒"，众皆一愣，但到底在场的都是精明人，马上会过意来，无不掩嘴无语，唯独那倒霉蛋御医傻傻地跟道："吃屎?"

十阿哥得意地道："要治好'吃什么拉什么'的毛病，这就是最好的良药！——二阿哥，你说是么?"

二阿哥眉毛乱抖，半晌憋出一句话来："我不知道。难道你试过么?"

大家看看十阿哥，按照二阿哥的话发挥了一下想象力，均满头黑线，默默地背过气去。

康熙指着二阿哥和十阿哥，连骂带笑："听听这是在胡扯什么？该打！该打！"

"皇阿玛——"十四阿哥兴冲冲地从外头进来，人未到声先至，及至一眼瞄见我，却道："你来了？"

我被他问得莫名其妙，还未答话，十四阿哥又向康熙道："皇阿玛先前赏的膳食，儿子都亲眼看着额娘进完了，额娘谢皇阿玛赏，说这几日身体好多了，不敢再每日受赏。"

康熙点点头："朕知道了。前些时日朕也有头疼的毛病儿，一是膳食小心调理，二是着人揉捏穴位解乏，朕试下来，还是玉格格的手法最恰当，连你皇三姐也夸她好——四阿哥在这也已坐了一会儿，先进永和宫请安罢，带上玉格格，就说是朕的意思，让她给你额娘捏捏。"

四阿哥站起身，恭道："是。"

我心头一抽：永和宫不是德妃娘娘的居所么？绕了半天，四阿哥带我进宫不是谢恩，竟是听公公指挥专程去见婆婆?!

二阿哥适时提醒："小莹子还穿着男装哪。"

今次并非我自己要穿男装，是四阿哥叫我穿的，如今他却也跟着大家用"喏，又不听话了"的眼光看我。

我为之气结，康熙只一笑，便叫魏珠领我去后面换装。

两名宫女服侍我换了绣花敞衣及葵黄色的裙子，我不愿戴钿子，叫她们帮我编了发辫松松地垂下，洗一把脸，仍旧系上白狐里子鹤氅，跟四阿哥出了后面的景和门，一路往永和宫行去。

永和宫格局跟良妃的延禧宫差不多，德妃日常起居是在后院西侧殿，执事太监通报进去，四阿哥领着我穿过开间，绕过虚隔花罩，走进德妃的居室。

德妃半卧在珠帘后面的一张宝榻上，我们进了门，她才由一名太监搀扶着慢慢地坐起身来。

四阿哥口称"额娘"，先行了礼，我依着格格的规矩，也给"德妃娘娘"行了万福。德妃让我们安坐，又同四阿哥说了几句话，她的嗓音软糯，讲起话来，绵绵柔柔，一句连着一句。

我近日和四阿哥相处甚多，在旁瞧着，只觉他和德妃虽然都面上带笑，神情中却隐隐有种疏离的客气和小心。

他们的对话我只能听懂一半，无非是一些儿子给额娘请安的客套话，四阿哥倒是几次想把话题往我身上带，却都被德妃轻描淡写地转移开去，自始至终，她并没有多望我一眼，多说一句话。

房间里到处摆着香橼佛手，还有牡丹、梅花等盆景，倍增芬芳，可惜气氛乏善可陈，我几乎昏昏欲睡，只强提精神而已。

最后，四阿哥渐渐沉默下去，德妃又说到之前十四阿哥在这混了好一阵子，闹得她有些乏了，四阿哥便起身告退，我跟着站起行了礼，德妃也没再说什么，我们就这么退了出去。

出了永和宫，四阿哥一回头，正好瞧见我在他身后掩口打了个哈欠，因停住脚，看着我。

我呆了一呆，他却一抬手，自己也打了个哈欠。

我忍不住一乐。

他问："你笑什么？"

"没什么，"我绕过他，往前走，"四阿哥打哈欠的样子很——"

"很什么？"

"很'四阿哥'。"

他一拖我的手："走错了，这边。"

"哪儿呀？不回乾清宫么？"

"你不是说这两日在府里闷坏了？今儿皇阿玛在御花园钦安殿还有茶宴，你不陪我，想一个人先开溜？"

"茶宴？是不是又要看一帮男人吟诗作对子？好无趣，我不去，我要回家——"

"回'家'？"

"……"

皇宫里所谓的茶宴，其实就是如今的"茶话会"，只不过参加者都是宗室成员，随便掉块砖头下来，砸十个有九个不是皇子就是皇孙，剩下一个是伺茶的太监。

宴设高桌高椅，每二人一席，说是茶宴，却要赋诗饮酒。既然有酒，除盒果、杯茗外，自然少不了精致的菜肴，两干两蜜四冷四荤，金箸银筷不消说了，最妙的是每桌还有一个银带盖火锅，热腾腾、香喷喷，霎时我

腰也不酸了腿也不疼了眼珠子却乱转了，只琢磨着怎样能霸到个风向好风水佳风景美的面南的位子。

不一会儿工夫，一群人浩浩荡荡地簇拥着康熙、二阿哥等到了，我除了鹤氅，回过身正要随从上去行礼，忽见康熙身边还有一名十五六岁年纪、盛装打扮的蒙古格格和十四阿哥走在一处。先一个恍神，我还当作是八福晋来了，再一细看，才确认不是。

二阿哥老远就看到我，大声笑道："敏敏你瞧，我说玉格格也会来吧？你们两个正好凑一桌，说说话儿!"

蒙古格格……敏敏……

我黑线一道道。

玉莹这名字已经很俗气了，如今再来个敏敏？蒙古族女子的名字很少么？我干脆改名叫芷若好了。

我侧过脸，偏巧看到旁边四阿哥的眉棱跳了一跳——他作何要变脸色？

二阿哥他们说话半满半汉，我听半天才闹清楚这位敏敏格格是八福晋的侄女，怪不得眉目间酷肖八福晋。我和她果然被安排在一桌，且离康熙很近，二阿哥、四阿哥他们都坐在对面。



一时大家都入了席，行了几轮酒令，就开始赋诗作乐。先是康熙作御制诗七律二章，众人再步御制诗的原韵合之，后来康熙兴致高涨，又定了七十二韵，选二十八人分为七排，每人得四句，作长篇联句，间杂伶人歌舞演戏，也算其乐融融。不知不觉就到了掌灯时分，其间我和敏敏格格说的话加总不超过三句，她偶尔对我说一两句话，蹦的都是蒙语，我把"Pardon"译成汉语答她，也不知其懂不懂，又回我一句蒙语，我￥%#"……—*，索性不跟她鸟语花香，一个人闷头吃火锅先。

偏偏看戏时演到乐处，满座都笑开了花，敏敏也跟着大乐，抬手时幅度过大，把桌上一碟酱料泼翻在我身上，还好不烫，只是污了衣裳颜色，未免败兴。二阿哥眼尖发现这一幕，大鸣大放地张罗了人送我到后殿换衣。

侍女给我送上数套霓裙霞衣，我略翻了看看，均为舞衣风格，无甚兴趣，想到晚上回去说不定还要骑马，便叫她们寻一套小号的男装给我。

谁知二阿哥身边常带姣婢美童，连男装都是绣纹熏香，分外妖巧。我厥倒之余，也不要人服侍，尽量挑了修饰较少的藕荷色的一身穿戴起来，又对镜仔细整理好，才走出去。

还未行到正厅，便闻马头琴声传来，我加快了步子，转过厅角，在人群后一看，却是敏敏格格正在场中且歌且舞。她的马步、旋跳都是极高难度的那种，活力四射，令人眼花缭乱，加上一把嘹亮的好嗓子，着实压场，连康熙也停了与人谈天，专注观赏。

挤在前面的人实在太多，我四下打量了一会儿，刚找出一条通道缓缓走回位子，人群忽起了一阵骚动。

我一扭头，只见敏敏格格一个艳丽的旋身，到四阿哥和七阿哥同坐的那一桌前，莲步轻移，摇曳生香，手腕臂肩如灵蛇般婉媚。我虽听不懂她所唱为何，看样子却知是邀人与其对唱共舞之意，而七阿哥腿有微瘸，不可能应邀，剩下的自然只有四阿哥了。

我目光刚转向四阿哥邻桌的八阿哥，他恰也抬起了头，在人丛中望了我一眼。

——我明白了，我和姓八的一家八字不和，八阿哥、八福晋，现在又加上一个八福晋的侄女。这个敏敏格格想搏人眼球，不如直接搞条丁字裤套在头上跳艳舞算了，她跳得出，四阿哥却还不是钢管呢，当着我的面勾引我家男人，想死啊？

敏敏格格一侧身，我方看清四阿哥的脸，他坐在桌后的姿势就好像用了背背佳一般。

是灯光下的错觉么？他不仅面无表情，而且脸还有些发青。

我佩服敏敏格格，对着这样的脸跳舞，会做噩梦的吧？

因我穿着男装出来，又掩在人后，敏敏格格起初并未见着我，还是二阿哥扬手叫我过去，她才发觉。我横穿场子到二阿哥桌前，才知刚才我不在，康熙新赐了大家宁夏进贡的羊羔酒，而我的一份儿二阿哥已替我好好留着了。

羊羔酒之所以特别提点，在于其都是一个个小玉瓶分装，要一口干掉一瓶，才算是正宗饮法。谢了康熙的赏之后，二阿哥连递了两瓶给我，我左右开弓，扬扬脖，全干了。

康熙目光微微一动，我随之瞥见二阿哥给了陈煜一个眼色。陈煜绕到乐师处，而二阿哥的侍女早在茵褥旁支起了琴座。

二阿哥亲自上来，接过我手中的空玉瓶，低声道：“你穿得这般素，本王的扇子如何借给你派用场？”

这位扇子舞爱好者简直是唯恐天下不乱，我对八阿哥的亲贵家眷也没存着什么好意，眼瞅四阿哥的脸色越来越黑，另一边陈煜也已入座，因脚下一滑，斜过一步，虚虚掩到敏敏格格身侧，管他马头琴不马头琴，众目睽睽下悠然摆开架子，面对她演了个只有戏曲里的男角才会做的起手式。

敏敏格格停了舞步，骇然望住我。

我酒劲涌上来，手势一变，绕了舌头吊嗓子唱出一句："在梅边～"

陈煜轻轻拨弦，琴音取代了马头琴声。

我不动声色地插入敏敏格格和四阿哥之间，却半眼也不看四阿哥，只对着敏敏格格接着唱："在梅边落花似雪纷纷绵绵谁人怜？在柳边风吹悬念生生死死遂人愿——千年的等待滋味酸酸楚楚两人怨——牡丹亭上我眷恋日日年年未停歇——"

一提气，接着念唱道："他年得傍～～"

忽然有人接道："～他年得傍蟾宫客～～"

上次除夕夜宴看二阿哥扮诸葛孔明，一句词也没唱就被陈煜救下了场，我还当作他不会唱，孰料他此刻一开腔，用的假声异常清丽，连我听在耳中都觉心头一痒，倒正好跟我女扮男声凑作一对。

谁个"他年得傍蟾宫客"，我的眼神就似傍非傍地傍上四阿哥，偏巧二阿哥唱了后一句："不在梅边在柳边～～"

四阿哥哪个也不看，只肆无忌惮地注视着我，嘴角一牵、再牵，笑意仿佛涟漪般在他墨润如玉的眸子里散开。

讨厌，他要笑也得像我一样偷偷地笑嘛，都给别人看了去了。

四周好像一下静止，就连二阿哥也哑了声，我很快地别转脸，背着光无声地咧了咧嘴，才退后一步，尽量若无其事地保持我的声线水准，将华丽丽的太监腔发挥到淋漓尽致："小城里，岁月流过去，清澈的勇气，洗涤过的回忆，我记得你，骄傲地活下去——"

那边陈煜扬起头，他不加掩饰的戏谑神情划过我眼帘，琴音曲转回折，恰似珠走玉盘，露滴牡丹。

我一勾手，挽过敏敏格格柔软的腰肢，她略往后倾了一下，同时看着我的眼睛，喃喃地说了一句蒙语，我刻意压低声，换了粤语在她耳边低吟浅唱："扶着你的肩，瞧着醉人的脸，愿意共舞面贴面，指尖有电传……"

我对着敏敏格格唱粤语，就好比用英语唱："Let´s make love tonight

……”摆明淫词艳曲，就是欺她听不懂，看她能奈我何?

敏敏格格怔忡间，我顺势贴面在她脸颊上香了一口，其实只是借位，嘴唇并未真个触碰，但毕竟我穿的是男装，人又比她高出半个头，做出来很像那么一回事，立时引起四下一片哗然。

敏敏格格单身抚颊，一个旋身脱开我，我也不拉她，笑嘻嘻地睨着眼儿瞧她。

想打我男人的主意，不先付我买路钱怎么成?

敏敏格格面飞红霞、又急又羞的模样，虽还比不上八福晋那般娇艳，却也煞是绰约可人。

二阿哥瞧得大乐，凑到康熙座旁窃窃耳语，引得康熙亦一阵大笑。

陈煜极好的情趣，一番轮指过后，轻拨慢捻，琴声一转，千种旖旎，万般缱绻，丝丝缕缕，风流沁人。

我向敏敏格格身前靠近，再靠近，直到无法更近，她的声音轻若柔丝，终于说出一句汉话：“你到底是……”

我竖起食指轻轻压在她的唇上，眼睛却越过她，落在后面的四阿哥身上。

四阿哥一副看起来——好像我再玩下去他就要过来把我吞了的样子。

我收回目光，蜿然游指，虚虚抚过敏敏格格的两弯眉、秋水眼、莲萼脸、樱桃唇，方才斜身含远意，合上琴音韵律，慵慵懒懒，曼曼妙妙，缠缠绵绵，顾顾盼盼，唱出一厥粤词：

手纤纤眼波转转

长夜伴你你莫愁

娇嗲嗲舞影翩翩

月与灯依旧

心思思你笑笑痴

楼上有笙吹奏

今夜勿再归去

共听更漏

…………

又爱又狂三杯暖酒

不必细问你是谁

欲拒还迎几番醉醒

昨天已陈旧

大江东去朝花已萎

不必去问我是谁

管他伤春悲秋鸳蝶点解要怀旧

屈肘，修袖，平抬，抚鬓。

清欢生媚，纸醉金迷。

易求无价宝，难得有情郎——我的有情郎，却是在何方？

二阿哥的声音像是隔了千重水万重山传过来，我只觉灯转花旋，身子一软，落入一双温柔手。

我并非第一次这般近距离看四阿哥的眉眼，但从没如此放松过，因为……我正泡在水里。

四阿哥在拍我的脸：“醒醒，吃药了。”

“不要。”我闻到药味，本能地推开他，转身游到大浴桶的另一边。

他绕过来，扳起我的脸，俯身吻我。

半热的药液从他口中流入我唇舌，好容易一口灌完，我为了免受折磨，抢过他手里的药碗，咕嘟咕嘟地全喝了，刚想往水下钻，他却识破我要将浓药吐在水里的伎俩，拉我转过身面对他，又一次吻住我。

我半跪在水中，扒着桶壁，定定眼看他把空碗放在一边，然后除光自己的衣衫，进了浴桶。

水波一荡一荡地漫出去，打湿了地板。

我热得要命，反手拨开紧紧腻在颈后的长发，他正好揽我过去，我伸指戳戳他的胸口，吃吃笑道：“干什么不给我跳舞，硬把我扛回来？我要叫皇上打你屁股!”

“你喝醉了。”他说。

“我没醉，你才醉了呢……家里还有没有羊羔酒了？我还想喝?”

“你——”

“你什么？那个女人很好看么？做什么要对着她笑?”

“哪个女人?”

“就是那个女人!”

“哦，是不是被你亲了一口的那个？你还笑，明明是你调戏了别人，到时候若是要我负责怎么办？还有，你哪只眼睛看到我对她笑了？”

我摸上他的脸，用手心罩住他的左眼：“喏，就是这只!”

他笑了一声，也不说话。

我贴着他，专心致志地数起他的眼睫毛。

然后我发现他的呼吸喷在我脸上，也是热热的。

“四阿哥?”

“什么?”

“我热……”我找到他的嘴唇，贴上去，然后顺着他的下巴、颈子、锁骨、胸膛一路吻下去，堪堪将要越过小腹，又缩回来往上走。

“怎么不继续了？嗯?”他也开始动起手来，我被他搓揉得一阵一阵发烫，只觉快要溺水，赶紧回手搭住桶沿，离他远一些。

他跟过来，不知怎的就控住了我的身子：“刚才竟然企图把药吐掉，你自己说，该怎么罚?”

我颤动一下，紧张地扣住了板壁。



他附在我耳边问：“你不是说想要么?”

即使浸在水里，我也能清楚地感受到他手指的撩拨。我看着他的眼睛，他是温柔的，又是邪恶的。

我向下握住他的手，他亦反握我的手，让我帮他……

他动弹着，缓缓进击，我压抑着喘息，要求他快点，而他只是亲吻我张开的嘴角。

我正急得要哭，忽然听他口中念念有词：“儿子……儿子……”

我奇道：“你做什么?”

只见他忍得额角都沁了汗出来：“你不是说三年之内要给我生儿子么？酒后行房最伤身，何况才吃的药，不准顽皮，给我上床睡觉去!”

我紧缠着他：“不去！不去!”

他忽然哗地一下从水里站起身来。

我还未反应过来，只觉脑门上被什么东西点了一点，一抬眼，惊见坏东西正雄赳赳、气昂昂地瞪着我。

我吓得往后一靠，背抵住桶壁，侧过脸闭了眼睛不敢看。

水声响了几响，我听到他跨出浴桶，然后窸窸窣窣地似在擦身，这才睁开眼，偷偷望过去。他对我招招手，我从水里起身爬出去，他亲手拿了大皂巾，很快地把我全身擦干，又取过寝衣叫我穿起来。我还要粘他，他在我臀后拍了一掌，命令道："回床上去!"

我心不甘情不愿地往回走，走一步扭三扭，其间数层寝衣滑下的滑下、落地的落地，等到了床上，差不多只剩一件贴身小衣还是正经穿好的。

"热死人了，呜呜……"

我抱着枕头咬了又咬，四阿哥过来在床沿坐下，摸摸我的背："想以后平平安安地给我生儿子，就不许胡来，听话!"

我跪坐起来，发现他穿的不是寝衣，便问："你现在还要出门么?"

"现在要你的话，我一定会让你哭的。"

"……"

"乖，好好睡觉——"

"不行!"我一把扑住他，"你想到哪里去?是不是要去找别的女人?"

他的眼睛朝下看了一看："我心疼你，你也要心疼我，你不为我想，也要为它想，是不是?"

我赌气道："你走可以的，把它留下来!"

他失笑。

我拖住他，隔着一层衣料蹭了一蹭，向他宣布："它说了，今晚不走!"

他静了一静，接着说了一声："好。"

次日一早醒来，四阿哥已不在身边，我又赖了一会儿床，方起身洗漱。听到我走动的脚步声，外面两名小丫环端盘进来，在外间食案上摆了一碟肉馅和冰糖脂油馅的水晶包子、螺丝转等早点，又盛了一碗晶莹深红的大麦粥出来，我尝了一口，汤稠粥细，热甜可口，暖彻全身，便先喝了小半碗，再走到妆台去对镜梳头。

我一贯不喜人在身边服侍，两名小丫头退出门，不一会儿，听到一阵靴声囔囔由远及近过来，我眼角瞄见掀帘处露出青素缎绿沿条薄底官靴，便知是四阿哥到了。

他进来之后，在食案旁停住，端起我刚才喝剩的那半碗红粥，尝了两口，掉头看向我。

昨晚那般赤身嬉戏，我也不觉什么，此刻大家都是衣冠整齐，反而不好意思起来，磨蹭着不肯走过去。

四阿哥拉开椅子坐了，一拍膝头，我在他膝上坐下，他同我贴面温存一番，柔声道："昨晚睡得好么？"

想起昨晚的情形，我脸上一阵发烫，双手圈着他的颈子，只不说话。

他看住我，微微笑了笑，用手指慢慢抚着我的唇瓣，过了一会儿才接道："宫里传话出来，明儿起，你就搬到宫里去住，仍旧当那每日御前行走的侍卫差事。"

见我不解，他又道："封王的事一个月内就会正式下诏，从现在起最多等上半年，我就要娶你进门。论起来，你是宫里收养的格格，我迎娶你也得有个地儿，总不能直接在本府里把你从怡性斋挪个院儿就算完了。"

我问："皇上不是赐了我随园么？住宫里，却住哪儿呢？"

四阿哥不肯正面回答："到时候你就知道了。你每晚需按时服药，我已在御药房做好安排，有什么问题直接找院史刘胜芳即可。"

刘胜芳最近很得圣眷，我素日也常见的，并不陌生，闻言便轻轻点了点头。



我兴致不高，他就调戏我："怎么，舍不得我么？你放心，只要这半年一过，我一定加倍疼你——"

我捶他："哪个要你疼……唔……"

他手上一紧，揽过我的腰，深深堵住我的嘴，直到我顺从了他，他才放开："不是我疼你，你今天还想爬得起身么？"

我也知道他一向很能死撑，从不轻易出身，昨晚要不是他有心放水，我哪有可能那么快就"搞定"他，他既说出这种话，我自觉心虚，只好给他来个乾坤大挪移，快快地转移话题："咦，四爷的头发好像有一点点卷？我也把头发烫卷好不好？"

"你敢……"

我本担心康熙要安排我住到哪个娘娘的宫里去，但进宫数日，他只让我住在之前荣宪公主暂住过的乾清宫里，并无其他安排，我也就安下心来。

而我进宫之前，原要把年节里赏的一百吊钱统统带走，四阿哥问我扛个箱子到处跑不累吗，我说身边没钱怎么做人啊，他就折了一百两的散银票给我随身带着以备打赏，又额外加了一百两送我。这笔款子别说半年，用个一年也足够了，我一看都是他名下钱庄里开出的银票，便喜滋滋地收了，包起来压在枕下，每晚临睡前拿出来摸一摸、点点数，以慰相思。

正月底康熙要幸南苑，二月初又要巡幸畿甸，已经定了二阿哥、四阿哥、七阿哥、八阿哥、十三阿哥、十四阿哥、十五阿哥及十六阿哥届时随驾，连我在内的其他扈从人员数目就更多，因此乾清宫里上下连日忙碌，不消几夜，我好不容易在四阿哥府里养胖了一点，如今又瘦了回去。

最近小日子过得平淡安逸，谁知平地一声惊雷，风波乍起：正月二十一日，康熙旧事重提，在乾清宫召满汉文武重臣，查问去年为何众臣一致举荐八阿哥胤禩为皇太子事。

我侍立在旁，冷眼瞧去，在场诸人无不战兢，莫敢抬首，正好陈煜从门外领进一名大臣，向康熙跪地叩拜，自称“罪臣马齐”，我不由暗暗多打量了他几眼。

去年十一月康熙帝令全体朝臣推举太子之前，曾经特谕“马齐勿预其事”，然而马齐非但没有从旨，更是在他与国舅佟国维暗中倡导下，领侍卫内大臣阿灵阿、鄂伦岱等八爷党人积极配合，全体朝臣共同保举皇八子胤禩为太子，令康熙的期望完全落空。

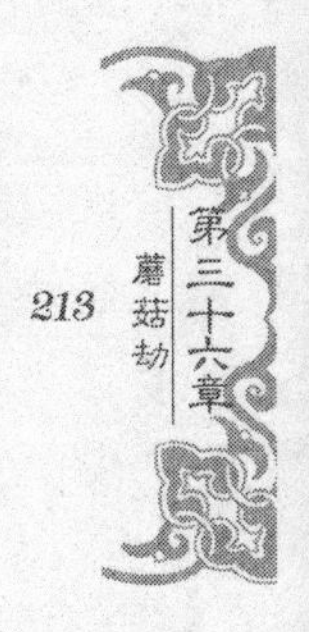



事后我借机问过四阿哥，知道马齐是富察氏，满洲镶黄旗人，生于世宦之家，乃顺治朝内大臣哈什屯之孙，又是康熙朝户部尚书、首议撤藩的有名大臣米思翰的次子。康熙四十二年马齐始任首席满洲大学士，就任第二年的七月，便得康熙御书“永世翼戴”匾额颁赐褒奖，与其弟副都统马武并称“二马”，是继明珠、索额图败后，权重朝野的名臣。

而早在十三年前康熙第一次亲征噶尔丹期间，便曾令马齐与大学士阿兰泰、尚书佛伦等人为首，分三班值宿紫禁城，辅佐代理政务的皇太子胤礽。之后康熙四十二年到康熙四十七年废太子的五年间，诸皇子党争逐步激化，朝中形势错综复杂，马齐却能被康熙视为股肱之臣，又当上了十二阿哥胤祹的岳父，深得倚信，其才干过人之处可见一斑。

我本不太相信如此人才居然能被八阿哥笼络去，此刻打量来打量去，他也不过是个外表稀松平常的半老头子，只一双眸子算得精光四射，但我平日看惯了康熙，并不觉什么。

康熙一个正眼不给马齐，反复诘问其他大臣后，恨恨道：“此事必舅舅佟国维、大学士马齐以当举胤禩默喻于众，众乃畏惧伊等，依阿立议耳！”

又问佟国维：“前因有人为皇太子条奏，朕降诛笔谕旨示诸大臣时，尔曾奏称‘皇上办事精明，天下人无不知晓，断无错误之处。此事于圣躬关系甚大，若日后皇上易于措处，祈速赐睿断；或日后难于措处，亦祈速赐睿断。总之将原定主意熟虑施行为善。’尔系解任之人，此事与尔无涉，今乃身先众人，如此启奏，是何心哉？”

佟国维不敢答话，磕头而已。

康熙掉转脸问大学士张玉书，张玉书奏道：“是日满汉诸臣奉旨齐集，马齐、温达到在臣先，臣问马齐、温达，何故召集诸臣？马齐云，命于诸阿哥内举可为皇太子者。臣又问所举为谁？马齐云众意欲举胤禩。臣等因亦同行保奏。”

康熙冷哼一声：“此事明系马齐暗中喻众，马齐向来谬乱，如此大事尚怀私意！”

马齐忽“砰”地磕了个响头——这老头子磕头磕得这么响，我还以为他要撞地自尽，好不吓了一跳，连旁边的佟国维也瞪着眼看他，他却一扬脸，直视康熙，大声道：“‘谬乱’二字，臣不敢当！”

全场一片死样静默，我只觉自己的呼吸都是多余，这一年多我大半时间待在康熙身边，亲眼目睹了废太子的始末，连十四阿哥为了八阿哥顶撞康熙都差点吃了他一剑，马齐又是怎么回事？吃了熊心，还是豹子胆？

康熙盯了马齐半晌，冷冰冰地反诘道：“马齐不敢当？尔祖哈什屯原系蓝旗贝勒德格类属下之人，陷害本旗贝勒，投入上三旗。马齐当问其族中，有一人身历戎行而阵亡者乎！”

一语既出，众人无不相顾骇然，只有我听得懵懵懂懂，却见马齐脸色剧烈数变，猛地起身，愤愤不平地一跺脚，拂袖而出，康熙拍案大喝：“站住！”

马齐不听，在门口被侍卫堵住，康熙气怒至极，居然当众离座殴曳马齐，一时场面失控，混乱不堪，到最后还是陈煜身先士卒，杀入人堆，把哭得眼泪鼻涕满天飞的马齐架抱出去。

康熙盛怒之下，将所有臣子都轰出乾清宫。到了下午，与废太子一案有涉的几位阿哥陆续前来请罪，康熙一个也不见，勒令他们回去。

等陈煜办完事回宫，康熙传他进来，用满语略问了几句，就挥手叫他退下。

康熙今天一整天没翻过牌子，动了一场气，也觉疲乏，亥时刚过就歇了。

我在四阿哥府里睡惯懒觉，进宫后明显感到睡眠不足，如此好机会，又正碰到我换班时候，出了东暖阁，交了牌子，就往自己院里走，不意转过廊角，却见陈煜独自站在我的去路上。而他闻见响动，转过头来望了我一眼。

我含笑着点点头，就打算绕过他往前走，谁知他忽然脚步轻移，挡在我身前，并且专注地看着我。

这里随时会有巡夜的侍卫过来，我不知他要做什么，正打算发问，他一抬手，拂去我肩头的什么物事，我低头一看，落在脚边的是一片葵叶，便嫣然道："多谢。"

他仍是不做声，我要走过去了，他才开口道："前晚你为什么没唱'流光飞舞'?"

流光飞舞?

我想起来，那场歌舞还是前年中秋时分四阿哥带我到太子的丰泽园时发生的事，陈煜怎会知道?

他问："与有情人做快乐事，未问是劫、是缘……那天你是不是穿着桃花色的绣晴丝流晶裙装，戴明珠白玉发簪?"

忆当日心景，而今似已相隔重世，我恍惚着点点首儿，只听他又道："那天我到得晚了，只从半段听起，我一直想从头至尾再听一遍。"

我回过神来，把他的话串起来一想，不由＃￥％"一＊了，难道他这是在公然吊膀子么?

不过我现在可没有心情，我还要赶着回去吃药和数银票呢，因此只漫漫敷衍道："呵呵，今天晚上的太阳多好啊。"

说着，我往右错开了一步，陈煜却忽地攥住我的手腕，他出手极快，我居然没能躲过。

我抬眼看看陈煜，他脸上没什么表情，也不说话，就这么和我对视着。

没错，我知道他是很俊美，不过我现在已经充分领悟到：任何男人到了一定程度都会现出蘑菇头的原形来的真谛。

小姑娘采蘑菇，贪多嚼不烂，何况我刚在十三阿哥的事上栽过跟头，这个陈煜又摆明是二阿哥看上的人，麻烦找我，我可不想找麻烦。

我抬眼看着他，那是种一直走在危险边缘的人独有的眼神：无限温柔与无限狂暴的混合体。

“喂，”我说，“我不喜欢男人的。”

陈煜并未露出一丝惊讶，他安然地道：“那是因为你还没遇见我。”

我骇笑道：“什么？”

“我是为了你，才答应来做侍卫，我一定要听你再唱一次‘流光飞舞’：只唱给我一个人听。”

我渐渐没了耐心：“不管怎样，你先放手。”

他放开我的手，虽然不疼，我却还是揉了一揉手腕：“不可能。”

“为什么？”

“和你无关。”

“为了四阿哥？”

我霍然止步，直视着他，一字一句地道：“不关你事。”

陈煜陡然换了话题：“马齐的祖父哈什屯原为满洲正蓝旗人，天聪九年，太宗为加强实力而兼并正蓝旗。去年开春，皇上曾向内大臣明珠了解涉及正蓝旗事件的有关情况，确知当年哈什屯在蓝旗事件中不惜背主，以求投入上三旗……”

我听得一凛，太宗，不就是皇太极么？

原来蓝旗事件是这么回事，无怪康熙说什么马齐祖父哈什屯“陷害本旗贝勒”的责斥之语，揭露该事件之真相，借以羞辱马齐。

但我也曾听四阿哥说过，顺治初年哈什屯任内大臣，列议政大臣，受到摄政王多尔衮的器重，然而顺治帝亲政后，追论多尔衮之罪，其亲信多受牵连，但哈什屯并未失宠，仍多次晋爵。哈什屯一生中，经历了蓝旗事件与多尔衮获罪两次政治巨浪的冲击，皆能安然度过，其仕途不仅未受阻滞，且更为畅达，其于权力漩涡中机敏应变之能真叫人叹为观止。而哈什屯之子、马齐之父米思翰不仅在康熙平定三藩之乱期间任户部尚书，承担备办军需的要任，他与长子马思喀、二子马齐、三子马武更曾先后担任过内务府总管一职，内务府总管就是皇帝的总管家，他们一家人同康熙既是君臣，也是主奴。

今日康熙当众殴曳马齐，分明就是将其当奴才来教训，不过我却觉得马齐这老头被康熙揭发祖父的丑事后，很有些撒娇的能耐，哈什屯在蓝旗事件中背主，投的是何人？康熙的祖父皇太极是也！康熙斥责他，绝不可能是为了翻旧账，但为何单单挑出此事来给他敲警钟？

还有，陈煜也是满洲贵族，他知道蓝旗事件并不奇怪，但去年开春康熙向明珠了解情况，他怎么连此细节也知道？又为何要跟我谈及？

电光石火间，我一下想起八阿哥的势力都在现在的正蓝旗，二阿哥却是以镶黄旗为主，那么马齐明明是镶黄旗人，去岁又力保八阿哥当太子，康熙可是暗指他“背主”，乃至和哈什屯一样有“陷害”行为？

越往下想，我越觉惊心，这个陈煜的能量不小啊，他到底是哪一方的人？

或者我可否将此理解为有人要向我施“美男计”以作他图？

陈煜把他的话说完：“你想知道何事，我都可以告诉你，条件只有一个：流光飞舞。”

我怀疑他是不是偏执狂？什么叫做“我想知道的他都可以告诉我”？他以为自己是百度还是Google？

不过对于他能看出我对“蓝旗事件”颇有兴趣的这一点眼光，我不能不有所防范，因按捺下情绪，呵呵笑道：“今晚太阳不错，陈煜兄慢慢欣赏，玉莹先行一步。”

我转身走完余下的一半廊道，正要拐过弯去，下意识地回首向陈煜瞥了一眼，他居然还站在原处，面朝我不动，见到我看他，他咧咧嘴，笑了笑：“我等你。”

英俊的男人笑起来多半像个孩子，看似无心无害，其实最最任性。

我啼笑皆非：我这不叫桃花劫，是蘑菇劫吧？

翌日，康熙在乾清宫召见满汉诸大臣，谓曰：“所以拘执皇太子者，因其获戾于朕耳，并非欲立胤禩为皇太子而拘执之也。皇太子获罪之处，虚诬者甚多。今马齐、佟国维与胤禩为党，倡言欲立胤禩为皇太子，殊属可恨！朕于此不胜忿恚。况胤禩乃缧绁罪人，其母又系贱族，今尔诸臣乃扶同偏徇，保奏胤禩为皇太子，不知何意？岂以胤禩庸劣无有知识，倘得立彼，则在尔等掌握之中，可以多方簸弄乎？如此，则立皇太子之事，皆由于尔诸臣，不由于朕也。只果立胤禩，则胤禵必将大肆其南海，而不知作何行事矣。联恶睹其情形，故命亟释皇太子。朕听政四十九年，包容之处甚多，惟于兹事，忿恚殊甚。联原因气忿成疾，昨日一怒，遂不御晚膳，今日晨餐，所食尚少。”

我掐指算算日子，八阿哥是在去年十月初因张明德案被割去贝勒，降为闲散宗室，到十一月底因畅春园护驾有功才被复封贝勒，但他苦就苦在当初推举太子时风头太劲，犯了康熙的忌讳，八阿哥母族之卑倒还算小，如今康熙竟然连“只果立胤禩，则胤禵必将大肆其南海，而不知作何行事矣”这种话也公开说出来，可不是大大糟糕么？

康熙骂完八阿哥，也没忘了马齐：“联因马齐效力年久，初心俟其年老，听彼休致以保全之。昨乃身作威势，拂袖而出，众人见之，皆为寒心。如此不诛，

将谁诛乎！”让众臣传问马齐：“伊之作威可畏，果何益哉？”

马齐被拘押在下，听旨后，虽奏称“臣罪当死”，但还是为自己做了辩解：“臣原无威势，但因事务重大，心中惊惧，并不知作何举动。”

康熙怒气未消，又指斥其“但务贪得”，环顾左右言道：“张鹏翮乃一清官，朕南巡时，马齐当众前詈之曰杀材，因不馈伊银币，遂尔辱詈。谁不畏死，敢不馈之银币乎！”因革去马齐首席满洲大学士之职，交康亲王椿泰等审讯。

接着命我研墨展卷，康熙亲笔谕旨及佟国维回奏之语示诸臣，谕旨云：“今舅舅既有祈望朕躬易于措处之言，嗣后舅舅及大臣等惟笃念朕躬，不于诸王、阿哥中结为党羽，谓皆系吾君之子，一体看视，不有所依附而陷害其余，即俾朕躬易于措处之要务也。”

下午未时，康亲王椿泰等遵旨审讯马齐一门，议予以立斩。奏入。

一个时辰后，康熙谕因马齐任用年久，不忍加诛，著即交胤禩“严行拘禁”，其三弟马武革都统职，四弟李荣保免死革职伽责，其族人在部院者俱革退，世袭之职亦着除去。

谕旨一下，我心里便是一个咯噔，康熙骂就骂八阿哥和马齐等人结党不轨，现在又饶了马齐性命，且把他送到了八阿哥手上，就不怕他们同命相怜，更加朋党固结？

思来想去，这个信号似可解释为康熙尽管对马齐大打出手，其实还是相信马齐等人保荐八阿哥并非出于私心；亦可解释为康熙将二阿哥复位太子的一切铺垫安排停当后，同时给二阿哥设置了一个牵制。帝王之术，恩威难测，纵然八阿哥贤名在外，得了众人之心，可悯得众人心者，正是康熙所忌者，何况康熙帝的心始终系于二阿哥，任八阿哥心比天高，又能何为？

所谓争也不是，不争也不是，太子这个火盆原由二阿哥坐着，若抬八阿哥上去，不如仍让二阿哥归位，或许只有这样，才能让党争之祸控制在最小限度内吧。

经康熙一个回马枪整顿，废太子一事至此方算尘埃落定，不日幸了南苑，回宫后又忙着安排巡幸畿甸之事。我是侍驾的人，更加忙上加忙，每日陀螺似的转个不停，到了二月二十这天，忽然传进消息：十三阿哥的第二子突染急病，当夜暴亡。

十三阿哥的第二子乃庶福晋石佳氏于去年十月初一所生，因不满一周岁，并未取名排序，听说十三阿哥心痛得跟什么似的，已经连着几日没有出过府门。

接三那天，康熙亲至十三阿哥府慰视，但头七一过，一道谕旨发下来，仍按原定计划，十三阿哥名列随驾皇子之中，须扈从畿甸。

照理十三阿哥新遇亡子之痛，应可免去随幸，孰料康熙离京，一定要将他带在身边，此中所示之意恐怕是宠爱少、防范多。

而我始终没弄清楚去年九、十月间十三阿哥到底是因何故被废太子一案牵连获罪，后来他开释了，康熙也不曾像骂八阿哥那般训斥他，而我即使是和他最要好时都没开口问过一丝半点儿，何况现在？因此我虽然念着从前的情分，但想要慰问十三阿哥，也只能托四阿哥转达。

御驾于二月二十八日离京，过八达岭岔道，到怀来县驻跸，天气与京中大不相同，甚觉寒冷，还好我有备而来，穿得甚是厚实。

因康熙赞这次的驼马敏健矫捷，走路亦好，侍卫们都骑驼马随行，连我也要跟着学。

驼马这种动物毛发甚厚，我看了就头皮发秫，要怎么骑？康熙叫陈煜教了我半天，我才勉强能爬上去，颤巍巍地在外场溜达了一圈，下来时心头还在狂跳，腿都软了。大家都没料想我有驼马恐惧症，很是笑话了我一通。二阿哥主动请缨要当教练，结果康熙派四阿哥出马，不消半个时辰，我就学会了——不过这主要是因为四阿哥比较了解我，我成功骑驼马跑完一圈，他就发给我一张五十两的银票，那我哪有不速速学成之理呢？

这次巡幸畿甸，十数日之间安排行程不少，南望蔚州、应州、燕门、宁武，北望偏关、杀虎口，驻跸处又分怀仁、马邑、朔州等地不止，而自出京城以来，我便觉轻松，一路伴驾，也是每日顽笑，没心没肺自有没心没肺的好处。

一日康熙嫌这次从御衣库带来的雨缎袖沙狐皮袄做得太紧了，甚是不堪，便谕宫中将狼皮、狐皮袄子连同随驾妃嫔、常在、答应们不足用的棉衣、棉纱衣、衬衣、夹袄、夹中衣、纺丝布衫、纺丝中衣、锻靴袜等酌量再做，完时报上带来。

书报外边用封封匣正好是我在旁做的，康熙看了说我这门手艺不精，还要多练练。这话被二阿哥听了去，便言玉格格岂止这个不行，就连上次叫“护驾”也叫得不够好，做侍卫的基本功要好好地训练一下，至于谁来教？还能有谁，陈煜是也！

“护驾”二字说来容易，但真遇到不测，如何将两个音全发清楚，“护”字的拖音、促音分别代表什么，“驾”字又代表什么，都大有讲究。陈煜安排了计划要连教我两个晚上，第一晚练下来，我的嗓子就简直要废了，这一辈子都不想再叫“护驾”二字，但第三日康熙还要检查，我亦无可奈何，遂乘这晚陈煜还没来之前，先出帐去找刘胜芳讨了两瓶清咽利膈丸备用。

回程时路过驻跸处的护城城墙，我一时兴起，跑上去绕了一圈看野眼，谁知不慎扭到左脚，偏偏这时辰临近换岗，附近瞧不见人影可以呼唤帮忙，我只好左挑右拣寻一个垛头避风处席地坐下，除了靴子，自己剥袜检查伤势。

正努力偏头对光细看，忽随风飘来一阵低低细语的人声，我听得似真非真，隐约辨出像四阿哥的声气，便悄手悄脚掩了身，小心翼翼地四下掉头寻找声源。

不知是我天赋异禀还是怎么，我小脑袋一伸，就顺利地探测到正确的方位。原来这个垛头下是一段废弃的城墙，靠左边大石后有一块空地，从我这个角度望过去，果然看到了四阿哥，但共有两人，四阿哥背对着我，挡住了他身前那人的大半个身子，只能从发型判断出是个男的。

我这就奇了怪了，要说是密谈，怎会挑这个地方？很容易被发现的嘛，可若不是密谈，又何必特意跑到这个荒凉处来？

按照清宫定律，如果被偷窥到的是二阿哥，那么不用说，肯定是跟甲乙丙丁女进行野外运动，不过现在我撞到的是四阿哥，他能搞什么我还真不知道——管他搞什么，总之不是搞女人就不关我事！

我撑着脚趴墙很累，也怕四阿哥万一回头发现我不好的看相，轻轻呼了口气正要溜走，眼角余光忽见四阿哥面前那人一下伸臂抱住了他，我眼睁睁地瞧着四阿哥也抬手回抱那人，且一抱就石化一般，再不撒手。

我这一惊非同小可，差点没一头从垛上倒栽葱下去。激气！这还了得？断臂山居然断到我头上来了！TNND，怪不得四阿哥送我进宫没有一点不舍呢，原来藏了个男人！岂有此理！看我不把你们这对奸夫淫夫给排山倒海喽！

我偷偷从垛头后面的青砖阶梯潜下去，绕到石头后面，屏息听四阿哥和那男人的对话内容。但好半天没有响动，只有四阿哥偶尔用满语说两句话，那人却不作答，我枉自心脏爆胎也是白搭。这怎么行？听不到声音，也得看到脸吧？

我一咬牙，豁出去把身挪出半边，冒险一睹那人的真面目，不料一眼瞥处，月光洒下，那人正好从四阿哥肩上抬起脸来，只消这么一眼，我不否认否决以及否定，极其非常十分 very 的确定一定以及肯定，带上七舅姥爷作证，那人百分之百就是十三阿哥！

十三阿哥新近亡子，虽然扈从畿甸，始终郁郁，从早到晚跟四阿哥也说不上一句话，大家又都知道他的心情，因此离京以来，一直是任他一人独处，从不打扰。而每晚到了这个时辰，他就一头扎进宿帐再不出来的，我只满心打算代表月亮惩罚四阿哥的“奸情”，压根就没往十三阿哥的头上想。

既然是十三阿哥还抓什么奸？四阿哥不反过来抓我就谢天谢地了。

此刻我惊见十三阿哥，十三阿哥也看到了我，百忙之中，我竖指在唇，冲他做了一个无声的“嘘”的动作，然后慢慢地撤身往后闪，却脚下踏了一个空，我哐当一声小头撞大石，瞬间天昏地暗。

数声脚步疾响，在我身边停下，我揉着脑门眼冒金星地看到四阿哥虎着的脸，就缩着身子往石后猛退。四阿哥拎着我的耳朵把我提出去，到了十三阿哥身前，我才察觉十三阿哥的样子有些不对，眼圈红红的好像刚哭过。

“你的脚怎么了？”十三阿哥问我。我委屈地吸吸鼻子，到底还是十三阿哥眼力敏锐，但四阿哥现在心里只有十三阿哥，拉我出来又哪里会顾及我的伤？他不说还好，一说，我就觉得脚踝那里抽筋似的一阵跳痛。四阿哥按我在旁边的一块平石坐下，亲自蹲身脱了我的靴子要进行检查。在四阿哥剥我袜子前，十三阿哥忽地转过身去，抛下一句话：“我先走了。”四阿哥用满语答了句什么，十三阿哥几步绕过大石，真的上城墙闪人了。

我看着他的背影，忽然“哎唷”一声，倒抽口冷气：“四阿哥，你轻点呀！”

四阿哥闷着头把我的鞋袜轻轻套好：“偷窥费、正骨费我统统记账，半年后跟你算！”

我不服道：“揉了一下脚踝而已，也叫正骨？”

他拍拍手，起身在我旁边坐下：“你刚才是不是疼了一下？”

“……是。”

“疼过这一下，就说明弄好了。”

“骗我。”

“是你不懂。你在太医院没学过跌打么?”

我眨巴眨巴眼，算了，反正这人最拿手的本事就是弄疼我，跟他吵吵，到头来倒霉的还是我，因问:“刚才十三阿哥走时，你跟他说什么啊?”

“我说叫他放心，等下我会背你回去的。”

我撇嘴一笑:“谢谢，谢谢，俺自己能走。”

四阿哥也是一笑，然后好半天我们就这么坐着，没说话。

悬月当空，朗朗照着爬满了青苔的古城墙，我看了一会儿，低头理了理自己的衣角褶子，心里却是发沉的。

还好十三阿哥先走了，如果不是这样，我真不知道要怎么在这种环境下同时面对他和四阿哥，但他走之前我也没跟他说上两句安慰话，好像有点不近人情，心里隐有些不安，不过人都走了，想也无益啊，唉。

四阿哥的声音忽然在耳边响起:“老十三想要回京。”

我一抬眼:“啊?”

四阿哥点头道:“他府里传来消息，嫡福晋兆佳氏的身子有些欠妥。”

我捕捉到关键词:府里?

像皇子福晋有孕这类事情，太医院和宗人府都特设部门负责跟踪报告。如今十三阿哥正扈从皇上在外巡边，若兆佳氏有何不妥，理应康熙那儿先收到报讯，再视情况令十三阿哥或走或留，如何康熙一点响动也没有，十三阿哥却在这里跟四阿哥发愁?

“莫非……”我说了一半，又停住，凝神想一想这其中的关节，问，“四阿哥可曾收到什么家书么?”

“有是有，不过没说兆佳氏不好，只提到庶福晋石佳氏因丧子心痛，老十三又不在府里，近日情绪很是不稳。”

我素知四阿哥府里的女眷常到十三阿哥府院走动，而兆佳氏虽是当家的，毕竟现在有孕在身，不能妄动妄言，府里又刚办过丧事，人多是非多，十三阿哥人在外头，有些情况，自己家里未必能及时反馈也是有的。

四福晋纳拉氏为人是头一等的精细，她既然能在给四阿哥的家书里特别提到十三阿哥的庶福晋石佳氏，那一定是有什么不好的兆头了。

两头着火，怪不得十三阿哥忧心如焚，但这种家长里短，四阿哥不便插手，只能提个醒儿。至于十三阿哥要为了太医院和宗人府还未证实的消息就去跟康熙请求回京也不是不可，无奈当着敏感时候，十三阿哥不回京吧，怕有事，可万一回京后什么事都没有，难免要被某些人抓住把柄大肆攻击，只怕更加不堪。

何况得随御驾是多么“荣光”之事，若说十三阿哥回京是要照顾老婆，未免给人笑掉大牙。此事往大了说固然关系子嗣，不过若是他去求康熙，跟康熙主动开口叫他回去，其性质就完全两样了。皇子这么多，养儿育女谁都不是头一遭，家务事都摆不平，遑论国事、天下事？

我在紫禁城里待久了，什么事也学会多想几个方面，十三阿哥的顾虑我能理解一二，不过他府里的私事，四阿哥干什么要拿出来跟我讲？

我从怀里掏出一瓶清咽利膈丸，往嘴里扔了一颗，小心地扶着石头站起来：“回去啦，晚上我还有功课。”

四阿哥拧拧眉：“你这么急着回去？赶着见陈煜么？”

我扭扭半边小屁股：“是啊，是啊，我还要炖蘑菇汤喝呢！”

“蘑菇？”

四阿哥没听懂，我也不理他，弯腰把靴子拔好要走，他甩手在我臀后打了一巴掌，我怒叫：“非礼！”

他懒得理我，单手抱着我双腿，一下把我反扛到他宽厚的肩上，他的手臂横过我的大腿。我捶着他的背撑起身，以免自己的胃老是压着他的肩，而我脚伤刚好，也不敢太用力挣扎，只好咕囔着：“喂，你敢抢皇上的御前侍卫？要给钱的！”

他还是不睬我，尽管大踏步往前走，眼看转过道墙就近皇营，才放我下来。我理理腰带，笑嘻嘻地道：“四爷现在是不是想把我和十三阿哥一脚踢回京城？”

四阿哥抬指一压我的鼻子：“要让老十三提早回京，皇阿玛又不见疑，只有一个法子——就看你够不够聪明。”

“我？我聪明那是肯定的了，不过我要收工本费的。”

四阿哥把我头上的帽子扣好，一口答应：“行。自己人，算便宜一点。”

我＃￥”％—＊，这个四阿哥，我还真是不够了解他，没想到他这么会做生意，我亏大了。

“四阿哥？”

他停步：“什么？”

我歪着头问他："如果我和福晋纳拉氏不小心同时掉到河里，你会先救谁？"

他想了想："河深么？"

"深！"

"你不是会游泳么？"

"……万一我脚抽筋了怎么办？"

他打断道："先救纳拉氏。"

我："啊？"

他点点头，正色道："所以你没什么事情做，就记着不要'一不小心'去跳河，听到么？"

我听出他话外之意，正低头沉吟，他却一笑："换了你，你怎么选？"

我问："你和谁？"

他看住我不说话。

于是我明白了，开始装傻："在你和福晋之间我肯定选福晋，因为她轻一点，比较好救。"

四阿哥并不追问，带着我慢慢地踱回营地。

晚风吹在身上，微凉，我心里却七上八下：如果四阿哥和十三阿哥同时遇险，我会先救哪一个？

……我看我还是早点去当恶霸吧，这种问题最根本的解决之道就是眼不见心为净，何况他们两个都是历史名人，不管哪个出事，三百年后说不定就没我了，我不操这个心。

我一路想得出神，脚下走得又慢，落后四阿哥不少，霍然觉得不对，止步抬头，惊见二阿哥怒气冲冲地带着一群人从我和四阿哥之间穿过，连跟四阿哥打个招呼都没有。

四阿哥叫住在那群人后面的两个武官，用满语问了几句话，才放他们走。

我见四阿哥脸色欠佳，主动凑上问他："怎么了？"

四阿哥简短地道："陈煜被人打伤了。"

"谁打的？"

"老十三。"

"What? Who? Why? When? Where?"

我尾随四阿哥走到一座绸布大帐前。

帐帘一掀，人声、热气扑面而来。

踏进帐内，因为铺着厚厚的地毯，我的脚踝好过了很多。

里面人头攒动，我第一眼就找十三阿哥，他在靠里的位置，应该是空着手，而他的脸上很平静，看不出有什么表情。

但就在我发现十三阿哥的同时，二阿哥一边叫嚷着什么一边扒开人群直接走向十三阿哥，四阿哥亦加快了脚步挤进去，我难以踮起脚看清他们的动作，只听到双方似乎在以满语进行激烈的争辩。

我忽然有些不自在，别转过眼，却见到七阿哥和八阿哥也在场。

有能耐让我不自在的，自然非八阿哥莫属，八阿哥这个人，他盯着我看吧，我觉得恐怖，可是他不盯着我看，我更觉得恐怖，真是活见鬼了。

然而我的目光移下去，便发现陈煜以一个奇怪的姿势半蹲坐在八阿哥身前，事实上，他身边围着不少人，从我的角度，正好能瞧清楚他出奇苍白的脸色——他究竟伤在哪里？

我慢慢走近陈煜，才看清他的辫子盘到了头上，从正面我没有看到什么伤口和血迹，心中忽地一动，莫非他背部受创？

但就算十三阿哥打了陈煜，也不至于从背面偷袭吧？

我好奇心起，正要绕过去一探究竟，

忽地左腕一紧，被人攥住：“别去。”

我掉头一看，却是十四阿哥，今日他陪了康熙出去打猎，他既回来，如何不见老爷子呢？

十四阿哥把我拖后一些，压低声音：“皇阿玛就快到了，你别掺和这事。”

我挣脱他的手，才要说话，忽然二阿哥的声音一下高起来，更挥舞着双手，气焰更凶，四阿哥则紧紧挡在十三阿哥身前，寸步不让。

废太子时，康熙就骂过二阿哥“暴戾荒淫、咎戾多端”，被二阿哥每寻衅端横加苦毒的大臣、侍卫、诸王贝勒等放到北京城里排排队也好几条马路了，可见他做什么都行：十三阿哥偶尔伤了个陈煜，他就这样大张旗鼓地跟十三阿哥对着干？非要把事情闹大他才甘心？

思量及此，我倏然一惊，去年随驾秋狝时我曾亲见康熙把几名肆意擅辱大小官员的宗室子弟打了板子，发遣回京待罪，十三阿哥虽然贵为皇阿哥，但一方面他最近势头不好，另一方面陈煜很得二阿哥眷顾，此消彼长，这事闹到康熙那儿去，说不定老爷子也会把十三阿哥中途打发回京……这算不算“正中下怀”？

我本来是安了心要帮四阿哥他们唱一出好戏，不过现在看到戏码，分明不用我帮，二阿哥也足够替他们把戏唱足唱响，十四阿哥说得没错，我何必凑这热闹？一会儿全武行开将起来，砸着花花草草不打紧，万一磕碰到小朋友我可就不妙了，还有什么好说的？闪先！

堪堪在我抹过身子要开溜的当儿，喧杂人群中又响起了一个声音，跃入我耳中：“……只有玉格格可以，除此之外，谁都别碰我！”

四周刷地静下来，无数对目光瞬间扫过来。

陈煜半昂起头，毫不掩饰地直视我。

我吐血。

这家伙到底是个啥？

变态君？

我没听到，他说我可以什么？

陈煜看出我的疑惑，重复道：“要处理我的伤口，只有玉格格可以。”

脱线！

他受伤关我什么事？

我再度掉头要走，却发现不知几时身后已被二阿哥的亲卫堵上。

只听二阿哥道："好。我可以保证，只要玉格格答应，陈煜这事我就不跟老十三计较。"

我看向十三阿哥，他被四阿哥遮住了半边脸，但他整个人的姿势好像就一直没变过，只是在我看他时，眼睛一闪，和我对上。

我慢慢地别转眼，再慢慢地走到陈煜背后，最后慢慢地抬手捂住嘴：陈煜受的是烫伤，而其程度严重到好似有人把火炭盆倒扣在他背上，他盘起的辫子也有部分焦灼的痕迹。反观帐内燃着的火盆，一看炭色就是新换进来的，我本不信十三阿哥会下此毒手，可事实就这么活生生地摆在眼前。

我绕到前面问陈煜："不疼么？怎么不叫御医？"

陈煜身子微往前倾，用只有我一个人能听到的声音说："能看到你，就不疼了。"

我骇笑："废话！先脱衣服，再拿凉水冲洗伤口！拖晚了热毒一攻心，你有几条命？二阿哥，御——"

陈煜的伤根本没经过急救，其伤处的衣服已嵌入皮肉，就算剪开，也难以取下，只怕稍微用力撕扯，便会血肉模糊，我一人怎可能处理？

二阿哥只顾着吵架，正经事一样不做，我很怀疑他这是真的爱护陈煜么？

我正要叫二阿哥召唤御医，话还没说完，陈煜突然往前一凑，将他的嘴唇贴上来。

他唇上传来的热气，告诉我一切都是真的。

毋庸置疑。

我瞪大了眼睛，忘了后退躲闪，脑海里只余唯一的想法：陈煜已经在这众目睽睽的帐内公然亲到我！

"老四！"

二阿哥一声惊喝唤醒我，我却仍旧动弹不得，因为有一把明晃晃的利剑横刺里架了过来，抵住陈煜的咽喉。

剑光寒气沁人，我心在跳，手在抖，只差要学马儿吼叫，开、开什么玩笑……我以为四阿哥要杀我呢！

陈煜极慢极慢地抬起眼，看向我身后上方。

我咽口唾沫，轻轻地回转身。

印象中，不算上晨练，这应该是我第一次看四阿哥出剑吧？

四阿哥冷冷地盯着陈煜，陈煜亦冷冷地回视四阿哥，我夹在当中，更冷。

冷的二次方。

瞧四阿哥的样子，他一剑下去，陈煜血溅当场也不是不可能。

现在我真有点昏了，看不出来他们究竟在演哪一出？又或者这本来就不是在做戏？

二阿哥被十三阿哥挡住，七阿哥、八阿哥在作壁上观，既然牵涉到了四阿哥，十四阿哥也不好沾边，那么我该如何自处？

鸦雀无声中，我的目光须臾不离四阿哥，他的眼睛没在看我，然而我知道他了然于心。

我没有任何多余的动作，唯有笑意慢慢冒出水面。

这种时候发笑，实在是不太妥当，但我就是明知故犯。

四阿哥不会杀陈煜——在陈煜先被十三阿哥弄伤的情况下，四阿哥一定不会杀他。

不过我还是很开心，我喜欢他为我拔剑的样子。

他越生气，我越开心。

于是我扶正自己头上的帽子，拉起左手袖子用力地擦擦嘴，然后拔出佩刀，削下半截刚刚用过的外袍断袖，揉在手里，抛进一旁的炭盆。

火光一暗，复明，我低头把刀口对准刀鞘插回。

“决斗吧。”我说，“一个月后，我和你，用火枪决斗。”

说这话时，我看着陈煜。

陈煜面上露出骇异的神色，他动了一下，仿佛要站起说话，但四阿哥的剑毫不留情地在他颈上划出一道显眼的细长血口。

我继续把话说完：“陈煜兄，御前侍卫之间如有乱行嫌疑会是个什么罪名，相信你比我更清楚。你敢做，我却不肯当。我不跟你比身份，我跟你比枪法。给你一个月的时间养伤，届时你我各选定一名公证人，划定场子，由公证人数步子，你我向前各走二十步，当第二十声数完时，双方拔枪转身射击，火枪对阵，一枪决生死。这个法子很公道，你有何意见？”

陈煜还未答话，四阿哥已先皱起眉头，我抢在四阿哥之前道：“当然，如果陈煜兄怕死，现在说不从也来得及，有诸位阿哥作证，我洗耳恭听。”

陈煜从牙缝里挤出几个字：“为什么是比火枪？”

我从没见过有人被剑抵住咽喉时还能有这般狠劲，但我受辱在先，买谁的账也不买他的账：“这是你的问题，不是我的问题。你只需要说，接受，还是不接受？”

“够了！”

四阿哥试图发话，但陈煜突地打断他：“好，我接受！”

众人哗然，陈煜蓦然垂下眼睫，不再看我。

我扭过头，与四阿哥对视一眼，就在我伸手接过四阿哥的剑的同时，帐外传来李德全尖嗓子的禀奏声，我随着众人下跪，口呼“万岁”，一颗心跳得厉害：手中剑柄传来的温热在提醒我，如果刚才不是我正好去看四阿哥，如果不是我伸手够快，陈煜在答应我的决斗之后就会立马等着收尸。

康熙要进来了，我该赶快把剑抛掉，但就是无法松开手指——我太紧张了。

千钧一发之际，跪在我前方的四阿哥忽然悄悄地握紧了我的手。

他只轻抚了一下，却足以叫我回过魂来。

我才把剑贴着地面推到脚后，康熙就被人前簇后拥着走进来。

就算起身之后，我也始终未曾抬头，康熙不晓得在帐外可曾耳闻，一路说的都是满语，听得我头昏脑涨。

两名御医扶走了陈煜，接着二阿哥、四阿哥、八阿哥和十三阿哥都被叫了出去，估计是去了御帐。

我本担心陈煜之事康熙至少要说我两句，没想到却不声不响就过了关，心里反而不安起来。

等到人散得差不多了，我回身想拾起那把剑，谁知一转头，却见七阿哥立于身后。

七阿哥因病从小就有些脚瘸，性情与诸阿哥比起算得格格不入，素日只有八阿哥和他要好些。他虽生得面相端正，但一张嘴是有名的刻薄。我平日甚少和七阿哥打交道，又正烦闷，此刻正面对上了他，也只是低首为礼，拾起了长剑就想离开，不想才一回身，便听七阿哥轻道声“小心”，径直越过我先走了出去。

我一时没反应过来他这话是何意，但环顾四周，他声音这么轻，排除

他自言自语的可能，一定是说给我听的，并不作第二人想。

——叫我小心？

——小心谁？

今晚本来还安排有陈煜给我上护驾口号课，现在出了这档子事，自然四大皆空了。

我一个人回到自己帐内喝了口茶，安静是安静了，却总是坐立不安，躺在床上吧，也不知拗什么造型好，七阿哥一句“小心”一直在我脑海里面盘旋，让我心神不宁。

到底是怎么搞的？十三阿哥跟陈煜究竟是如何打起来的，我完全不得要领。

想到陈煜，难免记起他那个突袭的 kiss，我随手捞起床单一角蹭蹭嘴唇，忽然之间，身子僵住：陈煜是被烫伤，他的唇也很热，但为何他当时触到我的指尖是那么冰凉？冰凉得……有些不符常情？那么严重的烫伤，换了别人，早痛得动弹都难，相形之下，他的表现不是太奇怪了么？

念及至此，我猛地从床上跳起，穿了鞋，啪啪啪地奔出帐子，直冲西南方四阿哥的营帐而去。

四阿哥帐外的亲兵们整齐列出，想必他已经回来了。

那些亲兵基本都是我脸熟的，他们也认得我，因平时我要见四阿哥都是直来直往，这次我也没叫通传，不料快到门口时却被人拦了下来。

我戛然止步，一看挡住我的是名陌生的年轻侍卫，便不理他，直接调头看向一旁的侍卫长什丹：“这是新规矩？”

什丹行了个礼，答得倒不怠慢：“四阿哥交代，任何人等不得擅入。”

我还未说话，忽见戴铎从帐后冒出头来，好似刚刚瞧见我，满面堆笑地道：“请玉格格安。”又转过身直问到什丹脸上：“荒唐！玉格格是‘任何人’么？”

我冷笑道：“不是‘任何人’，难道不是人么？”

戴铎咳了一声：“主子说了，任何人等也分外人、内人，玉格格可不是外人！”

我斜睨戴铎：“这话是你说的吧？”

戴铎面不改色："请玉格格尽管拿这话问主子，自然就信了。"

我懒得跟他嬉皮笑脸："也没什么信不信的，总之我是不知道什么外人、内人之分，只别有人里外不是人就好。"

戴铎尴尬一笑，看了一眼什丹，什丹安之若素，自归原位，戴铎仍半步不移。

我嫌夜冷，一紧风领，向戴铎道："得了，我不为难你，回头四阿哥得空了，你跟他说一声我来过，有事——"

话到一半，那边四阿哥亲手自里掀起了半边帐门，冲我的方向招招手，又转身进去。

戴铎也看到了，便赶紧领着我过去，我闪进大帐，不出意外地看到十三阿哥端坐在里面。

因四阿哥向来怕热，他帐内的火盆都没有烧得很足，我便不脱外面的大衣，只除下风领，戴铎抢着倒出杯热茶，给我交指捂在手心取暖。

四阿哥先挥手让戴铎退下，才跟我说："老十三明日启程回京。"

我一怔："这么快？"

四阿哥不答，十三阿哥意图扯开话题："你跟陈煜那个？"

四阿哥提示："决斗！"

十三阿哥接道："对，决斗！小莹子，你怎么如此冒险？"

我在他们对面坐了，掀起茶盅盖子呷了一口："不然能怎样？难道真的要我亲眼看着四阿哥杀人么？"

四阿哥道："他找死。"

我抬眼看看四阿哥，他又一次肯定："我要杀了他。"

十三阿哥帮腔道："不错，还要把他的嘴唇切掉！"

四阿哥闻言，别过脸瞪着十三阿哥，似乎在打量他浑身上下有什么地方应该切掉。

十三阿哥端过手边几上的茶盅喝茶——他自己的茶在左手，四阿哥的在右手，他拿错了四阿哥的茶。

我如坐针毡，挪了挪屁股，打算结束此话题："这种火枪决斗法，并非比赛装填火枪，和技术好坏并无关系，拼的只是运气和速度。我赢了，就算二阿哥再有心保他也无话可说，不是很好么？"

四阿哥怒斥："好个屁！"

十三阿哥猛地喷口茶。

我瞠视四阿哥，四阿哥续道："不论怎样，只要是和火枪有关的比试，即使换了老十三面对陈煜，也不能稳操胜券，你口气这么大，莫非你比别人多一条性命？"

我当然不可能穿越回现代翻查资料，研究一下陈煜这号人物究竟能在历史上活多久，但我也绝非把决斗当口号喊过便算，四阿哥的问题我早就想过，因不慌不忙地道："也可以这么说。决斗场上，陈煜若杀了我，他也必死无疑；但若是我杀了陈煜——公平公开公正的决斗，我一个弱女子，还有人好意思为他向我复仇不成？两相抵消，说我比他多半条命不过分吧？"

四阿哥又好气又好笑："谁说陈煜必死无疑？"

我假痴假呆："我杀不了他嘛，四阿哥接下来要做什么，谁还拦得住你？再退一步说，他当真杀了我这么一个弱质女流，就算没翘辫子，以后也不用再做人了吧？"

十三阿哥听明白了："我说小莹子，你摆明车马欺负陈煜是个男人对么？"

我作委屈状，点头唱："人在江湖飘呀，嘿！哪能不挨枪呀，哦嘿——"

十三阿哥喷出第二口茶，掸掸身，站起来，向四阿哥道："我先回了，还有些什物要理。"

四阿哥跟着起身："祥，我送你。"

"我也回去了，困。"我放下手中的茶，还未开步，四阿哥和十三阿哥同时看了我一眼，我茫然道："怎么？"

四阿哥叫进戴铎来："玉格格说饿了，做些点心进来，好好伺候着。"

"嗻。"戴铎应了。

我呆若木鸡，定定地看着四阿哥、十三阿哥亲亲热热地并肩走出去——四阿哥刚才叫十三阿哥什么？祥？

"玉格格，想用何点心？"戴铎一问，我听到一个"想"字，差点唬得一跳，偏首思忖了半日，没好气地走到旁边取起我的风领："不用，我要回去了！"

一只手伸过来搭在我手背上："回去？你还没说来找我有何事？"

我惊道："怎么这么快回来?"

四阿哥不解道："快？我送老十三出帐门就赶回来了，怎么?"

我无奈地望望四阿哥，好吧，算我想歪了……

四阿哥又问我："要说何事?"

我张开嘴，刚想说话，却又止住：我该怎么说？说陈煜的唇很热，但手很冷，对比太过奇异，不似受烫伤之势？

但是被陈煜亲到已是我的大罪了，我居然还敢"感受"他的唇温冷热程度，四阿哥要是听了，不把我大卸八块也得五马分尸……No……No……No！这话不能说啊，万万不能这样说！

四阿哥只管盯着我的面上瞧，见我欲言又止的模样，他却误会了，摆手叫戴铎退下。

戴铎一出去，四阿哥就将我拉近他，与我面贴面地低声道："现在可以说了罢?"

我不愧是智勇双全无敌小恶霸，给四阿哥这么一挑逗，反而顺口溜出一句："我想你了。"

四阿哥嘴角一翘："继续说。"

我："啊?"

他问："这就完了?"

"哦，"我结巴道，"我、我想你想得睡不着觉……所以我就爬过来找你了……"

四阿哥挑眉道："爬?"

我汗："不是……我口误，是跑过来，唔……"

四阿哥突如其来地攫住我的唇，狠狠索吻。

到他放开我时，我几乎有点立足不稳，只好扶住他的臂，将头靠在他胸前。

四阿哥的手摸索着除去我的帽子，散下我的长发。

我揪紧他的衣襟，一言不发。

然后他垂首朝我面上看了一眼，打横抱起我，走进内帐。

内帐比外帐要暖和得多，四阿哥帮我脱了衣裳，拿手心拍拍我的脸："今晚的药吃过了么?"

我管他说的是哪个药，只顾频频点头。

四阿哥就叫我睡到床上去。

我身上只剩下小衣单裤，亦觉冷了，麻利利地跳上床，抽出被子裹住身，一滚滚到里床去。

不一会儿，他也收拾了上床来，却不与我同被，另取过条锦被盖着。

两人都安歇停当，我支肘撑着头侧靠在枕上："今晚我就睡这儿么？"

四阿哥说："对。"

我发愁道："明儿早上我怎么出去？你有没有预先在这里挖条地道通到我帐子里啊？"

四阿哥不说话，只管笑，接着他一手越过被下，把我拉近他，贴身拥住："你以后每晚都跟着我睡。"

"啊？"

他摸摸我的头："今次离京这些时日，我知你一直睡得不好。你帐中烛火经常彻夜不熄，是么？"

我是哑巴吃馄饨——心里有数，自从经过和十三阿哥一起坠崖那事，我就越来越心浮气躁，之前在四阿哥府里每晚睡他身旁，好歹还能压得下去些，等进了宫，数银票也好数绵羊也罢，失眠惊梦的弱症却是越来越多。这次随驾巡幸畿甸，环境自然远不如宫中适意，而白天劳累，晚上也不安稳，是以症候益重，我为了不显娇气，只强撑着不说，终究还是瞒不过四阿哥。

"老十三这么快回京，是因为陈煜的伤势不能拖延，需立刻返京才能得到最有效的治疗——"

四阿哥忽然在床上提起十三阿哥，我的小心肝先是扑通一跳，及至听清，不禁纳闷道："也就是说十三阿哥是同着陈煜一路回去？难道是陈煜要求的？"

"不，此事是二阿哥亲自跟皇阿玛提请，而皇阿玛也应允了。"

我慢慢地从他语气里轧出些苗头，便不做声，只听四阿哥接道："老十三说，陈煜受伤有古怪，当时场面混乱，陈煜怎么会一下背撞火盆，他也闹不清楚。这件事你怎么想？"

我思量了一阵，小心翼翼地道："我现在只希望：十三阿哥回京这一路平平安安。"

四阿哥跟十三阿哥原先有何计划我并不知晓，但现今看来局面已然失控：京城条件虽然好些，可是康熙带在身边的皆是最好的御医，怎会治不了陈煜的伤？

何况照我看来，陈煜根本是一动不如一静，路途颠簸，反而对伤口不利。

二阿哥肯定懂得此理，却硬要十三阿哥即刻和陈煜一同返京，也不晓得是否另有奥妙？

四阿哥又道："其实今晚你不过来，我也会派人接你来的。"

我奇道："为什么？"

四阿哥沉重道："我刚发现原来你被人偷袭是件很容易的事。"

我闪了半天，就是怕四阿哥提起这事，因头皮一麻，面上一热，支支吾吾回道："我和陈煜约定一月后决斗之事，皇上可有说什么？"

四阿哥只看着我笑，我发起急来，扯着他问："到底有没有嘛有没有？"

"皇阿玛已经知晓，但没说什么，也就是默许了。"

我哼哼唧唧地道："就是……偷袭我哪有那么容易，总之我要叫他付出代价来……"

正说着得意，四阿哥忽然翻身上来，把我给生生压了。

我跟他闹了一番，小脚蹬蹬，小爪挥挥，把床上的被子都搅得翻了浪，好容易气喘吁吁地躲到里床，瞪着眼睛对他猛念咒语道："儿子，儿子——"

我一面念一面发笑，四阿哥实在吃我不消，故意板着脸消遣我："明儿我跟皇阿玛说，不让你当侍卫了！成天在男人堆里混，要是谁都像陈煜那般还得了？"

"他们敢！"我说，"谁敢四阿哥就拿剑劈谁！"

话音未落，四阿哥又明袭我，我也不是吃素的，被他亲了一口，立马一个小猴跳，反扑到他身上。

不过我忘了这世界上还有一种小受叫"骑乘受"，我的确是把四阿哥给压了，但他居然一下就有了反应，我想爬又爬不走，叫他放我他又不罢休。害得我心头狂跳，不知如何是好，然后只见他自己闭了眼睛开始喃喃："儿子……儿子……"

我要笑，却不敢笑，低脸看他，看得呆了。

四阿哥闭着眼的样子……该怎么说？

应该是，就像《越狱》里面那个超性感的变态大叔 TB 的常用句型之一：摸着良心说，我想他×我……

“那个……四阿哥……”我凑近他，“声音太大，外边的人会不会听见啊？”

四阿哥听了这一问，一把将我拉到他身下。

我有点眩晕，不由闭了闭眼，然后就看到他赤裸的胸膛靠了上来。

他扯开我背后细细的系带，将我蔽体小衣一一抛落。

一开始，我觉得有些冷，然而很快他的缠绵就驱散了我的寒意。

今晚的四阿哥，温柔得简直不像他。

他的每一个步骤、每一个动作，都让我感到我们是在做——只有两个深爱的人在一起时才会做的事。

这是最真实的错觉。

当他终于杀入时，我只觉一阵火辣撩上了身，挑热了心。

我翻过自己手背盖住嘴，抑制住叫声。

可是他拉下我的手，以吻封缄。

我圈抱住他，要他放纵，又怕他放纵。

而他的身体热得要命，让我渴求他，却几乎被他融化。

指尖擦过他铁般背肌，趾端擦过软暖的床被，反反复复，没有一处借得着力，我的命，在他手中。

# 第三十九章 火計

短暂的回避和躲闪，反而使得我们彼此更加贴近，无比靠合。

他渐渐弄得狠了，我带着哭音急促颤息，险些咬破他的唇。

欲望，蓬勃在他的眼睛里，又点燃了我。

他真是个疯子，一个快要逼疯我的疯子。

攀上第一个高峰，我胡乱抓了散在手侧的小衣塞进嘴里，紧紧咬住。

四阿哥这个混蛋，他要弄死我么？

死活熬过一阵，我松开口，丝绸衣带滑落嘴角。

妈妈米亚，我下定决心横竖横了：四阿哥还敢继续这么硬来，我就大大声叫，直到把康熙吵醒过来踢四阿哥 PP 为止！

四阿哥抬身过来，替我把披落的发丝拢到耳后，接着压近我，清清楚楚地跟我讲："刚才你的问题我还没回答——不管你怎么叫，外面的人都听不到。"

我左眼冒金星右眼冒火星，NND，卧石真的答春绿啊，居然忘了康熙出巡本来就带有常在、答应沿途侍寝，上行下效，这些皇子阿哥的身边多少也有美貌的婢女伺候随行，宿帐规格又怎可与我的侍卫小红帐相提并论？要是做什么都听得到的话，那每天晚上营地里他们要不要举行 SEX 能力大赛啊？康熙攻德无量，总归是状元了，不当状元这位子也得空着以示敬上，就看谁能跟二阿哥抢到榜眼罢咧。

岂有此理一百遍啊一百遍！枉我辛辛苦苦忍到现在，四阿哥才一记头告诉我不用忍，他是存心玩儿我么？

不行！我生气鸟！

我拉下四阿哥的脖子，用力亲亲他："改个样儿……"

他问："什么？"

他说归说，动归动，我跟他抵死缠了一阵，正是意浓情好，乘机提出要求："你让我绑一绑好不？"

四阿哥也不知听明白没有，只管含糊应着，就是不肯离了我的身，我气喘吁吁地和他换到合适的位置，他却手脚都不老实，当然，有个地方更不老实。我想要俯身去够搭在床头的一根衣带，够了三次才算成功，抓了他的手腕伸舌舔舔，就打算绑他。

他开始不肯，跟我打了好几个回合，我强压住生理和心理的双重冲动，尽量保持清醒的头脑威逼利诱他，许诺新从书里学了降蘑菇十八式的绝招，一定将他服侍到舒服为止，他才被我说动，勉强愿意一试。

在最想不到的时间，最想不到的场合，我的反“攻”大计要付诸实施了?!

我搓爪，激动ING……

刚颤抖着小爪用腰带系了个蝴蝶结把四阿哥绑住，却发现个难题：他的手是放在前面好，还是后面好?

因为他手指还可以活动，放在前面未免不妥；但若是叫他双手举过头顶，怎么说这位也是将来的天子吧？我怕明早出帐会被雷劈。

思前想后，我决定相信四阿哥的定力，只象征性地绑他一只手，偏他等得快要失去耐心，硬把我的左手跟他的右手绑在一起，可恶，这不是限制了我的活动范围么?

我抬头瞄瞄四阿哥的脸，低眼瞧瞧蘑菇头，第二个问题来了：我经验有限，知道的只有在天涯影视一部向楚留香致敬的《西门大妈》，高中生物课也没教过捆绑的标准程序。皮鞭木有、蜡烛木有，缺少辅助道具，怎么反攻四阿哥？我的天，要紧关头，性知识用时方恨少啊！

我呈痴呆状地盯着坏东西看了足足三秒有余，四阿哥眼角一挑，勾引我道：“上来。”

“啥?”

“你说的，服侍我。”

我大受刺激，嘿，反正我也已经黄过了，再来一记也没差！管他4413绿帽NPBL，呜啊啊啊啊，四阿哥你觉悟吧！我要叫你知道妇女同志也是半边天哟半边天！

我十分英武地来了一个恶霸猛吃豆腐下山势，造型刚刚拗到一半，四阿哥忽地将身一直，牵我的手重重按倒，喘着气道：“你在给我找麻烦么?”

“哈?”我瞪大眼，“你赖皮！说话不算话!”

四阿哥只顾忙他的，愣不放我起身，我眼前花了几花，最后一黑，却是他飞快地把绑在我们手腕上的腰带解了，蒙住我双眼。

“你喜欢这样玩么？不急，我有的是时间教你……”他嘶哑的声音夹杂热气喷在我耳边，逗得我浑身酥麻。

有没有搞错？四阿哥居然要反反“攻”我?!

我伸手欲扯下蒙眼的衣带，却被四阿哥扣住双手，继而缚住绑在床头。

……这个流氓！

开什么玩笑，我小白这一入四四虎口，明天还有得命么？

“留什么留？嗯？”

我小声的骂骂咧咧给他听到，他追问我，我无从掩饰：“四爷手下留情嘎～～不玩了～～不玩了嘎！”

四阿哥也不答我，我只觉床上一轻，接着是一阵窸窸窣窣的响动，不知他下地去干嘛。我眼前漆黑一片，开始有点紧张，他不会是去拆根蜡烛来跟我玩滴蜡吧？要死了，要死了，这个年头总不见得还有低温蜡烛伺候哟！

我将头脸贴在胳膊上蹭啊蹭，总算把布片弄得稍微松动些，漏进一丝光亮，什么也没看清就被四阿哥一把捆回原处，我能感觉到他的手离我很近：“四爷？”

“什么？”

我的声音细若游丝，态度却十分诚恳：“小的知错了……饶命呀……”

他还是不说话，只隔着一层薄布亲吻我的眼皮，然后是嘴唇、耳珠、耳背、颈部、前襟……

刚才他走开时一定喝过水，否则舌头不会又湿又滑，点、挑、拨、压、搅，一路过处，我恨不得化身为八爪鱼，一口把他吃掉，然而我的手被绑住了，半点都扭动不得。

我的身子一时夹得很紧，一时松塌下去。

半是愉快，半是痛苦，我的感觉忽然间被充满了。

不管他提出任何要求，我都应允了，只求他不要停下。

差不多有几十秒的时间，我脑海里除了极度兴奋的感觉，什么都没余下。

当他终于解开我的束缚，我仍躺在床上缓不过劲来。我用手臂拥抱着四阿哥，他要我，迫不及待地。

我也要他，真心实意地。

他把我拉向他，我闻着他的肌肤，告诉他一句话。

为了这句话，他连床也不要了，塌了都要爱～～不 XX 到 OO 不痛快～～

最后我赤裸着身体，缠绵在同样赤裸的四阿哥的身上。

我的长发凌乱地披散在他胸前，磨着他讲故事给我听。

四阿哥说他小时候才没人给他讲故事哄他睡觉呢，我就给他讲了个一千零一夜里的DD，他想了半天，又用满语说了一个他们满族的童话给我听，是什么猎人和狗的故事，我满语听力很烂，听着听着就睡了过去，等醒过来时已烛倒天明。

行营在外，做御前侍卫的一般寅时就要起身侍驾，我虽可宽限，至多也不能超过卯时，但此刻打量帐内洒入的天光，怎样也该是卯时过辰时了。我不见四阿哥的踪影，急忙从床上跳起，捡了衣服七手八脚地穿起，随便抓过床边的一杯隔夜茶漱了一口，抹把脸就匆匆地往外走，才踏出两步，忽觉不对：天都亮了，我这么大摇大摆地走出去，不是自曝猛料么？不成，不成，得另辟蹊径。

我眼珠一转，想出一个好主意，拔出佩刀走到帐后，刷地从上而下划了一道长口，双手扒开走进去，再依样划开外面的一层帐幕，没有挖地道本来就是四阿哥的错，现在我人工开一条后路想来他也无话可说。和我的面子比起来，帐子算个什么东东啊？反正今天要拔营，晚上重安新帐，四阿哥不必担心睡觉漏风走光等环保问题。

可怜我昨晚消耗体力过剧，等划完里三层外三层的尾帐，我累得快要学螃蟹吐白沫了，总算搞定最后一刀，我悠哈悠哈一声“干巴爹”，一个天马流星倒勾拳把裂缝扯开，七扭八歪地钻出帐子，首先做了一个深呼吸，啊～早晨的空气多么清新，阳光多么明亮，那边还有两个帅哥，肩宽腰细的背影，多么养眼——

哟～帅哥转过脸来了，向我冲过来了——

啊～我想死……请万能的西门大妈告诉我，为什么一大早的，四阿哥和十三阿哥会站在帐子后面说话？

我大义凛然地后退、后退、后退，还不及一头蹿回帐内，就被四阿哥揪住后颈拉了出去，对我吼道：“你搞什么鬼？不走前门走后门？”

切！大白天竟敢对我耍流氓？

我惊恐之下，冒出一句崇明岛的方言：“侬做蟹（念HA，第二声）？”

四阿哥气呼呼地瞪着我，我抖……左右看看，再抖……好家伙，四阿哥把他帐前的侍卫都调到帐后去了，而我从四阿哥帐子去康熙那儿必经十三阿哥的宿帐，他又叫出十三阿哥同着在此说话，摆明就是帮我扫平了出门的障碍，却没算着我搭错神经，从后面开山辟路地钻出来，撞个正着，可不是我“火星”了么？

站在一旁的十三阿哥看看我，又看看四阿哥，彻底失语。

除了早上这个意外插曲，十三阿哥返京，走得还算平静，比较特别的是陈煜虽然有伤在身，却坚持不肯让人伺候，自己亲自出帐走上马车，短短的路程，却搞了一额的汗，且一上车伤口就裂了，二阿哥好不指挥着人忙乱了一番。若非康熙不允，二阿哥就差点不肯放陈煜走，而之后我悄悄问了相熟的替陈煜临时诊治的御医，均言：以他的伤势，一般人根本无法自主行动，就不懂他为何强争这一口气？

他们不懂，我倒是明白，陈煜这个人绝对不简单，不过十三阿哥的未来我了如指掌，不管遇上何事，十三阿哥总能否极泰来，因此我也不太担心。

我郁闷的是另一件事：我在四阿哥帐内过夜一事当着十三阿哥的面活生生穿帮后，四阿哥就不理我了。

可那事能怪我么？我哪晓得他会跟十三阿哥在后帐谈情说爱？

跟四阿哥不和谐了，不和谐他也有错，谁叫他安排事情不先预知我一声？

还前门后门咧，别以为我懵懂，好歹我也是领略过“山歌教”的大名的，那素变相调戏我！哼！

本来四阿哥不理我，我也不理他就是了，但我的眼睛不听话，成天跟在康熙身边，所见无非是几个阿哥们罢咧。

我想看四阿哥，又怕别人误会，更不愿他知道了臭美，一天下来，眼睛都快抽筋了。到了晚上，一个人抱着枕头，还很哀怨，我专门放银票的小绣囊那天晚上落在了四阿哥的床上，不知其是否发现？有发现的话，应该早点还给我嘛，不要害我人财两空，相思成灾。

我和陈煜约定一个月后决斗，康熙早已知晓，可是好几天过去，他从未在我面前提起，简直就当没那回事一般。十三阿哥和陈煜都不在，有时我想找四阿哥探听那天究竟是怎么回事，他却有心避着我，我也没辙。

可恶，那晚四阿哥留我在他帐内，十三阿哥又不是没看到，他搞什么欲盖弥彰的把戏？也不至于就不睬我了吧？男人心，海底针。

我跟在康熙身边已有一段时日，知道他不喜欢吃鱼，却不知道他喜欢打鱼。

保德州扎营所在之处靠近黄河，保德天桥的“石花鱼”闻名遐迩，据说此鱼十年才能长成，其味鲜美，非比寻常。唐代柳宗元在《晋问》中曾写过“河鱼之大，上迎清波”，指的就是它。

钓石花鱼最好的钓饵是石虫，而石虫只在河流底下的石头后才能寻到，煞是耗费人力，康熙一整个白天就带着人乘小船满河地打鱼。

我对钓鱼这类事一窍不通，也看不懂康熙领着众阿哥为了一条鱼上钩而兴奋莫名是为何。十五阿哥和十六阿哥都是小阿哥，他们在二阿哥面前说不上话，只跟着七阿哥、八阿哥他们一处，而十三阿哥一返京，四阿哥无形中就落了单。

我候了一天，好容易觑到空档，抽身往后舱走，想要理理装束找四阿哥说话，谁知刚走到后面，一眼就瞧见他跟十四阿哥站在船尾说话。

十四阿哥比四阿哥略矮一些，他们两个如果同时站在德妃身边，明眼人一下就能看出十四阿哥是德妃所生，而四阿哥却很难辨别。

满人习惯宠溺小儿子，四阿哥又是自幼就被抱到孝懿皇后宫中抚养，以我对德妃的有限几次见闻来看，四阿哥和她的关系的确寡淡。

正想着，四阿哥和十四阿哥先后别转脸来，看到了我。

现代生活中，我曾经见过老年十四阿哥在乾隆朝的画像，画面上他那一对无敌BH的高颧骨简直能把死人吓活，然而此时此刻，在河船上，十四阿哥的侧影沐浴在午后的阳光里，分明是一个翩翩美少年的模样。为何会差别那么大，难道说十年后他当大将军时被马踩过了脸么？

船身忽地晃动，我扶门框站稳，又按紧帽子，因正对着光线，便眯了眯眼，才走到两位阿哥身边。

四阿哥先开口说话道：“你找我有事？”

所谓挑不如撞，正好在这碰见四阿哥，左右也清静，现在要不说话，回头还不知上哪找他去，因此我也不管他们兄弟俩正在谈什么，直接“嗯”地应了一声。

看我这期期艾艾的模样，十四阿哥跟四阿哥说了句满语，我却听懂了，大约是“等会儿再说”的意思，只见四阿哥点点头，十四阿哥便转身往前舱走去。

十四阿哥走起路来，腰就是和别人不一样，不知他这是从娘胎里带出来的还是从哪儿学来的，倒也不女气，反正扭得很特别。

我不开口，四阿哥也不说话，我们互相望了望，又都别过脸去，我用指甲抠着船栏，犹豫半晌，终于鼓起勇气问他："十四阿哥来……"

孰料他几乎同时说道："你不……"

我没听清他的话，很快接道："啊？"

他也在问我："什么？"

我们又一次同时说话，就不由对笑了一笑，气氛缓和了许多。

"你先说。"我道。

他一下说了两件事："我已跟老十四谈好，回京后，他会负责训练你的火枪枪法，如果一个月的时间还不够，我们可以另做安排。你现在不晕船了么？外头风大，你跟在皇阿玛身边伺候也快一天了，吃得又少，我看你面色有些不好，先回里头歇歇，我叫人送些热点给你。"

他的话听起来简单，其实内容不少：让十四阿哥教我枪法，自然是为了增加我和陈煜决斗的胜算，但听他的口气，似乎还另有伏笔？也不知道这事是四阿哥主动找十四阿哥谈的呢，还是十四阿哥主动找的他？总之有些奇怪，不过想来想去，应该对我没什么坏处罢？

四阿哥瞧我没什么意见，就说他还有事，要先闪人了。

我微垂着首，在四阿哥擦身而过的刹那，我拖住他的手指："等等，我还有话要说——"

他停下，我咕哝丢出一句："晚上……我睡不着……"

"想我了？"他问。

我扭捏半晌，憋出断字片语："我……你……除了我……你有没有……"

"没有。"他凑近我，截然道，"只有对你才那样子。"

我面上烧了一烧："真的？"

"不骗你。"他一顿，又道，"就当是给你的奖赏。"

我如蚊子哼哼般明知故问："什么奖赏？"

他低笑："不说这个。我只问你，你喜欢么？"

这话我完全没料到，弹回一声给他："勿帮侬港——"

谁知他也学了我的口音重复了一遍："勿帮侬港。"

我吓一跳，他倒学得满嗲的么？语调绵软细巧又不失文雅，是标准的苏州话，这家伙随康熙南巡时，肯定没少勾搭小娘子。

四阿哥再要说些什么，过来一名他的亲兵，见我们站得近，止了步不敢上前，四阿哥却早有看到，便稍微让开身，示意那亲兵说话。

亲兵看我在旁，还是吞吞吐吐地不肯说话，四阿哥骂了他一声，他才用满语叽叽咕咕地说了一通。

我隐约听出内容与十三阿哥有关，只见四阿哥渐渐变了脸色，我站在他对面，看得最是分明，有一瞬间，其脸色简直可用“气急败坏”这四字来形容，亲兵的话音刚落，他就蹬蹬蹬地直转身往船头走去。

我先是一愣，反应过来后才急忙跟上。

等四阿哥到了康熙面前，脸上已经缓和过来，他们的对话，我听得一头雾水。言毕，四阿哥又匆匆地下船离去，我更加不得要领，直到晚间，把康熙身边相熟的小太监悄悄扯到暗处细问，才晓得京城传来消息：十三阿哥的福晋兆佳氏意外小产了，且是一名业已成型的男胎，十分可惜。

可是以四阿哥的定力，怎么会陡然失态若此？

我虽百思不得其解，但四阿哥自此就没露过面——因康熙的行程安排本来就是过了保德州就要返京，听说四阿哥当晚就直接同着先行部队赶往京城去了。

直到我随从康熙回到紫禁城，一连数日，也没见四阿哥和十三阿哥在乾清宫露过一次面，又留神暗察宫中上下种种口风动向，心中的不安就越扩越大，莫要给我猜中了：十三阿哥回京，并不是像四阿哥告诉我的那般——仅仅是牵挂兆佳氏，担忧她的安康？

接连忙了数日，因天渐转暖，有些要穿的衣物还放在随园，我便特意挑了一个不当班的晚上，领佩了夜间专用的腰牌出宫。

随园在北边安定门内，我晚饭吃得迟，过了卯时，才优哉游哉独自骑马出来。天幕虽已黑透，但古代没受过汽车尾气污染的环境就是不同，真正是星大如斗，月明当空，我所行之道又算得半个禁区，路人车马稀少，晚风习习，写意极了，令人心绪亦为之一爽。

这次出宫我请了一整晚的假，可以明日一早再行返回，回随园我自己的地盘当然是高兴的，不过一想就要看到长得像打手的暴牙太监毛会光同学，不免憧憬就大打折扣。正犹豫晚上要不要取了衣物便直接回宫，忽听身后传来一阵马蹄声，我经过几次围猎，一听马蹄错落之致，即知来人马术颇佳，心中好奇，略回首去瞧，那人却一阵风似的从我身边掠过，啊！居然敢超我的车，不，超我的马！到底是哪个浑小子？

我不服气欲拍马追上，那人始终比我先一个头，很快跟到一个三岔路口，直走就通往随园，左拐是往四贝勒府方向，那人突地转过脸朝后看了我一眼，只是一闪而过，没法看真切面目。我心念一动，一勒马缰，不远不近地尾随他闪入右边一条从没去过的小巷里。

巷内结构错综复杂，有些地方实不适合马匹行走，我好容易转过几个墙角，背心已出了微汗，速度明显慢下来。只听前方视线不及之处，似有门扉开动之声，我便多了个心眼，先跳下马，一手牵马悄步沿墙根摸将过去，果见转手一道墙面上贴地开着扇小门，而门面与墙色相近，若非我有成见在先，很可能就忽略过去。

四下静悄悄的，神秘人就如凭空消失一般，除了这道门是真的，我几疑刚才所见所听均是幻觉。

夜凉如水，我在墙下呆站了片刻，不知所以之间，忽闻墙内传来一声叹息，我身子遽然一震：这声音，是四阿哥的。

我把掌心贴在门上，轻轻一推，开了。

门后是一座佛庙的院落。

佛殿内外，炉香烟袅，禅音悠扬，一脚踏入，恍然走进另一个世界。

院落正中，是一株高古柏树，四阿哥站在树下，白衣胜雪，他抬起脸来，令我怦然心动。

白色不吉，我很少看四阿哥穿白色，但眼前的这一幕，我仿佛已经看了千次万次。

他抬脸的角度，眼神的流转，这个姿态，好似重现我曾有的梦境，流丽至极。

我屏住呼吸，移不开步子，然而他清清楚楚地开了口："你来了？"

当我站定在四阿哥面前，他什么话也没说，先紧紧地拥我入怀。

我闻着他身上的味道，要辩什么前因后果？只想这般沉静依赖一处，就是天荒地老，太平盛世。

良久，四阿哥放开我。

我低头注视他摊开的掌心：一枚通体无一丝接缝的玄铁指环就躺在眼前，上面绕着的是半截我亲手穿过的红线。

我的喉咙有些发干：“怎么找回来的？”

四阿哥道：“老十三交与我的。”

我用手指轻触指环边缘，有些温热：“十三阿哥为什么会在大阿哥被秘密押往畅春园单审时出现在那儿？他要提前回京，根本不是为了兆佳氏，对不对？”

“人算不如天算，我也没想到他会半途跑小差帮你找回丢失在青螺山下的铁指环。”

我深深呼吸：“十三阿哥已事先让所有人都以为他待在府里，若非兆佳氏意外小产，未必会这么快暴露行踪。”顿了一顿，又道，“前天十三阿哥的庶福晋石佳氏已被太医院诊出患了失心疯的毛病，大家都传言其实兆佳氏的小产跟石佳氏脱不了关系，所以这个‘意外’你早就知道，但你并没提醒过十三阿哥，是么？”

四阿哥看着我，半晌无语。

就在我快熬不住他的逼视时，他抬起我的右手，打算将铁指环套入我的无

名指："我提醒过他。这几天我也不解，亦在追问他到底为何没把我的话听进去？而直到他把这枚铁指环交与我，我才知原委。那天老十三跟你自青螺山危崖坠落，翌日我寻到你们，曾亲口说过无论什么代价也要帮你找回铁指环，但我始终未能如愿……最后是老十三寻到了，他说，除非我得到这个天下，他才肯心甘情愿地对你放手。"

我茫然："天、天下？"

四阿哥淡淡地道："你用不着左顾右盼，这儿全部道路已经封锁了，要不是我让人带着你，你以为你进得来么？"

我细瞧他神色的变化，还是难探究竟。

"你进来之前，我还在犹豫，但看到你的第一眼，我就下定决心——"他墨睫轻颤，似有微妙光华掠过眼底，"我不斗人，有人却要来斗我。"

康熙虽然以仁政自居，但向来深恨党争，我想起废太子、圈禁大阿哥时牵涉到的张明德一案，不仅著张明德凌迟处死，行刑时更令事内干连诸入往视其受千刀万剐之惨状，至今仍觉不寒而栗。

四阿哥、十三阿哥、纳拉氏、甚至兆佳氏，这些人将来的命运我统统知悉，可就是看不到我的——除非我是历史上真正的年妃，然而那结局亦称不上美好。



"随园的人知道我今晚会回去，他们已经等得太久，四阿哥，我……"

"你的手在发抖？害怕了？"

"不，生生死死我都不怕，只是……"

我戛然停住，四阿哥问："只是什么？"

我看着四阿哥，无论如何也说不出这一句话，最后只问了一句："天下，对你而言有多重要？"

"你愿不愿意受我的保护，一生一世？"

"啊？"

愿意……我愿意……

脑海里有声音在回旋，像是我的，却又如此陌生。

我几时听过这样的话，说过这样的话？

梦耶？非耶？

我心头滚热，手足冰冷，唯突觉一处疼痛难忍：被指环套住的右手无名指！——四阿哥从前给我戴戒指都是套在食指上，为何今次却换了位置？

"呜……"我身子一倾，扶住四阿哥的臂膀，"我的手……为什么、为什么戒指拔不下来？"

是我眼花么？铁指环正在发出幽幽的明红奇光，我的手指快要被熔断。

"四阿哥！"我叫他，他却不回应我。

我忍痛抬起眼，呼吸瞬间窒住：十三阿哥弯弓搭箭站在四阿哥背后，打磨得锋锐无比的箭头，在月光下泛着荧荧的光，对准了四阿哥的后心。

利箭如电，刺破空气，"哧"的一声骇人闷响，将四阿哥自背及胸贯穿，兀自滴血的箭头堪堪探出他的心口！

我神志为之一慑，只觉眉间突如针刺，同时以心口为源，似有两股绝大的力量要将我生生撕裂、破体而出。

是我要死了么？

他的脸在我眼前渐渐模糊，我想最后再看清楚他一眼也不能够！

迷了心，红了眼，死生一线，忽不知天地间何来清磬音声一响，随有昙花香海之佛境于六觉中一瞬即逝，我随之倒下。

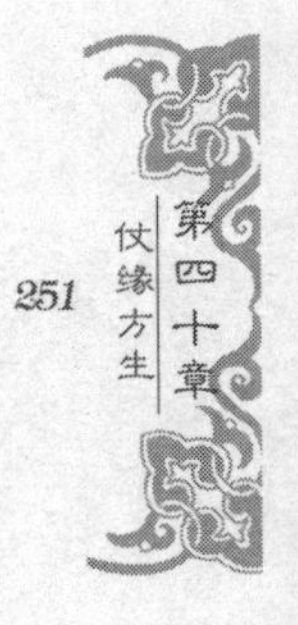



"小莹子？小莹子？"

我艰难地睁开眼，但这呼唤太过熟悉，我涣散的心志因了这呼声一点点聚集起来，终于重见光明，看到抱着我的人那一张眉目深秀的脸，既熟悉又陌生。

头上是旗幡宝顶，榻旁炉内沉檀馥郁，那人拿手在我眼前连晃几晃，关切道："快醒醒，你怎么样了？"

我认出他，一激，抬手揪住他的衣襟，却喘着气说不出话。

十三阿哥贴面在我额上，左右蹭了一蹭，柔声安慰："好了，都过去了，刚才你中了白狼的幻术，我差点就来不及……快点清醒过来，我们要离开这里！"

他的话音才落，窗外便隔墙传来一阵马蹄声、人声，夹杂着一个清晰的命令："封寺！给我搜！"

那声音，是……

"糟，二阿哥到了！"十三阿哥一把拉起我，"过来，这边有暗门！"

我跌跌撞撞地起身，跟他路过一面铜镜，一低头，惊觉镜中人青丝玉肤，黑白分明，唯独额心一抹红痕，似足血花，触目盛殷。

我一个失足，脱了十三阿哥的手，跌倒在地，世界退散，思绪成空，直到厢房的门被推开，有两个人一前一后走进来，走在前面的人发出狂笑，后面那一个则带着惑然的语气探问：“千？祥？”

慢慢、慢慢地抬起眼，深深、深深地黯下心：怎么会呢？走在二阿哥身后的，竟是四阿哥？

四阿哥穿着一套我熟悉的天青色便服，我此刻见着他，的确是跟之前穿白衣的“四阿哥”有些微不同，无关服色，只是感觉。他们模样相同，可看我的眼神不同，白衣“四阿哥”说上千言万语，也抵不过面前的四阿哥看我一瞬。

但为什么我会那样投入白衣“四阿哥”的怀抱？还有那一份割肤裂心之痛……难道这一切全是白狼的幻术？

十三阿哥沉默地扶我起身，我目光掠过镜中人，额上已白皙如初，连原来的一抹红痕也不见了——难道是因为白狼已死的缘故么？

我下意识地抬起右手抚抚额头，硌到冰凉坚硬的铁指环一枚。

白衣“四阿哥”是假，血花孽痕或许亦是幻觉，给我的铁指环却是真的？



那么白衣“四阿哥”说十三阿哥冒险自青螺山危崖下替我找回铁指环也是真的？

我瞥瞥十三阿哥的手，这双看起来甚至有几分秀气的手曾拿箭射杀“四阿哥”，又是真是假？

一连串的问号塞满了我的脑子，正无可开交处，只听二阿哥道：“十三阿哥，这就跟我走罢？”

二阿哥的语气中有种异常让我秫然抬首，十三阿哥越过我，走到二阿哥身后，我变换了一下站立的方位，惊见门外森列的带刀侍卫竟然全属于“新满洲”。

“新满洲”原本是住在盛京和朝鲜交界地区的土著人，极其骁勇善战，族中多人乃是世袭担任御前侍卫等机要职位，深得康熙宠信重用。去年张明德谋逆一案中，便曾提及“得新满洲一半，方可行事”之语，后经康熙数月明里暗里一番洗底换血，“新满洲”侍卫的编制更加精简，不想如今可任二阿哥差遣……这架势，有些不对呀！

我不知怎的，忽担心起十三阿哥来，刚想张口说话，站在我身边的四阿哥忽悄悄地并起两指按住我手背。就在我一哑声的功夫，二阿哥已带着十三阿哥迈出门口，又是一停，回首问："四阿哥，你来不来？"

四阿哥眼瞧着十三阿哥的背影，半晌方道："你们先行，我稍后即到。"

二阿哥欲言又止，转头朝我面上看了一看，亦没说什么，就这么和十三阿哥分别上了马，在众"新满洲"侍卫挟拥下疾风卷云般地去了。

说也奇怪，他们这么多人来来去去，这座禅寺却仿佛丝毫不受影响，仍旧清风明月，檀香宁静，磬声悠扬。

我缓步出门，踱到院中树下，垂首望地，浮土如常：没有血迹，连脚印也没有，何来南柯一梦？

"阿弥陀佛。"院中不知几时多出了一名布衣僧人，双手合十，冲着四阿哥和我唱了一句佛号，又道，"法不孤起，仗缘方生。遇见是机缘，错失亦是机缘。"

四阿哥以佛礼回之，布衣僧点首离去。

我怔怔地瞧着四阿哥，四阿哥转回身，抬手摸摸我的头："你记着我的话……"

话未说完，我踮起脚贴上他的唇。

四阿哥将手圈过我的腰，逐渐收紧。

我闭上眼，身子轻轻地发抖。

我不明白。

白狼究竟死了没有？他的再次出现，代表着我又将陷入危险？

记得白狼跟我提过四阿哥杀了他十五个兄弟，而他一定会为他们报仇，亲身经历过那样厉害的幻术，我不禁为四阿哥担心。

他在我耳边低低地道："引你来这的人原本是想对付我，我还不清楚他们为何要先对你下手，这件事我们回头细说。火烧眉毛，且顾眼下，二阿哥已带了老十三往乾清宫请罪，我务须赶上。今晚我会安排人手护送你到我府里，由纳拉氏照应，可确保你的安全。"

"不。"我说，"我不去。我要回随园。"

四阿哥一轩眉："现在不是赌气的时候。"

"没这个意思。"我说，"如果连今晚这一关我都无法独力度过，将来的路，又要怎样和你一起走下去？"

四阿哥面色一缓："你的性子一点都没改。无论怎样，回随园这段路一

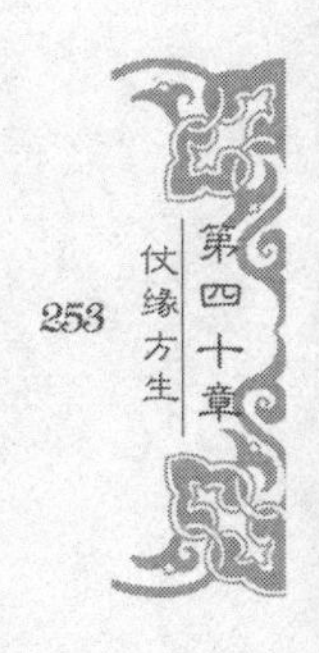

定要让我的人护送，不然我会分心。”

世间事大抵奇怪，你当作没事，他偏偏有事；你当作有事，他偏偏无事。

我返回随园，自有毛会光等人提早收拾好我惯住的小楼，安置了一夜。隔日带了衣箱回转宫中，前晚之事也没听到一丝风声，表面上一派祥和。

然而三月初九日，康熙以复立胤礽为皇太子，遣官祭告天地、宗庙、社稷。

祭文称胤礽前忽患暴戾狂易之疾，故予退废：“当有此大事之时，性生奸恶之徒因而各庇奸党，借端构衅，臣觉其日后必成乱阶，随不时究察，穷极始末，后乃确得病源，亟为除法，幸赖皇天眷佑，平复如初。”

三月初十日，康熙以大学士温达、李光地等为使，持节授皇子胤礽册宝，复立为皇太子。

同日，康熙以朱笔谕旨示众大臣，云：“朕观五旗诸王，并无一人念及朕躬，竟以朕躬为有何关系，惟各饱暖是图。外面匪类有将朕者诸子肆行讪议者，朕诸子并不与之较，以此观之，朕之诸子可谓厚重矣。人情若此，朕深为愤懑。朕诸子座次，何故令在伊等之下?”因谕宗人府：“从前朕之诸子，所以不封王爵者，良恐幼年贵显，或至骄侈恣意而行。”

“今见承袭诸王、贝勒、贝子等日耽宴乐，不事文学，不善骑射，一切不及朕之诸子。又或招致种种匪类，于朕诸子间肆行谗谮，机谋百出，凡事端之生，皆由五旗而起。朕天性不嗜刑威，不加穷究，即此辈之幸矣，兹值复立皇太子大庆之日，胤祉、胤禛、胤祺俱著封为亲王，胤佑、胤䄉俱著封为郡王，胤禟、胤祹、胤禵俱着封为贝子，尔衙门即传谕旨，察例具奏。”定十月二十一日，行册封礼。

三月十一日，因复立胤礽为皇太子诏告全国，诏内“恩款”十六条。

如此一来，四阿哥当上亲王已是铁板钉钉之事，府门前面连日车水马龙，道贺者川流不息。我亦知他忙，几次都是过其门而不入，但因许久不见十三阿哥露面，我心里又存着话要对他说，这日正巧下午有半天呆在随园整理什物，打算晚上回宫顺路找四阿哥，才过了申时，天还未暗，忽听毛会光来报“十四贝子到”。

我立起身，才问：“十四阿哥?”

十四阿哥已越过毛会光走进我房间，笑道："在理什么？"

我微微一怔，扫了毛会光一眼，毛会光满面通红地埋下头去。

毛会光此人外表高大，生性却极老实孱弱，凭他一个当然无可能拦下十四阿哥，当初二阿哥安排他来随园当管家多少也有逗我玩儿的意思，若非随园邻近四阿哥府第多个照应，全靠毛会光给我看家，我还真怕遭贼。

我脚一磕，将刚才蹲在地上理的衣箱盖子合起："没什么，都是些小玩意儿，十四哥怎么今儿顺路？"

"我跟玉格格有话说，你退下吧。"

眼见十四阿哥轻飘飘一语，就将毛会光打发出去，我不由骇笑，十四阿哥自己从桌上倒杯茶，润了润口："我难得来你这，现在又没外人在，你对我笑一个成不成？"

我奇怪地望望他，这家伙，喝高了吧？

"一月之约将过一半，你为何不来找我？"

十四阿哥不提醒，我还真忘了上次回京前，在黄河的船上，四阿哥跟我提过要让十四阿哥训练我枪法的那件事。

十四阿哥忽地一下凑到我面前："说个故事给你听——"

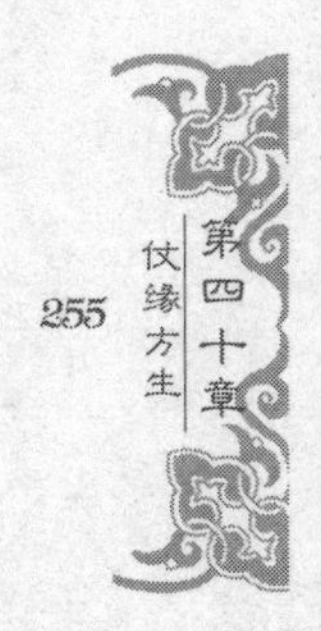



我暗暗蹙眉，最近一阵十四阿哥和我之间可以说是井水不犯河水，这时候巴巴地跑来又算什么意思，他脑子里到底在转什么念头？

"好，说故事是吧？先坐下来，再说。"

我试图绕开他，他却一把拽住我的手，唐突道："他喜欢的根本不是你！"

我懒得理他，只专心拔出手来，他只不肯放，一口气道："他依恋孝懿皇后身边的侍女，是众人皆知的秘密！你对他而言，不过是一个当年的影子！为何你就是不明白？"

"放手！"我真的生气了，一把推开十四阿哥，闪身便走。

十四阿哥也动了性子，将我追上拖回，反压在墙壁，继而扳过我的脸，令我正面看着他："告诉我！为什么要选他？"

我直视他急红的眼，想起有一次和他一起跌入冰凉的大河之事，那个时候，小小的十八阿哥还在活蹦乱跳……

"不对，"我说，"四阿哥并非把我当成影子。"

十四阿哥皱眉道："你说什么？"

我定定地道："他喜欢的是我，别无他人。"

十四阿哥一低头，而我同时偏过脸去，结果他柔软的唇便贴在我耳边。

我们两个都僵了一僵，然后他说："不要跟着他。十三阿哥就是因为什么都听他的，才会落到现在这般下场。你想步十三阿哥的后尘么？"

我愣了："十三阿哥怎样？"

他的声音中带了莫名的激动："十三阿哥已被皇阿玛厌弃，而这都是拜谁所赐？"

今年康熙将一切铺垫停当，先是顺理成章地重立二阿哥为皇太子，并再立石氏为皇太子妃，之后又加封诸子，共计三位阿哥著封为亲王，两位阿哥著封为郡王，三位阿哥俱着封为贝子。细细算来，未受封爵的成年皇子只有已遭圈禁的大阿哥、结党犯忌的八阿哥，及我至今不知何故牵连的十三阿哥，我被十四阿哥一问，心头也是一慌，兀自嘴硬道："何谓见弃？国舅佟国维曾三次扈从御驾征讨噶尔丹，被封一等公，虽五年前以老解任，但人老心不老，只因于废太子一事中支持八阿哥，刚刚就在今年正月里获咎，现正重病在家——见弃一说，八阿哥理应更该担心罢？"

十四阿哥嗤之以鼻："皇阿玛的确点着名儿骂八阿哥的不是，但那都是明面儿上，比起十三阿哥，八阿哥可真该笑呢。你倒是想想，十三阿哥他那个老岳父马尔汉，同样在五年前遇到岁饥，流民就食京师，皇阿玛命他与内大臣佟国维、明珠、阿密达等一同监赈，是何等风光倚重？而前年他又被调到吏部，成了正一品文官大员，一直都好好儿的，今年也没瞧谁去动了他、说了他，他为何突然要以老病乞休，向皇阿玛请辞？马尔汉精明过人，显见的是十三阿哥失了宠，他还不赶紧做后路打算么？"

我还未接上话，十四阿哥忽又补充一句："也不能全怪马尔汉胆小，四阿哥那般对待十三阿哥，任谁看了都要心凉。"

我脑子里嗡地一下：四阿哥怎么对十三阿哥了？

…………

1.《王府生活实录》

作者：金寄水

2.《清史稿》

3.《清廷十三年：马国贤回忆录》

作者：李天纲

4.《洋教士看中国朝廷》

编译：朱静

5. 歌曲：我的全部

歌手：庞龙

6. 歌曲：在那遥远的地方

歌手：王洛宾

7. 歌曲：北京一夜

歌手：陈升

8. 歌曲：一剪梅

歌手：黑鸭子演唱组

9. **歌曲：发如雪**

歌手：周杰伦　专辑：十一月的萧邦

10. **歌曲：在梅边**

歌手：王力宏　专辑：盖世英雄

11. **歌曲：梦幻的拥抱**

歌手：梅艳芳

12. **歌曲：万花楼**

歌手：李嘉欣、赵雪妃

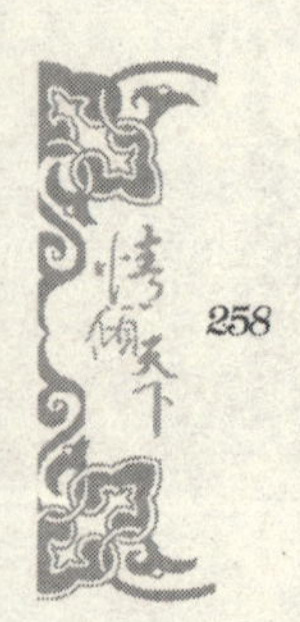

敬请期待

# 情倾天下

## 第三部［长情篇］

流光飞舞一曲倾情，老虎玉牌刻骨铭心。

锦绣宫廷，哪位皇子能杀出重围继承大业，哪位皇子又逃不脱命运的囹圄，这里有辉煌、有凄惨、有温情、有血腥、有文治武功、还有才子佳人……

大戏即将落幕，年玉莹将与谁编织一段凄楚长情，又最终与谁情倾天下……

图书在版编目（CIP）数据

情倾天下 2/明珠著. —西安：陕西师范大学出版社，2007.8
ISBN 978-7-5613-3899-5

Ⅰ. 情… Ⅱ. 明… Ⅲ. 言情小说—中国—当代
Ⅳ. I247.5

中国版本图书馆 CIP 数据核字（2007）第 122321 号

图书代号：SK7N0755

情倾天下

作　　者：明　珠
责任编辑：冷　湖
特约编辑：困于 1984
封面设计：熊　琼
版式设计：李　洁
出版发行：陕西师范大学出版社
（西安市陕西师大 120 信箱　邮编：710062）
印　　刷：京都六环印刷厂
开　　本：710×1000　1/16
印　　张：16.5
字　　数：190 千字
版　　次：2007 年 9 月第 1 版
印　　次：2007 年 9 月第 1 次印刷
ISBN 978-7-5613-3899-5
定　　价：20.00 元